新 謎解きはディナーのあとで

東川篤哉

小学館

KEEP OUT
立入禁止
1
2
2/2

KEEP OUT
捜査
警視庁
⚠立入禁止
警視庁国立署
POLICE
2
1/2

新　謎解きはディナーのあとで

装画：中村佑介
装幀：高柳雅人

目次

第一話

風祭警部の帰還

1

奥多摩《おくたま》の高級ホテルで起こった謎《なぞ》の毒死事件。危うく冤罪《えんざい》になるケースかと危惧《きぐ》された難事件を無事解決して以降も、宝生麗子《ほうしょうれいこ》の日常に何ら変化はなかった。

国立《くにたち》署の刑事課に勤める彼女は、若手刑事として数々の事件を担当。その多くは軽微な傷害や窃盗事件なのだが、麗子はデカ部屋においては明るく朗らかに、現場においては潑剌《はつらつ》と、そして取調室では氷のごとく冷徹な態度で、事件解決に励む。そんな警察官としての充実した時間を過ごして一日の勤務を終えた後は、密《ひそ》かに呼んだお迎えの車——といっても、それは全長七メートルもある高級車であり、お忍びで行動するには絶対に不向きと思える運転手付きのリムジンカーなのだが——それに乗って国立市近郊を悠々とドライブ。そして市内某所にデンと建つ宝生邸に、お嬢様として帰還を果たすという毎日である。

ちなみにそんな麗子の父、宝生清太郎《せいたろう》は銀行、電機、鉄鋼、流通、アパレル関係から印刷、出版、さらには本格ミステリまで幅広く手がける複合企業『宝生グループ』の総帥《そうすい》。そのひとり娘である麗子が現職刑事として活躍していることは、国立署の中でも署長クラスの者のみが知るトップシークレットである。

だが幸いにして、麗子の実像が職場の同僚たちにバレたことは過去に一度としてない。彼女の刑事としての立ち居振る舞いがナチュラルだからか、それとも同僚たちの観察眼がナチュラルに低レベルなのか、それはよく判《わか》らないものの、現状、何ごともなく刑事課勤務を続ける麗子だった。

――でも、それって警察として、どうなのかしら？　ちょっと気付かなすぎでは？

と麗子自身、首を傾《かし》げる部分もあるが、とにかくこれが現職刑事と財閥令嬢の二足のわらじを履く――いや、お嬢様はたぶんわらじなど履かないだろうから《二足のハイヒール》もしくは《二足のフェラガモ》とでもいうべきか――まあ、呼び名はともかくとして、これが二つの顔を使い分ける宝生麗子の華麗なる日常なのだった。

そうして迎えた新年度、四月上旬の土曜日。麗子は刑事課での仕事を終えると、黒いパンツスーツ姿のまま、お迎えのリムジンに乗って帰宅の途についた。後部座席で仕事用のダテ眼鏡を外し、リラックスした気分で窓の外を眺める。だが車の流れは、普段に比べてあまりよろしくない。国立が誇るパワースポット『谷保《やぼ》天満宮』で夜桜見物の催しでもおこなわれているのだろうか。しかし桜の時季は微妙に過ぎたはずだ。

不思議に思う麗子は、運転席でハンドルを握る黒服の男に問い掛けた。

「ねえ、影山《かげやま》、妙に渋滞しているみたいだけど、何かあったの？　ひょっとして、この全長七メートルのリムジンが、交通の妨げになっているとか？　まあ、いかにも邪魔になりがちな車ではあるけど……」

自分で乗っておいて、その台詞《せりふ》かよ――と、どこからかツッコミの矢が飛んできそうな彼女の発言。それに対して黒服の男、運転手兼執事である影山が落ち着いた低音で答えた。

「ご安心くださいませ、お嬢様。このリムジンは渋滞に巻き込まれただけ。渋滞の原因はリムジンではなく、おそらく昼間に南武線で起きた踏切事故でございましょう」

それを聞いて、「ああ、そういえば……」と麗子も合点《がてん》がいった。

確か今日の午後三時過ぎのことだ。トラックと電車が谷保《やほ》駅近くの踏切内で接触するという事故があった。結果的には、電車の乗客数名が軽い怪我《けが》を負った程度で済んだものの、一歩間違えば大惨事になりかねない事故だったらしい。そんな情報を麗子も国立署で耳にした記憶がある。

「だけど、列車の運行は夜になって再開されたはずよね。だって電車が止まったままだと、南武線のほとんどの駅は《陸の孤島》と化して、沿線住民はみんな《帰宅難民》になっちゃうもの」

「おやめくださいませ、お嬢様、南武線の悪口は……」

「わ、悪口なんて、いってないでしょ！　南武線は沿線住民にとって、かけがえのない足だって、そういってるんじゃないの！」

「ああ、そういう意味でございましたか」といって影山は安堵《あんど》の息を吐く。

当たり前でしょ。南武線の悪口なんていうもんですか。まあ、わたしは滅多に乗らない電車だけどさ——と麗子は口の中でブツブツ。そんな麗子に影山が説明した。

「電車の運行は再開されても、事故のあった踏切は、いまだ通行止めになっているのでしょう。その影響で、他の道路が混み合っているものと思われます」

「そう。だったら仕方がないわ。影山、ここでUターンしてちょうだい」

「それは最も不可能なご命令でございます、お嬢様。できるわけがありません」

なるほど、いわれてみれば確かに、前も後ろも渋滞の車でビッシリだ。全長七メートルのデカブツが方向転換できる余裕は、どこにも見当たらない。麗子は「やれやれ」と呟《つぶや》いて背もたれに上体を預けた。「やっぱり、邪魔になりがちな車よねえ、リムジンって」

「ご自分でお乗りになりながら、その台詞でございますか」

運転席から皮肉っぽいツッコミが飛んでくる。影山は知的な眼鏡の縁《ふち》に指を当てて、ニヤリと笑みを浮かべたようだ。その表情をバックミラー越しに見て取った麗子は、何か言い返そうと後部座席から身を乗り出す。そのとき突然、パンツスーツのポケットで彼女の愛用するスマートフォンが無粋な着信音を奏でた。「あら、誰《だれ》かしら？」

執事への抗議をいったん脇《わき》に置いた麗子は、スマホを取り出して耳に当てる。次の瞬間、耳に飛び込んできたのは、妙にテンション高めの男性の声だ。『やあ、宝生君……（ザザッ）……わたしだ……（ザザザッ）……よく聞いてくれたまえ……（ザザザザッ）……いいね』

「え、あの、もしもし！ ちょっと雑音が酷《ひど》いんですけど！」

電波状況が悪いらしく、男性の声は途切れがち。麗子は相手の声を聞き取ろうと神経を集中させる。男性は構うことなく一方的に用件を口にした。『……国立市富士見台《ふじみだい》にある国枝芳郎《くにえだよしろう》氏の自宅……（ザザッ）……男性の変死体が見つかった……（ザザザッ）……すぐ現場に急行してくれたまえ……後でわたしも……（ザザザザーッ、ザーザーザー）……』

あとはもう雨音とも波の音とも思えるようなザーザーという雑音が響くばかり。堪《たま》らず電話を切った麗子は、首を傾げながら自分のスマホを見詰めた。「何なのよ、いったい？ 土砂降りの波打ち際から電話してきたのかしら？ ザーザーザーって……」

「相手はどなた様でございますか」

「え!? そういや、どなた様だったのかしら。肝心な部分が聞こえなかったけど――って、そんなことより！」麗子はスマホを仕舞うと急遽《きゅうきょ》、運転席の執事に命じた。「どうやら事件よ、影山！富士見台にいってちょうだい。ほら、Uターンして、Uターン！」

「いや、ですから、それは不可能だと先ほどから申し上げて……」

執事の困惑した表情がバックミラーに映る。それを見るなり麗子は決断した。

「もう、仕方ないわね！」いうが早いか、後部座席のドアを自《みずか》ら開け放つ。そして身体《からだ》半分ほどドアの外へと出しながら、麗子はいった。「国枝家の屋敷なら、ここから歩ける距離だわ。わたし、いってくる。影山は、この馬鹿デカイやつをお願いね。また連絡するわ」

「承知いたしました、お嬢様」

どうか、お気をつけて——と珍しく気遣いを見せる執事の声を背中で聞きながら、ひとり後部座席を降りる麗子。もう今宵《こよい》は絶対ありつけないであろう豪華なディナーへの未練を断ち切るかのごとく、バシンと強めにドアを閉める。そして麗子はあらためて仕事用のダテ眼鏡を装着すると、自らの足で国枝邸へと向かうのだった。

2

国枝邸の周囲には、すでにパトカーが列を成して停《と》まり、警官たちが行き交っている。《KEEP OUT》と記された黄色いテープをひらりと飛び越えて、麗子は屋敷の門から敷地内へと足を踏み入れた。

　国枝家は（正直、宝生家には及ばないものの）近隣では名を知られた名家。海外のブランド服を扱う『国枝物産』の創業家である。本社ビルは新宿方面にあるが、その邸宅はここ国立市にあるのだ。高台に建つ国枝邸は（これまた宝生邸には遠く及ばないものの）見るからに風格のある二階建ての西洋建築。大きな玄関を入ると、そこは西洋式の甲冑《かっちゅう》や古伊万里《こいまり》の壺《つぼ》や誰かの肖像画などが飾られた玄関フロア。その中央からレッドカーペットの敷かれた階段が、真《ま》っ直《す》ぐ二階へと延びている。いまにも華麗なドレスを身に纏《まと》った大女優が『すみれの花咲く頃《ころ》』を歌いながら下りてきそう
　――な感じの大階段である。

「ま、こういう階段、うちにもあるけどね……」

　と無意識に自慢の言葉を呟きながら大階段を駆け上がる麗子。制服巡査に導かれて二階の廊下を進む。突き当たりを直角に曲がって、さらに進むと扉の開いた部屋があった。

「遅くなりました……」頭を下げながら麗子は室内へと足を踏み入れる。

　そこは寝室兼書斎といった感じの部屋だった。いわゆる角部屋で、窓は腰の高さのものが別々の方角を向いて二つある。腰高窓には、それぞれ白いブラインドが掛かっている。一方の窓辺にはシングルベッド。もう片方の窓辺には重厚なデスクと椅子《いす》。デスクの上にはノートパソコンが開いた状態で置いてあった。デスクの傍《かたわ》らには本棚があり、ひとり掛けのリラックスチェアーなどもある。

　そして――

　絨毯《じゅうたん》の敷かれた床には、男性の死体が横たえられていた。グレーのルームウェアの上下を身に纏った、三十代ぐらいの男性だ。その首筋には赤黒い線が浮かび上がっている。咄嗟《とっさ》に視線を上に向

ける麗子。視界に飛び込んできたのは、天井から垂れ下がった一本のロープだ。その一方の端は蛍光灯《けいこうとう》を吊るすための金具に結び付けられている。そして、もう片方の端は、一個の不気味な輪を描いていた。

「……さては首吊りってこと？」

そう呟く麗子の傍らに、グレーのパンツスーツを着た女性刑事が忍び寄って、「ええ、そのとおりですよ、先輩」と小声で耳打ちした。彼女の名は若宮愛里《わかみやあいり》。この春から刑事課に配属されたばかりの新米刑事だ。麗子にとっては待ちに待った、可愛《かわい》い後輩ちゃんである。

そんな若宮刑事は手帳を片手にしながら、現在判っている情報を伝えた。

「亡くなったのは、この家に住む国枝雅文《まさふみ》氏です。あの『国枝物産』の創業者、国枝芳郎氏の長男で独身の三十五歳。自らも同じ会社で取締役を務めています。遺体を発見したのは、芳郎氏の妻である久枝《ひさえ》さん六十歳と、家政婦である竹村恵子《たけむらけいこ》さん五十八歳。今日の午後七時ごろ、この部屋を訪れたところ、天井にロープを掛けて首を吊った雅文氏を発見したのだとか。ちなみに一一〇番通報をおこなったのは、雅文氏の弟である国枝圭介《けいすけ》氏です。――あ、弟といっても圭介氏は実の弟ではなくて、雅文氏にとって義理の弟らしいんですけどね」

「そう、判ったわ。国枝家のちょっと微妙な家族構成については、わたしも聞いたことがある。確か芳郎氏といまの奥様は、随分と前にお互い子連れで再婚したのよね。その芳郎氏もここ最近は体調が優れず、現在はとある病院で療養中だといわれているわ」

知っている事実を当然のごとく口にする麗子。その話を聞くなり若宮刑事は、「へぇッ」と驚きの声をあげて目を丸くした。「すっごーい、宝生先輩！　なんでそんなにセレブたちの事情に詳しいんですか？」

「え⁉　なんでって……」そりゃ詳しいわよ。だって、わたしも《同類》だもの！

そう答えられたら話は二秒で済むのだが、事実を語れない麗子は戸惑いがちにダテ眼鏡を指先で押し上げながら、「わ、わたしって意外と好きなのよね。その手のセレブたちの裏事情が」と心ならずも嘘《うそ》をついて、自ら《ゴシップ大好き捜査官》のフリ。

すると若宮刑事は不審に思うどころか、妙に納得した顔になり、「判ります、先輩の気持ち」といって声をひそめた。「実はあたしも気になってます、国立のセレブ事情。あの人たちって、どんな家に住んで普段なに食べてるのか、どんな車に乗っているのか……」

「い、いや、べつに若宮さんが気にすることはないんじゃないかしら」

「まあ、実際そうなんですけどねー。気にしたって刑事はセレブになれませんしねー」

「そ、そうねー」でもセレブが刑事になるってケースは稀《まれ》にあるのよ、愛里ちゃん！

心の中でペロリと舌を出して、麗子は話を元に戻した。「とにかく、いまは事件に集中しましょ。話によると首吊り死体だったらしいけど、単純に自殺と考えていいのかしら？」

「え、違うんですか⁉」若宮刑事は天井から垂れ下がったロープと足許《あしもと》の死体を交互に眺めながら、「どう見たって、自分の部屋で首を吊ったと思える状況ですけど」

「そうね。でも見た目の印象で決め付けたら判断を誤るわ」そうやって数々の判断を誤った挙句《あげく》の果てに、なぜか警視庁本庁に《栄転》していった上司が過去にいた気がする。

そんなことを思いながら、麗子はあらためて国枝雅文の死体の前にしゃがみ込んだ。天井から下ろされた死体は、仰向《あおむ》けの状態で長々と横たわっている。麗子はホトケの前で両手を合わせてから、おもむろに死体の首を覗《のぞ》き込んだ。索条痕《さくじょうこん》、すなわち首吊り死体の首筋に残されたロープの痕跡を確認するためだ。次の瞬間、麗子はムッと眉根《まゆね》を寄せた。

「見て、若宮さん、この遺体の首筋を。ロープの痕跡とは別に、掻《か》きむしったような痕跡が見られるでしょ。首に巻かれたロープを手で外そうとして抗《あらが》った際に、こういった痕跡が残ることが多い。したがって、このような場合は他殺である可能性を考慮する必要がある――」って確か、法医学の参考書に書いてあった気がする。麗子は後輩刑事の前で慎重に言葉を選んだ。「要するに自殺の可能性もあるけど、他殺の疑いもあるってことね」

ただし正確なところは、まだ判らないわよ――と、先輩らしく続けようとする麗子だったが、そんな彼女の言葉を掻き消すように、そのとき窓の外から耳障りな爆音。どうやら車のエンジン音らしい。「もう、うるさいわねえ。急にどうしたのよ！」

――この《文教都市》国立に、時代遅れの暴走族でも現れたのかしら？

不審に思った麗子は、いったん死体の傍《そば》を離れて、腰高窓のひとつへと歩み寄った。往年の刑事ドラマの《ボス》が、しばしば見せるお馴染《なじ》みの仕草で、ブラインドの隙間《すきま》を指で軽く押し広げる。

瞬間、視界に飛び込んできたのは予想外の光景だった。

――う、嘘でしょ⁉　いったい、どういうこと⁉

愕然《がくぜん》とする麗子の視線の先には、我が物顔で現場に乗りつけた高級外車。運転席のドアを開けて降り立ったのは、ハリウッドスターかと見紛《みまが》うばかりの白いスーツに身を包む男性の姿だ。どんな暗がりの中でも、あの特殊なファッションを見間違う麗子ではない。

「な……なんで……⁉」なんで、あの人がこの現場に⁉

たちまちパニックに陥る麗子。その一方で白いスーツの男は到着して早々、続々と集まってくる男性捜査員から握手攻めにあい、制服巡査からは直立不動の最敬礼で迎えられている。その姿はまるで地元に凱旋《がいせん》する金メダリストのようだ。

「先輩、どなたですかー、あの人？」

いつの間にか麗子と同じ仕草でブラインドを覗き込んでいた若宮刑事が、首を傾げて聞いてくる。新入りの彼女が疑問に思うのも無理はない。

麗子は震える声で、その忌まわしい名を告げた。

「あ、あれは風祭《かざまつり》警部よ……か、風祭警部が国立署に帰ってきたんだわ……」


見慣れた警部の姿を眺めながら、そのとき麗子の脳裏に蘇《よみがえ》る、ひとつの記憶があった。

奥多摩のホテルで起こった例の事件。その際も風祭警部は偶然、騒動の舞台に居合わせて、しっかりヘマをやらかした。すると事件の渦中にいた大物政治家が、警部のあまりのポンコツぶりに大激怒。その鬱憤《うっぷん》を晴らすためだろうか、事件が無事に解決した直後には、警部の左遷を匂《にお》わせる発言を堂々と口にしていたのだ。それを聞いた当時の麗子は『あの警部がどこに飛ばされようが、べつに知ったこっちゃないわ』と安易に考えて、我関せずの姿勢だったのだが——まさか、その左遷される先が国立署だったなんて！

思わず目の前が暗くなる。意識が遠のきそうだ。そんな中でも警部の姿は、この屋敷に向かって確実に近づきつつある。ならば仕方がない。かつての部下として出迎えてやるしかないだろう。

腹を括《くく》った麗子は自ら現場の部屋を飛び出した。長い廊下を大股《おおまた》に進み、レッドカーペットの敷かれた大階段の上にたどり着く。すると玄関フロアから、そう懐かしくもない警部の声が彼女の名を呼んだ。「おお、宝生君ッ、そこにいるのは宝生君じゃないか！」

「かか、風祭警部ッ――」

声が震えているのは驚きと不安のせいだ。しかし、もちろん風祭警部は《声の震えは感動の証《あかし》》と捉《とら》えたのだろう。その無駄に端整な作りをした顔に満面の笑みを浮かべると、両手を広げながら大階段を駆け上がってくる。麗子の脳内で鳴り響くのは、なぜか男性が低音で歌う『すみれの花咲く頃』だ。麗子は再会の熱い抱擁を求めてくる彼の両腕を巧みにすり抜けてから、冷静に尋ねた。

「警部、どうしてこの現場に？」

「ん⁉ なーに、どうしたもこうしたもないさ」両腕で虚《むな》しく空気を抱きしめた風祭警部は、つまらなそうな顔を麗子に向けた。「この四月に新たな辞令が下ったんだよ。『国立署刑事課勤務を命ず』という辞令がね。どうやら上層部の連中も、やっと気付いたらしい。やはり国立署は、この僕がいなきゃ駄目だってことにね！」

「…………」ていうか、『本庁にコイツがいちゃ駄目だな』って、そう思われたんじゃありませんか、警部？ 麗子は小さく息を吐くと、「とにかく、国立署に復帰されたのですね。そうですか。それは何より……ええ、何よりの……」悲報です。わたしにとっては！

心の中でのみ本音を吐露する麗子。だが当然その思いは一ミリも警部に届かない。

「うむ、ありがとう、宝生君。僕がいない間、君にも寂しい思いをさせたね」

「いえ、そんな……」むしろ楽しい思いをさせていただきました、警部がいない間！

実際のところ、風祭警部が《栄転》して以降、国立署管内は平穏無事のベタ凪《な》ぎ状態。凶悪犯罪の発生件数そのものが大幅に減少して、刑事課の捜査員たちも余裕ある日常が続いていたのだ。

まあ、事件の数と風祭警部の不在との間に相関関係があるか否《いな》か、それはよく判らないのだけれど——いずれにせよ、国立署の幸福な季節は、もはや過去のものとなったらしい。

そのことを漠然と感じて、麗子は深い落胆の溜《た》め息《いき》を漏らすのだった。

3

こうして麗子と再会の喜びを分かち合った風祭警部は——いや、実際は分かち合ったのではなく、彼が一方的に再会を喜んだだけなのだが——さっそく現場に足を踏み入れ、自ら捜査の陣頭指揮を執った。やがて国枝雅文の死体が運び出されると、警部は第一発見者である竹村恵子をあらためて現場に呼んだ。現れたのは仕事用の黄色いエプロンを着けた中年家政婦だ。彼女は刑事たちを前にして、死体発見に至る経緯を詳しく語って聞かせた。

「今日の午後、この屋敷にいたのは全部で五人でした。まず家政婦であるわたくし、それから雅文様と圭介様のご兄弟。奥様である久枝様。それと、あとひとり圭介様のご友人で木村《きむら》様という男性の方が夕方から遊びにいらっしゃっていました。ええ、旦那《だんな》様はご不在でございます。実は体調を崩されて、もう長いこと病院にいらっしゃいますので」

やはり噂《うわさ》は事実だったようで、国枝芳郎氏の体調は思わしくないらしい。

「今日は土曜日で会社は休み。雅文様はずっと屋敷で過ごされていました。しかし午後三時ごろになると、『ちょっと片付けたい仕事があるので……』とおっしゃって、ひとりで自室に入られました。ええ、そういうことは、度々ございます。お仕事中は邪魔をしないようにと、わたくしも奥様も滅多にお部屋に伺うことはありません。もちろん、圭介様も同様だったものと思われます」

つまり午後三時以降、雅文はひとりで自分の部屋にいた。ただし、それを実際に見た者は皆無ということらしい。麗子はその点を記憶に留《とど》めて、家政婦の話の続きを聞いた。

「やがて午後五時ごろ、木村和樹《かずき》様という方が屋敷にお見えになりました。聞けば、圭介様にとって大学時代からの古いお友達なのだとか。木村様を迎えた圭介様は、彼を連れて屋敷の中を案内してさしあげているご様子でした。この屋敷は一階の玄関フロアや二階の廊下など、至るところに美術品やアンティークの工芸品などが、まるで美術館のように陳列されておりますので、それをお友達にお見せしたのでございましょう。その間、わたくしは夕食の支度に取り掛かりました。奥様も『せっかく、お客様がいらっしゃっているのだから……』といって、自ら厨房《ちゅうぼう》にお立ちになりました。そうして木村様を交えての夕食が始まったのは、外も暗くなった午後六時半ごろのこと。場所は一階の食堂でした」

確か、雅文の死体が発見された時刻は午後七時だと、若宮刑事がいっていたはず。そのことを意識しながら、麗子は家政婦の言葉になおも耳を傾けた。

「食卓を囲んだのは、奥様と圭介様そして木村様の三人でございます。わたくしが給仕役を務めました。雅文様はいっこうに二階から降りていらっしゃいません。ですが、そのことをわたくしも奥様も、さほど奇妙とは思いませんでした。雅文様は仕事に没頭されますと、食事の時間を忘れて何時間もお部屋にこもりっきりになる。そういうことが過去にもございましたし、あるいは圭介様のお友達がきていらっしゃるのを察して、同じ食卓に着くことを遠慮されているのかもしれない、とも思いました。しかし食事が始まって三十分ほどが経《た》ったころ、痺《しび》れを切らしたように奥様がわたくしに命じられました。『雅文さんの部屋にいって、お夕飯をどうするか、聞いてきてちょうだい』と。わたくしも、そのほうがいいと思いましたので、さっそく二階へ。そして雅文様のお部屋をノックいたしました」

さすがの風祭警部も余計な言葉を差し挟む場面ではないと考えたのだろう。ゴクリと喉《のど》を鳴らしながら、緊張の面持《おもも》ちで家政婦の言葉を待っている。

「ところが中から返事がございません。『用足しかしら?』と思って、二階のトイレを見てみましたが、べつに使用中ではないようです。そこで、わたくしは雅文様のお部屋に戻って、またノックを。それでも返事がないのを不審に思ったわたくしは、一階の食堂に戻り、奥様にそのことをご報告いたしました。奥様は『それは変ねえ』とおっしゃって、自ら二階に上がられました。そして奥様は何度かノックをした後、その扉をお開けになりました。ええ、扉に鍵《かぎ》などは掛かっておりませんでした。ドアノブはくるりと回って、扉はすんなりと開きました。部屋は暗くて静まり返っていました。その真ん中で、何か黒っぽい影がゆらゆらと揺れているようでした。それが天井からぶら下がった人間の姿だと判るまで、少し時間が掛かって……そして、ようやく気付きました……雅文様がロープで首を吊っているのだと……奥様はその場にしゃがみ込み、わたくしは大声で悲鳴をあげてしまいました……」

竹村恵子は、そのときの光景を思い出したように身震いしながら、自らの経験を語り終えた。

そんな家政婦に風祭警部が投げ掛けた質問は、ただひとつ。「雅文氏が自殺する理由に、何か心当たりがありますか？」――それだけだ。それに対する竹村恵子の答えも、また簡潔なものだった。

「いいえ、雅文様が自殺なさる理由なんて、わたくしには見当も付きません」

竹村恵子が退出した後、現場となった部屋には、満足そうな笑みを浮かべる風祭警部の姿があった。その口からは、「ふふっ、どうやら面白くなってきたじゃないか」とB級映画の不敵な悪役のごとき台詞が飛び出す。

一方、麗子の口からは「駄目ですよ、警部、面白がってはいけません」と明確に否定的なコメント。しかし警部は意に介さない様子で、自らの見解を口にした。

「遺体の状況は自殺と他殺、両方の可能性を示している。ただし、遺書らしきものは見当たらないようだし、雅文氏に自殺する理由もなさそうだ。雅文氏は午後三時に自室に引っ込み、午後七時に死体となって発見された。この四時間のうちに、何者かが雅文氏の部屋を訪れ、彼をナントカして殺害。その死体をドウニカして天井に吊り下げて、首吊り自殺に見せかけた。そういう可能性は充分に考えられる。――だとするなら、これは殺人だ。雅文氏は自殺に見せかけて殺害されたということになる。そうだろ、宝生君！」

「はあ……ナントカして殺害⁉　ドウニカして天井に……⁉」

あまりに強引すぎる推理だが、他殺の可能性アリという結論については麗子も同感なので、警部に対しては何もいうべきことはない。ただ隣でメモを取りながら上司の言葉に耳を傾けている真面目《まじめ》な後輩ちゃんに対しては、『べつにメモなんか取らなくていいのよ、愛里ちゃん。どうせ、この人は誰でも思いつくようなことしか思いつかないんだから』とアドバイスしてやりたい。そんな気持ちでいっぱいになる麗子だった。

「それで警部、これからどうします？　まだ家政婦に話を聞いただけですけど」

「なーに、次に話を聞くターゲットは、もう決まっているよ」

警部はズバリとその名を告げた。「雅文氏の義理の弟、国枝圭介氏だ。圭介氏は久枝夫人と前の夫との間に生まれた子。芳郎氏の息子である雅文氏と血の繋《つな》がりはない。したがって芳郎氏は実子である雅文氏のほうを自分の後継者として考えていたらしい。そこに不遇な立場の弟として、殺意の芽生える可能性がありはしないか……いや、充分あり得る……」

事情に精通しているらしい警部が、勝手な想像を膨らませる。その発言を聞いて、若宮刑事が意外そうに首を傾げた。

「あれ⁉　風祭警部もセレブの事情にお詳しいんですねえ」

「ん、僕がセレブに詳しい⁉　いやいや、それは違うよ。セレブに詳しいんじゃなくて、この僕がセレブそのものなんだ。お嬢ちゃん、知らないかな、『風祭モータース』って？」

「そんなの、もちろん知ってますよー」馬鹿にしないでください、とばかりに若宮刑事は大きく頷《うなず》き、自信ありげな口調でこう続けた。「『風祭モータース』って、あの《見た目サイコー、性能イマイチ》でお馴染みの中堅自動車メーカーですよね？」

瞬間、現場の空気は氷点下まで下がり、ピシッと音を立てて凍りついた。

「…………」あ、愛里ちゃん、いきなりなんてことを！

あまりにも無邪気すぎる若宮刑事の発言に麗子は震えた。居合わせた男性刑事はゴホンと咳払《せきばら》いしてアサッテの方角を向く。入口の制服警官は誰に呼ばれたわけでもないのに慌ただしく部屋を飛び出していく。当の風祭警部は途中まで新米刑事の言葉を笑顔で聞いていたが、彼女が喋《しゃべ》り終えたときには、その顔はまるで能面のごとく無表情になっていた。警部がこういう顔をするのを、麗子は初めて見た気がする。だが面白がっている場合ではない。

麗子は後輩刑事のスーツの袖《そで》を引っ張って、彼女を部屋の隅まで無理やり誘導。そして小声でその発言を咎《とが》めた。「駄目じゃないの、愛里ちゃ……いや、若宮さん、ホントのこといっちゃ！」

「はあ⁉」

どうも判っていないらしい——「あのね、警部はその《性能イマイチ》で有名な『風祭モータース』の創業家の御曹司《おんぞうし》なの。だから《性能イマイチ》なんていっちゃ駄目。あと《中堅自動車メーカー》って呼び方も微妙に気にするから、彼の前ではＮＧワードよ！」

「聞こえてるよ、宝生君、そのＮＧなワードが！」

不機嫌そうな声が、麗子の背後から飛んでくる。ハッとなって振り向くと、憮然《ぶぜん》とした表情で腕組みする警部の姿。麗子は苦笑いで誤魔化《ごまか》すしかない。だが真実をズバリと突いた若宮刑事のひと言が、結果的に警部お得意の《自慢話大会》を完封したことは事実だ。

いったんセレブ自慢を棚上げした警部は「まあいい」と、ひと言いって話を戻した。「とにかく真っ先に疑うべきは、雅文氏が死んで最も得をする人物だ。それは誰か。もちろん義理の弟である圭介氏だろう。雅文氏がいなくなり、そして病気療養中の芳郎氏に万が一のことがあれば、彼こそが国枝家の跡取りとなるのだからね。——それでは、さっそく国枝圭介氏を、ここへ呼んでもらおうか」

「はーい」と返事をしながら、若宮刑事が元気良く部屋を飛び出していく。

麗子はどこかホッとした気持ちで胸を撫《な》で下ろした。

やがて刑事たちの前に、国枝圭介がその姿を現した。グレーのトレーナーにベージュのチノパン。長く伸ばした前髪が若干軽薄そうな印象を与える優男《やさおとこ》だ。年齢は雅文よりひとつ下の三十四歳で、やはり独身。『国枝物産』の社員であり、現在の肩書きは総務部長だということだ。三十代前半の若さで部長ならば、普通は立派なエリート社員と呼べるだろう。だが年齢でひとつしか違わない雅文が、すでに取締役であったことを併《あわ》せて考えると、二人の義兄弟の間に格差があったことは容易に想像できる。

そんな圭介に対して風祭警部は、「単刀直入に伺います」と前置きしてから、「圭介さん、あなたは今日の午後三時から午後七時までの間、どこで何をしていましたか」と何の捻《ひね》りもない質問。

麗子は思わず頭を抱えた。――もう、単刀直入にも程がありますよ、警部！

すると当然のように、圭介は不快そうな表情になり、警部との対決姿勢を強めた。

「おや、刑事さん、いきなりアリバイ調べですか？　ははぁ、さては僕が義兄《あに》を殺して自殺に見せかけようとしたんじゃないか、そうお考えなのですね？」

「いやいやいやいや、そんなことは、ちっとも全然これっぽっちも……」

「見え透いた嘘はやめてください！　考えてますよね、僕のこと犯人かもって！」

「まあ……そりゃ考えてますがね」警部はアッサリと認めて、圭介を見据えた。「で、いかがですか、午後三時から七時までのアリバイは？」

「やれやれ」と肩をすくめた圭介は渋々ながら口を開いた。「午後三時から五時までの間は、自分の部屋にひとりでいたので、アリバイと呼べるものはありませんね。でも、その後、大学時代の友人が遊びにきました。木村和樹という男です。彼、美術品や工芸品に興味があるらしいんで、僕が家に招待したんですよ。木村は約束の午後五時ちょうどにやってきました。それから僕が彼を案内する恰好《かっこう》で、この家にある美術品などを見せてやったり説明したり……それが一時間半ほど続いて、午後六時半ごろから……」

「夕食ですね！」風祭警部は相手の台詞を奪うがごとく、猛然と圭介ににじり寄った。「そして三十分後の午後七時に家政婦さんと久枝夫人が、この部屋で雅文氏の遺体を発見した！」

「そ、そうです」警部の剣幕に押されるように、圭介はガクガクと首を縦に振る。

麗子はユルユルと首を横に振った。——もう、自分で喋っちゃ駄目でしょ、警部。相手に喋らせないと、まともなアリバイ調べにならないじゃないですか！

思わず眉間《みけん》に皺《しわ》を寄せる麗子を、若宮刑事が「大丈夫ですか、先輩？　顔色、悪いですよ……」と気遣う。一方の風祭警部は気にする様子も見せず、自説を語った。

「圭介さん、あなたは友人と一緒だった午後五時以降は、確かなアリバイがあるらしい。しかし、それ以前の時間帯についてアリバイはないわけですね。ならば、あなたが午後三時から五時までの間の、いずれかのタイミングで雅文氏の部屋を訪れて彼を殺害。その遺体を天井にぶら下げるということも充分に可能性が……」

「ないですよ、そんな可能性！」警部の推理を皆まで聞かず、圭介は声を荒らげた。「刑事さん、あなたのいうような犯行はまったく不可能です。なぜなら、義兄が死んだのは午後三時から五時までの間ではない。午後六時以降のことだからです」

「はあ⁉」意外な新証言を耳にして、警部はアングリと口を開く。「六時以降……⁉」

麗子も若宮刑事と思わず顔を見合わせた。もうこれ以上は警部に任せておけない。そう考えた麗子は自ら質問を口にした。「それは、どういうことでしょう、圭介さん？　なぜ雅文氏の亡くなったのが午後六時以降だと言い切れるのですか」

「実は、それぐらいの時刻に僕は木村君と一緒に、義兄の部屋を訪れたんですよ。義兄に友人を紹介しようと思いましてね。ところがノックをしてみても中から返事がない。そこで、『おや……』と思いながら扉を開けてみたんです。べつに構わないでしょう。義理とはいえ、僕ら兄弟なんですから」

「え、ええ……それで、部屋の中に雅文氏の姿は？」

「ありませんでした。部屋には誰もいなかったんです」

「そ、そのときッ！」と突然、大声を張り上げて風祭警部が横から口を挟んだ。「そのとき、天井から何かこう大きな影がぶら下がって、ゆらゆら揺れていたなんてことは……？」

どうやら警部は首吊り死体の有無について、遠回しに尋ねようとしているらしいのだが、全然遠回しになっていない。呆《あき》れる麗子の前で、圭介もまた呆れた声でいった。

「ありませんよ。あったら、その時点で大騒ぎになってますって！」

「ええ、もちろん、そうでしょうとも」麗子は邪魔な警部を押し退《の》けるようにして、質問の主導権を奪い返した。「では、そのときの部屋の様子を詳しく教えていただけませんか」

「はぁ、詳しくといわれても……」頭を掻きながら圭介は、いまはもう死体の搬出が済んだ雅文の部屋を手で示しながら、「いまのこの部屋の状態、そのまんまだったと思いますよ。違う点があるとするなら、あのときは夕暮れ時でしたから、部屋が薄暗かったってことですかね。窓からはブラインド越しに夕日の沈む景色が、くっきりと見えていましたっけ」

そういって圭介は二つある腰高窓のうちの一方、デスクに近いほうの窓を指で示した。

「ほら、その西向きの窓、いまは外も真っ暗で街の明かりぐらいしか見えないですけど、昼間は遥《はる》か遠くに富士山が見えるんですよ。この家、高台に建っていますからね。夕暮れ時にはその富士山の向こうに夕日が沈むんです。いまの季節なら日没がだいたい午後六時を少し過ぎたころ。だから僕はいってるんですよ。義兄が殺されたのは——いや、殺されたんじゃなくて、自殺だろうと僕は思っていますけど——いずれにせよ義兄が天井からぶら下がった恰好になったのは、午後六時以降のことに違いないってね。だって、もしそれが六時以前のことならば、僕ら二人がぶら下がった遺体を発見していたはずですからね」

そう説明した圭介は、刑事たちのさらなる質問を封じるかのように、こう付け加えた。

「嘘だと思うなら、木村君に聞いてみてくださいよ、刑事さん」

自信満々で自らのアリバイを主張し終えた国枝圭介は、意気揚々と現場を去っていった。

残された風祭警部は屈辱に顔面を赤くすると、「よーし、だったら、そいつの話を聞いてやろうじゃないか」といって再度、命令を下した。「木村和樹という男を、ここへ！」

「はーい」

「『はーい』じゃないッ、『はい』だ！」といって警部は新米刑事に八つ当たり。若宮刑事は、大きな声に背中を押されるようにして部屋を飛び出していく。麗子は憤る警部を「まあまあ」となだめながら、思わず苦笑いだ。——大人げないですよ、警部。自分の推理が外れそうだからって、そうカリカリしないでくださいね！

そうこうするうちに、カッチリとしたブレザー姿の男性が刑事たちの前に姿を現した。木村和樹だ。年齢は圭介と同じ三十四歳。お隣の立川《たちかわ》市で銀行員をやっているとのことだ。

木村は刑事たちの質問に答える形で、今日の出来事について淡々と語った。その内容は先ほど家政婦や圭介が語った話と、見事に一致している。木村和樹は午後五時に国枝邸を訪れ、それから圭介に案内されながら一時間半ほど、屋敷の中の美術品を見て回ったのだと説明した。

「その後、午後六時半から食堂で夕飯をご馳走《ちそう》になりました——」

澱《よど》みなく証言する木村の顔を見やりながら、風祭警部はどこか苛立《いらだ》つような表情。彼の話が一段落するのを待って、いきなり肝心の質問を口にした。「で、あなたは、この家の美術品を見て回る最中に、雅文氏の部屋を——つまり、いま我々がいるこの部屋を——その目で見たのですね？」

「ええ、見ました。圭介君も一緒でしたよ」

「そのとき、この部屋の様子は？」

「はぁ、そうですねえ……」記憶の糸を手繰《たぐ》るように、木村はあらためて雅文の部屋を見回す。そして、おもむろに口を開いた。「あのときはもう夕暮れ時でしたからねえ。正直、部屋はだいぶ暗くなっていて、細かいところはよく判りませんでした。ただ、それでも首吊り死体なんてものが、この場所になかったことだけは、ハッキリ断言できます。部屋はガランとしていて、誰の姿もありませんでした」

「窓はどうでした？　窓から何か見えましたか」

「ええっと、そうですねえ、ベッドの傍にある腰高窓からは、あまりたいしたものは見えなかったような気が……だけど、そっちのデスクの傍にある窓からは、ブラインド越しに沈む夕日が赤々と見えていました。それと手前には南武線の光景も見えて……」

「富士山はどうです？　その窓から富士山は見えましたか？」

「え、ああ、あれって富士山なんですか？　そっか、ここ富士見台ですもんね。ええ、山の稜線《りょうせん》の向こう側に夕日が沈んでいく、そんな光景だったことは間違いありません。正確な時刻は判りませんけど、日没に近い時間帯だから、たぶん午後六時ごろだったはずです。――ん、てことは、圭介君のお義兄《にい》さんが亡くなった時刻は、六時以降から七時までの時間帯。そういう話になるわけですね。だったら良かった。その時間、僕は圭介君やそのお母様たちと一緒にいたわけだから、疑われずに済みますね。そうでしょ、刑事さん？」

邪気のない表情で問い掛けてくる木村和樹。

一方、風祭警部は彼の問いに答えることなく、「ぐぬぬ……」と言葉にならない呻《うめ》き声。その拳《こぶし》は内心の動揺を露《あらわ》にするがごとく、小刻みに震えていた。

事件の関係者として最後に呼ばれたのは圭介の実母、国枝久枝夫人だった。だが彼女の証言に目新しいものはなく、その内容は家政婦や圭介らの話をなぞるだけのものだった。すると風祭警部は端整な顔に《退屈》の二文字を浮かべながら、事情聴取の役目を部下に丸投げ。仕方なく麗子が質問役となって調べは続けられた。「――要するに、夕食の最中、圭介氏はずっとあなたや木村和樹氏と一緒だった。それに間違いありませんね？」

「ええ、そうです」と頷いた久枝夫人は、「あ、でも……」と顔を上げて、微細な情報を付け加えた。「もちろんトイレにいく程度のことはありましたよ」

「圭介氏がトイレ？　食事中にですか？」

「いえ、食事の席に着く寸前のことです。『ちょっとトイレ……』といって圭介は食堂から出ていきました。もちろん、ほんの五分程度で戻ってきましたわ。それが午後六時半のことで、それから夕飯の席が始まったのです。それ以降、圭介はずっとわたしや木村さんと一緒でした。――ひょっとして刑事さんは息子のことを疑ってらっしゃるのですか。雅文さんは自分で首を吊ったのではないと、そうお考えなのですか」

「いえ、その点は、なんとも……」と適当に口を濁して、麗子は夫人に尋ね返す。「ちなみに、雅文氏が自殺する理由に何か心当たりなどは？」

「そんな心当たりなど、あるわけが……」と中途まで否定しかけてから、夫人は『この答えはマズイ』と考えなおしたのだろう。「いえ、まあ、誰がどんな悩みを抱えているか、一緒に暮らす家族でも判らないことはありますからね。何かあったのかもしれません」と含みを残した返答。《自殺の可能性アリ》としておいたほうが、実の息子にとって有利。そう判断した上での対応だと、麗子の目には映った。

　こうして事件の関係者からの事情聴取は、ひと通り終了した。

4

久枝夫人が去った後、風祭警部は現場となった部屋をウロウロと歩きながら、何やら頭を捻っている様子。だが単に《思考するエリート捜査官》を演じて悦《えつ》に入《い》ってるだけという可能性も充分ある。いったい、どっちかしら——と首を傾げながら見守る麗子。その目の前で警部は、ふと何事か気付いたように、「ん⁉」といって顔を上げると、左右をキョロキョロと見回しながら、「そういや、あのお嬢ちゃんは、どうしたんだい、宝生君？」

「ひょっとして若宮さんのことですか？」

先ほどからずっと気になっていたことだが、もう見過ごすわけにはいかない。ここは可愛い後輩ちゃんのためにも、このセクハラ上司に一発ガツンといっておく必要がありそうだ。そう考えた麗子はダテ眼鏡越しに上司を睨《にら》みつけて、「駄目ですよ、警部、仮にも部下のことを《お嬢ちゃん》呼ばわりなんて。もう、そういう時代じゃありませんからね」

——じゃないと、また左遷されちゃいますよ、警部。それでもいいんですか。わたしは全然いいですけどね。むしろ、そのほうが好都合ですし！

と心の中で麗子は言いたい放題。すると警部は「ん、駄目なのかい⁉」と意外そうな表情を浮かべて、麗子のことを指差した。「しかし宝生君、そういう君は以前、僕から《お嬢さん》と呼ばれて、まあまあ喜んでいたような、そんな記憶があるんだが……」

「べつに喜んでませんから！」誰が喜ぶか、馬鹿！　勝手に記憶を書き換えるな！

「いや、しかしだね……」

「喜んでないッ！　喜んでませんッ！」裂ぱくの気合を込めて麗子が叫ぶ。

瞬間、見えない気に押されたごとく、「うをッ」と悲鳴をあげて壁際まで吹っ飛ぶ警部。驚いたように目をパチクリさせた彼は、乱れた髪の毛を手櫛《てぐし》で直して、取り繕うような笑みを部下へと向けた。「わ、判ったよ、宝生君、確かに君のいうとおり、部下のことを《お嬢ちゃん》呼ばわりなど、いまどき許されないことだ。これからはプライベートでのみ、そう呼ぶことにするよ。それでいいだろ、お嬢さ……いや、宝生君？」

――まだまだ呼ぶ気マンマンですね、警部！

麗子は「ハァ」と溜め息をついて、話を元に戻した。「もういいです。――で、若宮さんが、どうかしましたか」

「どうもこうもないさ。彼女、久枝夫人を連れて出ていったきり、全然戻ってこないじゃないか。さてはサボって煙草《タバコ》でも吸ってるんじゃないのか、あの娘《こ》？」

「………」いったい部下のことを、どんな色眼鏡で見てるんですか、警部⁉　愛里ちゃんは隠れ煙草なんか絶対しませんから――「他の男性捜査員たちと一緒にしないでくださいね。きっとトイレか何かでしょう。すぐに戻ってきますよ」

と口にした傍から、若宮刑事が現場に舞い戻る。若干ながら息を弾ませる彼女に、麗子は首を傾げて尋ねた。「どこにいってたの、若宮さん？」

すると後輩刑事は消え入るような声で「すみません。ちょっとお花を摘みに……」

「おいおい、のんきに花なんか摘んでる場合じゃないだろ！　仕事中だぞ、仕事中！」

「トイレですよ、警部ッ！　この場合の『お花を摘みに』はトイレの意味ですからッ！」

麗子が判りきった注釈を加えると、無粋な警部は「え⁉　あ、そっちか……」といって気まずそうに口を噤《つぐ》む。すると若宮刑事は、さらに隠れた事情を説明した。

「そしたら、あたし、元の部屋に戻ってこられなくなってしまって……ほら、この屋敷、廊下が長くて部屋数も多くて、しかも廊下の照明は薄暗いじゃないですか……」

「ほぉー、つまり何かい？　君は捜査中に現場で迷子になったってわけかい？」

皮肉っぽい笑みを浮かべた風祭警部は、「ああ、ちょっと宝生君、こちらへ」といって麗子のみを壁際に呼び寄せる。そして耳打ちするようにいった。「やれやれ、どうやらこの僕がいない間に、国立署のレベルは随分と下がってしまったらしいね。実に嘆かわしいことだ」

「はぁ、そうかもしれませんね」実際、現場で迷子になる捜査員など、過去にひとりもいなかった。しかも、そこにいま新たに風祭警部が加わったのだ。確かに国立署のレベルは、過去最低水準まで低下しているかもだ。「ええ、まったく嘆かわしいことです……」

「うむ、さぞかし君も苦労することだろう。だが大丈夫だ、宝生君。捜査の現場では何が事件解決のヒントになるか、まったく判ったものではないね。あのドジっ娘刑事の一見無意味に思える小さなミスが、僕の脳細胞に大いなる閃《ひらめ》きを与えてくれたんだ。その意味で、僕は彼女に感謝するべきなのかもしれない」

「はぁ……」何いってるんです、警部？

首を傾げる麗子の胸には不安しかない。

一方の警部は部屋の中央に進み出ると、舞台俳優のごとく大袈裟《おおげさ》に両手を広げた。

「確かに国枝邸は広い。初めてこの屋敷を訪れた者は、仮にそれが現職刑事であっても、その構造を簡単には把握できないだろう。ましてや一般人ならば、なおさらだ。――そう、例えば、ごくごく普通の銀行員である木村和樹氏。彼もまた若宮刑事と同様に、この屋敷の中で迷う可能性は大いにあったはず。そこに何らかの小細工が入り込む余地がある。そう思わないかね、宝生君?」

「………」よく判らないが、ここは適当に頷いておく場面だろう。麗子は「ええ、警部のおっしゃるとおりです」といって上司の発言を促した。「仮に小細工があったとした場合、この事件、どういうことになるのでしょうか」

「うむ、あくまで推測の域を出ない話なんだがね」

と慎重に前置きして風祭警部は自説を語った。「今日の夕方六時ごろ、木村和樹が圭介に案内されたという雅文の部屋。そこは実のところ、雅文の部屋ではなかった。雅文の部屋によく似た別の部屋だったのではないか。別の部屋だから、当然そこに雅文の死体なんてない。室内はガランとしていただろう。圭介はその部屋を木村和樹に対して、義兄の部屋であると嘘の情報を与えつつ見せた。その一方で、本当の雅文の部屋――つまり我々がいる、この部屋には――その時点で、すでに雅文の死体が天井からぶら下がっていたわけだ。どうだね、宝生君?」

「ということは、つまり雅文氏が殺害されたのは、午後六時以降のことではなくて……」

「そう、午後六時よりもっと前。それどころか、木村和樹が国枝邸を訪れる午後五時よりも、さらに前の出来事だったに違いない。その時間帯なら圭介は、自室にひとりでいたと証言しているだけ。

確かなアリバイはないのだから、彼の犯行は充分に可能となる」

警部の語る一見もっともらしい推理。それに対して、まったく免疫を持たない若宮刑事は、かなりの信憑性《しんぴょうせい》を感じたらしい。「凄《すご》ぉーい！　確かにそうですねー」と手放しでその推理を賞賛している。だが、すでに免疫ありまくりの麗子は、そう簡単に警部の推理に飛びつく気にはなれない。慎重な口ぶりで、こう尋ねる。

「しかし警部、仮にその推理が正しいとするならば、この屋敷の二階に、もうひとつ雅文氏の部屋とそっくりの部屋がなくてはいけません。そんな部屋が果たして、どこに？」

「ふふん、仮にそんな部屋があるとするならば、それはひとつしか考えられないさ。――よーし、こうなったら論より証拠だ。我々の手でその部屋を暴いてやろうじゃないか」

そういって雅文の部屋をひとり飛び出していく風祭警部。

麗子と若宮刑事は互いに顔を見合わせてキョトン。それから二人は白いスーツの背中を追うようにしながら、相次いで廊下へと駆け出すのだった。


それから数分後。三人の刑事たちは、国枝圭介を引き連れながら、ずんずんと二階の廊下を進んでいた。圭介は、サッパリ訳が判らない、といった表情で風祭警部に問い掛けた。

「ちょ、ちょっと、どういうことですか、刑事さん⁉　いきなり僕の部屋を見せろだなんて……僕の部屋なんか見たって、面白いものは何もありませんけど……ああ、そこですよ、刑事さん。その突き当たりの扉が、僕の部屋です」

圭介が真っ直ぐ前方を指差すと、警部は満足そうに頷いた。

「どうやら角部屋のようですね。雅文氏の部屋と同じだ」

「まあ、角部屋といえば角部屋ですが」そういって圭介は自らドアノブを引き、扉を開け放つ。そして三人の刑事たちを自室へと招き入れた。「――さあ、どうぞ」

その声を待たず、警部はずかずかと室内に足を踏み入れる。麗子と若宮刑事も上司の後に続いた。瞬間、警部の口から「おおッ」という感激に満ちた声。その顔に浮かぶのは、勝利を確信した笑みだ。「どうだ、見たまえ、宝生君！」

「はあ……」麗子はダテ眼鏡を指先で押し上げながら、部屋の様子を眺めた。

圭介の部屋は、確かに雅文の部屋とよく似ていた。おそらく広さの点では、まったく同じだろう。そこにシングルベッドやデスク、あるいはリラックスチェアーや本棚など、雅文の部屋とほぼ同様の家具がほぼ同様の場所に配置されている。一見すると二つの部屋を取り違える可能性は、充分ありそうにも思える。だが、もちろん異なる点もなくはない。扉に近いほうの壁には、六十インチはあろうかと思われる大画面テレビ。それが壁に掛けられた恰好で設置してある。雅文の部屋にテレビはなかったはずだ。そして何よりも違う点――それは窓だ。

麗子は警部に対して残念なお報《しら》せを口にするしかなかった。

「警部、この部屋、窓がひとつしかありませんよ」

「ん⁉」警部はいま初めてその事実に気が付いたように、両目を見開いた。「――窓⁉」

「ほら、ベッドの傍にはブラインドの掛かった腰高窓がありますよね。これは雅文氏の部屋の様子と、まったく同じです。けれど雅文氏の部屋には、デスクの傍にも同じくブラインドの掛かった腰高窓がありました。例の富士山が見える西向きの窓です。それがこの部屋にはありません。デスクは何もない壁に向かって置いてあります」

「へえー、この部屋って、角部屋なのに窓は一箇所だけなんですねー」

若宮刑事が不思議そうに呟く。風祭警部の顔から勝ち誇った笑みが掻き消える。そして警部は摑《つか》み掛からんばかりの勢いで圭介に問い掛けた。

「お、おい、君！　ここにあった窓、どこにやったんだ！」

「どこにもやりませんよ、刑事さん」圭介は呆れ顔で答えた。「その壁には最初から窓なんかないんです。僕の部屋に窓はひとつだけ。ちなみに、その窓から富士山は見えませんよ」

警部が何を推理し、どんな可能性を探っているのか。それを充分に理解した様子で、圭介は東向きの窓を指差す。風祭警部は屈辱のあまり顔面を朱に染めている。今度は圭介のほうが勝利を確信する番だ。彼は意地悪な笑みを浮かべながらいった。

「お判りですね、刑事さん。富士山に夕日が沈む光景なんて、僕の部屋からは、けっして眺めることはできないんですよ」

5

「――っていうことなのよ。お陰で捜査はすっかり暗礁に乗り上げてしまったってわけ。捜査員の中には、あらためて雅文氏の自殺説を唱える者も現れる始末よ」

国枝雅文の謎めいた死から数日が経過した、とある夜の宝生邸。今日の勤めを終えた宝生麗子は、昼間に着ていた地味で機能的なパンツスーツ姿とは一転、いかにもお嬢様らしく華やかなピンクのワンピースに身を包み、リビングのソファに深々と腰を沈めていた。

手にしたワイングラスの中身は、イタリア産ワインの最高峰であるバルバレスコ。赤い液体をグラスの底で揺らしながら、麗子は傍らに控えるタキシード姿の執事に尋ねた。

「ねえ、いまのわたしの話を聞いて、どんな印象かしら、影山？」

「新人ちゃんでございますか？　話をお聞きした限りでは、なかなか期待できそうな逸材であるご様子。後は先輩となられたお嬢様のお導き次第かと……」

「うーん、そうなのよねえ。あの娘、いいものは持っていると思うのよ。なんたって風祭警部を前にしながら、まったく物怖《ものお》じしない度胸があるもの。でも逆にいうと少し天然っぽいところがあるのよねえ、愛里ちゃん……って、違うでしょ！」と麗子は全力のノリツッコミを披露《ひろう》。音を立ててワイングラスをテーブルに置くと、傍らに控える執事を横目で睨みつけた。「誰が若宮刑事の印象を聞いてるのよ！　わたしが聞きたいのは――」

「ああ、風祭警部のほうでございますか。残念ながら、そちらの印象については《相変わらず》としか申し上げられません」

「うん、それはわたしも同感――って、それも違ぁーう！」いや、違わないか。確かに風祭警部は相変わらずだ。けれど、いま聞きたいのは、それじゃない。麗子は話を事件に戻した。「最も疑わしい人物は国枝圭介よ。だけど彼には確かなアリバイがあるの」

「そのようでございますね。ちなみに、アリバイの証人である木村和樹氏は信用できる人物と考えてよろしいのでございますか。彼が圭介氏から金品を渡されて、偽りの証言をしている。そのような可能性は、考えなくともよろしいので？」

「理屈としては、その可能性もあり得るけど、わたしの印象としてはナシね。木村和樹に嘘をついている素振りは、まったくなかった。彼が圭介とともに雅文の部屋を覗いたとき、実際そこに首吊り死体なんてなかったんだと思う」

「では風祭警部が推理したごとく、木村氏が覗き見た部屋は、実は雅文氏の部屋ではなかった。まったく別の部屋だった――そういう可能性は、いかがでございますか」

「考え方としては、確かに面白いと思うわよ。でも、やっぱり無理ね。わたしたちは国枝邸の部屋という部屋をすべて調べてみた。窓から富士山が見える西向きの部屋は、雅文の部屋以外にもいくつかあったわ。でも、そういった部屋に限って、雅文の部屋とは似ても似つかない空間なの。久枝夫人の寝室だったり、入院中の芳郎氏の書斎だったりで、部屋の広さ、家具の種類や配置などがまるっきり違う。仮にそんな部屋を雅文の部屋として見せられたところで、木村和樹が都合よく勘違いしてくれるわけがないわ」

「なるほど。しかし、その一方で圭介氏の部屋は雅文氏の部屋と、よく似ている――」

「ええ、義理の兄弟だけあって、似たような家具が似たような場所に配置されているわ。ちょっと見ただけなら、両者を取り違える可能性はあるかも――ああ、だけど、残念！」

「圭介氏の部屋には西向きの窓がない。――というわけでございますね？」

「西向きの窓どころじゃないわ。そもそも雅文の部屋と比べて窓の数がひとつ少ないんだから、話にならないわね。窓のないただの壁越しに富士山が見えるわけもないし……」

「だから話にならない。——いや、果たして、そうでございましょうか」

執事は意味深な口調で呟く。麗子は期待を抱《いだ》きつつ、彼を見やった。

「ん、どういうことよ、影山。ひょっとして何かピンときたことでも？」

すると影山は一瞬、確かに口を開きかけたものの、結局また口を噤む。そして黒服の胸に右手を当てながら、恭《うやうや》しく頭《こうべ》を垂れた。「いいえ、お嬢様に判らないことが、一介の使用人に過ぎない、このわたくしに判ろうはずがございません」

「なに急に謙虚ぶってるのよ!? あなたって、そんなキャラ!?」——どっちかっていったら、『こんなことも判らないのでございますか、お嬢様はアホでございますか』みたいなことをいって、こっちのプライドを滅茶苦茶《めちゃくちゃ》にするのが、あなたという人間だったはずよねえ！

影山の見せる謎の振る舞いに、麗子は首を傾げざるを得なかった。

そもそも影山は宝生家の執事でありながら、その実、優れた探偵としての資質を有する男。過去には麗子から詳しい話を聞いただけで、たちまち謎を解き明かして事件を解決へ導いたという、数々の実績を持つ。その際に彼が幾度となく見せた知性の閃き。快刀乱麻を断つがごとき推理力。そして傍若無人な態度と底意地の悪い物言い。どれをとっても《一介の使用人》という言葉では収まりきれない、まさにスーパー執事である。

そんな彼は麗子の言葉に対して、心外であるといわんばかりに首を振りながら、

「いえいえ、わたくしは最初からこのようなキャラ。むしろ謙虚さが黒服を着て、かしずいているような存在でございますよ。——おや、お嬢様の目には、そのように映っていらっしゃらない？」

「映ってるわけないでしょ！　わたし、目だけはいいんだから！」

やはりこの男、謙虚さとは真逆の存在であると、そう思わざるを得ない。が、それにしてもなぜ影山は、事件の話をはぐらかそうとするのだろうか。先ほどは何らかの閃きを得たような、そんな素振りを確かに見せていたはずなのに、いったいなぜ？

盛んに首を傾げる麗子だったが、一枚上手《うわて》の影山は麗子のグラスにバルバレスコを注《つ》ぎながら、

「そういえば、お嬢様、ブランコ通りにお洒落《しゃれ》な帽子専門店がオープンしたそうですよ……」

などと、まったく関係のない話を持ち出して、麗子の関心を逸《そ》らす作戦に出る。

ふん、その手に乗るもんですか――と心の中で呟く麗子。だが、そもそも帽子収集狂のきらいがある彼女のことだ。やがては大好きな帽子の話題にウッカリ乗ってしまい、「ふんふん、それはぜひ一度いってみなきゃね！」と大いに鼻息を荒くする。お陰で彼女の頭にあったはずの事件の話は雲散霧消してしまい、そのまま二度と蘇ることはなかった。

こうして気持ちよくワインに酔った麗子は、事件解決の瞬間ではなく、むしろ素敵な帽子に巡り合う瞬間をその脳裏に思い描きながら、ひとり寝床についたのだった。

6

そうして、どれほどの時間が経ったのだろうか。夢の中の麗子が、いままさに念願だったエルメスの高級ストローハットに手を伸ばしかけた、その瞬間――ドンドン、ドン！

寝室の扉が三度ノックされたかと思うと、扉越しに「お嬢様！」と呼び掛ける声。ハッとして目を開けた麗子は、ベッドの上で身体を起こし、慌ててナイトガウンを羽織る。扉を開けると、薄暗い廊下に影山の姿。普段と何ら変わりなく、きっちりとタキシードを着込んでいる。

――この男、寝間着《ねまき》姿とかになることは、一瞬たりともないのかしら？

と、いまここで考える必要のない疑問を抱きつつ、麗子は執事に問い掛けた。

「何よ、影山。いったいどうしたっていうの？」

「シッ、お嬢様！」影山は自らの口許に指を当てて、麗子を黙らせる。そして声を潜めながら薄暗い廊下の先を指差した。「あちらの部屋に何やら人の気配がするのでございます。ひょっとすると宝生家に伝わるお宝を密かに狙《ねら》おうとするコソ泥かもしれません」

「コソ泥ですって⁉　だったら大変、すぐに警察を呼んでちょうだい」

「お嬢様、ご自分の職業をお忘れでございますか」

「わ、忘れてないわよ！」そっか、わたしが警察だったわ。「でも泥棒なんて嘘でしょ？」

なにせ宝生邸は桁外《けたはず》れの大豪邸。万が一にも敷地内に泥棒が侵入しようものなら、たちまち警報が鳴って、警備員が駆けつけて、番犬がワンワンバウバウ――という超最新（？）の防犯体制が敷かれているのだ。このシステムを突破できるのは、漫画の中の大泥棒か、あるいはよっぽどの犬好きだけ。いずれにせよ、その確率は低いといわざるを得ない。

「それに何よ、あなたが持っているLEDランタン。妙に芝居がかってるわね。廊下の明かりを点《つ》ければ、そんなもの必要ないでしょうに……」

「芝居だなんて、とんでもない。わたくしは大真面目でございますよ」影山は見通しの悪い廊下をランタンの明かりで照らす。そして、それ以上の説明を拒絶するかのごとく、ゆっくりと前進を開始した。「では、お嬢様、どうぞわたくしとご一緒に――」

「………」まあ、仕方ないか。ひとりにしちゃ可哀想《かわいそう》だもんね……

小さく溜め息をつく麗子は、この執事の小芝居に付き合ってやることにした。おそらく影山には何らかの考え、というか企《たくら》みのようなものがあるのだろう。当然のことだ。何のプランもないまま、深夜にこのような真似《まね》をしているのだとすれば、そのときは彼の正気を疑わなくてはならない。

麗子は彼の背中を追うようにして、長い廊下を進んだ。

やがて影山はひとつの扉の前で足を止めると、「こちらでございます、お嬢様」

「ここって、えーっと、何の部屋だっけ？」無駄に部屋数が多いという屋敷の性質上、麗子でさえ、すぐには思い出せない。扉に耳を押し当てて様子を窺《うかが》ってみるが、中からは何の気配も物音もしなかった。「ふん、どうせ誰もいないんでしょ！」

そう決め付けた麗子はドアノブを摑むと、一気に扉を開け放つ。室内は真っ暗だ。影山の持つランタンの明かりだけが、入口とその周囲をほのかに照らしている。どうやら、そこは麗子の父、宝生清太郎が各地で収集したガラクタ――いや違う、お宝だ、もちろん全部お宝――それを収蔵するために造られた、いわばコレクションルームである。

虎《とら》の剝製《はくせい》や鹿《しか》の角、戦国時代の鎧兜《よろいかぶと》や、江戸時代の日本刀。明治時代の農機具、果ては昭和のアイドルの直筆サイン色紙までもが何の脈絡もなく陳列されている。麗子はそんな雑然とした空間を見回しながら、

「ほら、やっぱり誰もいないじゃない。――影山、あなた、わたしを担《かつ》いだわね？」

「わたくしが、お嬢様を担ぐ？　いやいや、そのようなことは、けっして……確かに、この部屋に賊の入った気配があったはずなのですが……」

「どこにあるっていうのよ、そんな気配が？」

そういって麗子は薄暗い室内をキョロキョロ。すると、その視線が壁に掛けられたブラインドにピタリと止まった。ブラインドの隙間からは腰の高さの窓と、外の景色を眺めることができる。いまは真夜中なので国立市街地の夜景が見えるばかりだ。――と思った瞬間、麗子はハッとなって声をあげた。「あらッ、この窓、半開きになってるじゃない！」

「ん、窓が⁉　窓が半開き――でございますか⁉」

「そうよ、ほら！」

ブラインド越しに見える半分ほど開いた窓を指差しながら、麗子は身震いした。「嫌だわ。ホントにコソ泥でも入ったのかしら？」

いまさらながら不安を覚えた麗子は、せめて護身用にと思い、陳列されていた模造刀を手に取る。そして執事に命じた。「影山、その窓の向こう側を覗いてみてちょうだい」

「承知いたしました」畏《かしこ》まった口調で応《こた》えた影山は、ひとりブラインドへと歩み寄る。だが次の瞬間、彼は何を思ったのか、その場でくるりと踵《きびす》を返す仕草。そして麗子へと哀れみに満ちた視線を向けながら、小さく肩をすくめた。「ああ、お嬢様……」

「ん、何よ？」麗子はキョトンだ。

影山はゆるゆると首を左右に振りながらいった。

「お嬢様、どうか、お願いでございます。――寝言は寝ていらっしゃるときに、おっしゃっていただけますか？」

　ふと気が付いたときには、麗子はすでに模造刀を抜いていた。右手に刀、左手に鞘《さや》を持ち黒服の執事に相対するその姿は、さながら剣豪宮本武蔵《みやもとむさし》の二刀流の構えだ。麗子は気合もろとも怒りの言葉を暴言執事へと投げつけた。「なんですってぇ、寝言とは何よ！　このあたしに対して、『寝言は寝ていぇ』って、いったいどーいうこと！」

「いいえ、わたくし、『寝言は寝ていぇ』などとは、けっして申しておりません。『寝言は寝ていらっしゃるときに、どうぞ』と、そのように申し上げているわけでして……」

「それ、同じだっつーの！」

　麗子は執事の言い訳を皆まで聞かず、右手の模造刀を真っ直ぐ彼へと向けた。

「影山、あなたひょっとして、丁寧《ていねい》にいいさえすれば、どんな暴言も許されるって思ってない？　敬語でいってもタメ口でも、《どうぞ》を付けても、暴言は暴言だっつーの！」

「これは失礼いたしました」影山は恐れをなした表情で慌てて頭を下げると、「お嬢様のお怒りは、ごもっとも――ですが、いまはとにかく、その凶暴な武器をお納めくださいませ」

「……ったくもう！」と頬《ほお》を膨らませた麗子は、手にした刀を一度ブンと振ると、時代劇スターの所作でそれを鞘へと戻す。そして目の前の執事に、あらためて尋ねた。「で、いったいどういうことなのよ？　このわたしがいつ寝言をいったっていうの？」

　問われた影山は、残念そうな顔を左右に振りながら答えた。

「どうやら、お嬢様は、すっかりお忘れのご様子でございますね。ご覧のとおり、ここは旦那様が収集された大切なガラクタを死蔵しておくための部屋でございますが……」

「ええ、どうやら、そのようね」

だけど、あなたがお父様のコレクションを《ガラクタ》と呼ぶのは、いかがなものかしら。あと《死蔵》って言い方も問題アリだと思うけど――「それが、どうかしたの？」

「これらの収蔵品にとって、直射日光というものは最大の敵。大切なガラクタを太陽の光にさらしたくないと、そうお考えになった旦那様は、このコレクションルームに敢《あ》えて窓というものをお造りにならなかったのでございます」

「そう何度も何度もガラクタって呼ぶことないと思うけど……え⁉」麗子はいまさらのように目を丸くしながら、「窓を造らなかったって⁉　じゃあ、その窓は何なのよ⁉」

「ご自分でお確かめになられては？」

そういって影山は一歩横にずれて、麗子にその場を譲る。代わってブラインドの前まで進み出た麗子は、「これが窓じゃなくて、いったい何だっていうのよ？」そう呟きながら、例によって刑事ドラマのボスがよくやる仕草で、ブラインドの隙間を指で押し広げる。次の瞬間、麗子は「むッ」と呻いて目をパチクリ。思わず二度見してから顔を上げると、無言のまま影山のほうを見やった。

「………」

影山はしてやったりの表情。眼鏡の奥で愉快そうに目を細めている。

麗子はあらためて目の前のブラインドを見やった。そして、おもむろに両手を頭上に伸ばして、ブラインドの上部を確認。思ったとおり、それはカーテンレールに吊るされたり、釘《くぎ》で固定されたりしているのではなかった。ブラインドの上部は壁の表面に強力な粘着テープらしきもので貼《は》り付けてあるだけだ。

麗子は力を込めて、そのテープを剝《は》がす。支えを失ったブラインドは、ガチャガチャと耳障りな音を立てながら、たちまち床へと落下した。すると、その向こう側から姿を現したのは、半開きになった窓——かと思いきや、そうではなかった。それは《半開きになった窓》の映像を映し出す巨大な液晶画面だ。

麗子は目を見張って叫んだ。

「何よ、これ！　窓じゃなくてテレビじゃないの！」

7

煌々《こうこう》と明かりの灯《とも》ったコレクションルームにて、影山は説明をはじめた。

「ええ、お嬢様もご指摘のとおり、これは窓ではなくテレビ。腰高窓と似たような広さと形状を持つ六十インチの大画面テレビでございます。リビングにあったものを、わたくしが密かにこの部屋まで運び込み、窓のない壁に設置いたしました。要するに壁掛けテレビでございますね。画面に映る映像は、内蔵されたハードディスクレコーダーに記録されたもの。撮影したのは、このわたくしでございます。つい先ほど、隣の部屋の腰高窓に向かってビデオカメラを設置して、半開きになった窓枠とガラス越しに見える夜景を動画として撮影いたしました。壁掛けテレビでその映像が再生されるのを見て、お嬢様はそれをいままさに窓から見えている本物の夜景であると錯覚された。そういうわけでございます。これを今回の事件に当て嵌《は》めて考えてみますと……」

「ちょっと待ちなさい、影山！」麗子は執事の説明を中途で遮《さえぎ》っていった。「なに、しれっと事件の絵解きに移ろうとしてんのよ。それ以前に説明するべきことがあるでしょ！」

「……と、おっしゃいますと？」影山はキョトンとして鼻先の眼鏡を指で押し上げる。

麗子は自分の足許を指差しながら、強い口調でいった。「今夜のことよ。いま、この瞬間のこと！要するに全部お芝居だったわけね。コソ泥なんて最初からいなかった。あなたは、ただこのテレビの仕掛けを、わたしに見せつけたいがために、この部屋の壁にこんな小細工をした。そして、寝ているわたしを叩《たた》き起こした。そういうことなのね？」

「さすが、お嬢様、よくお判りでいらっしゃる！」

「そりゃ、お判りになるわよ！」麗子は思わず地団太《じだんだ》を踏みながら、「判らないのは、なぜあなたがわざわざ、こんな面倒な真似をしたのかってこと。テレビを運んだり、偽の映像を撮影したり……そんなことしなくたって、口で説明すりゃ簡単に済む話じゃないの！」

「いやいや、お嬢様は口で説明しても判らないお方でございますから……ふッ」

「何が『ふッ』よ！　失礼だっつーの！」

「お気を悪くされたのでしたら申し訳ございません。ですが、『百聞は一見にしかず』と申します。こうして実演して差し上げるほうが、言葉で説明するよりも早いと、わたくし、熟慮の末にそのような結論に至ったのでございます」

「そう？　早いかしら？」麗子は首を傾げながら、「本当は、言葉で説明するよりも、実演してわたしをビックリさせるほうが《面白いぞ》って、そう思ったんじゃないの？」

「ええ、正直それもございます」

「認めちゃうのか！」もはや麗子は呆れるしかない。「まあ、いいわ。とにかく判った。要するに、わたしが寝ている間に、あなたは窓のないこの部屋に窓を造ってみせたってわけね。そして、わたしは見事に騙《だま》された。まさか、目の前に見えている夜景が、大画面テレビの中の映像だなんて思わないものね」

「このトリックの肝は大画面テレビよりも、むしろブラインドのほうでございましょう。《ブラインドが下りている》という視覚情報だけで、多くの人はそこに窓があると思い込んでしまう。ブラインドの向こう側に窓以外のものが存在するとは、普通は考えない。その強固な先入観のせいで、腰ほどの高さに設置した壁掛けテレビが腰高窓に見えてしまう。と同時に、夜景や窓枠を映した映像を、実際に目の前にある景色だと錯覚してしまう。これは、そういった心理のアヤを突いたトリックといえるでしょう。では、お嬢様――」

といって影山は慎重に麗子の同意を求めた。

「そろそろ、雅文氏殺害事件の絵解きに移ってよろしゅうございますか」

「ええ、結構よ。――といっても、この仕掛けを目の当たりにしたいまとなっては、もうだいたいのことは想像がつくけど。要するに、雅文殺しの真犯人は義弟の圭介。彼は自分の部屋を雅文の部屋であると偽ることで、自らのアリバイを捏造《ねつぞう》したってわけね」

「お察しのとおりでございます、お嬢様。圭介の部屋には、雅文氏の部屋と違って、西向きの窓がない。その一方で、壁掛け式の大画面テレビがある。この二つの点を圭介は利用いたしました。彼はもともと扉のある側の壁に掛けてあったテレビを、デスクの置かれた側の壁に掛けなおしたのでございます」

「ちょうど腰高窓ぐらいの位置にね」

「ええ。そして圭介はさらに、そのテレビの手前に雅文氏の部屋の窓にあるのと同じタイプのブラインドを垂らしたのです。ブラインドの上部は壁にガッチリ固定する必要はありません。わたくしがやったように、上部をテープで壁に貼り付けておく程度で充分。それでもブラインドが存在するという事実によって、テレビはより窓っぽく見えたはず。またブラインドにはテレビのフレームを隠す効果もあったことでしょう。後は、事前に雅文氏の部屋の西向きの窓から撮影していた日没時の動画を画面上で再生しておけば、それでOK。間近で見詰めるのならともかく、離れた場所からブラインド越しに眺める分には、それは遠くに富士山を望む西向きの窓としか見えなかったはずでございます」

「なるほどね」麗子は影山の説明に深く頷いた。「じゃあ、圭介は木村和樹が国枝邸を訪ねてくる前に、そういった小細工を済ませていたわけね」

「小細工ばかりではありません。今回の犯行の主眼である雅文氏殺害。および、その死体を雅文氏の部屋の天井に吊るすこと。それらのすべてについて圭介は、木村氏が屋敷を訪れるよりも前にやり終えていたはず。そうして迎えた午後五時、圭介は木村氏を屋敷に招き入れ、美術品などを彼に見せながら一時間ほどを費やします。そして午後六時になったころ、圭介は当初の計画どおり、木村氏を《雅文氏の部屋》へと案内したのでございます」

「しかし、そこは雅文の部屋ではなく、それによく似た圭介の部屋だったってわけね。にもかかわらず、木村和樹はそれを雅文の部屋だと信じた。そして、そのとき彼はブラインド越しに見たのね、富士山に夕日が沈む光景を――」

「さようでございます。それによって木村氏の頭には、そこが西向きの部屋であるというイメージが記憶された。その後、午後六時半から木村氏は圭介と夕食をともにいたします。そして午後七時になって、家政婦と久枝夫人が雅文氏の首吊り死体を彼の部屋で発見。捜査に当たった風祭警部は――そして、お嬢様もですが――木村氏の証言などから、雅文氏の部屋に首吊り死体がぶら下がったのは午後六時以降のことであると考える。結果、その時間帯にずっと木村氏と一緒だった主介のアリバイは確固たるものとなる。これはそういう効果を狙ったトリックでございました。実際には、犯行のほとんどは午後五時以前に終わっていたのでございます」

「なるほどね。ところで、圭介は自分の部屋に施した小細工――移動させたテレビや壁に貼り付けたブラインドとか――そういったものを、いつ元どおりにしたのかしら？　わたしたちが圭介の部屋を訪れたときは、もう《偽りの窓》はそこになかったけれど」

「トリックの後始末でございますね。その作業は、警察が国枝邸に大挙して訪れるより前に、済ませておく必要があったはず。だとするなら、圭介がそれをおこなうタイミングはただひとつ。夕食のテーブルに着く直前、圭介がトイレに立った、その五分程度の間しかございません。その間、木村氏や久枝夫人の前から姿を消した圭介は、トイレに向かうフリをしながら、その実、密かに二階へと向かったのでしょう。そして自分の部屋に戻ると、大急ぎで壁からブラインドを外して、それをしかるべき場所に仕舞った。そして大画面テレビを元あった壁に掛けなおしたのでございます」

「大丈夫、それ？　大画面テレビって、ひとりで移動させるの大変じゃないかしら？」

「もちろん楽ではありませんが、所詮《しょせん》は同じ部屋の壁から壁までの距離。リビングの大画面テレビをひとりでコレクションルームまで移動させるのとは、そもそも訳が違います」

「そりゃまあ、あんたの使った無駄な労力に比べりゃ、遥かに楽でしょうけど……」

皮肉を込めて呟く麗子。一方の影山は真面目くさった顔で頷いた。

「ええ。事前に練習しておけば、本番ではほんの数分で可能だったものと思われます」

「まあ、そうかもね。判ったわ」頷いた麗子は、あらためて犯行の全貌《ぜんぼう》を頭の中でイメージ。そして苦々しい口調でいった。「じゃあ結局のところ、風祭警部が推理した、二つのよく似た部屋を勘違いさせるトリック、あれは結構いい線いってたってことなのね」

「ええ、《偽りの窓》の存在を見抜けなかった点だけが残念ではありましたが、大筋で警部の推理は、ほぼ正鵠《せいこく》を射ておりました。――実にお見事です。ひょっとすると風祭警部、本庁勤めをされていた間に、かなり腕を上げられたのでは？」

「そうかしら？　あの人に限って、それはないような気がするけど。それに影山だって、さっきは、風祭警部のこと、《相変わらず》って酷評してたはずよね」

麗子の鋭い指摘に、執事は苦笑いしながら眼鏡の位置を直すばかりだ。

果たして風祭警部は《腕を上げた》のか、それとも《相変わらず》なのか。それは今後の彼の活躍を見てみないことには、まだ何ともいえない気がする。

そんなことを思う麗子に、ふと影山が心配そうな表情を向けた。「ところで、お嬢様、これからどうなさるおつもりでございますか。わたくしの語ったトリックは、あくまで推理の域を出ないもの。こうやれば圭介にも犯行が可能――というだけの話に過ぎません。実際に彼がそれをおこなったという証拠は、どこにもございませんよ」

「そうね。でも、きっと何か突破口があるはずよ。いまはまだ自信満々の圭介を、いつかギャフンといわせられる何かが。――ああ、だけど、その前に！」

「その前に？」怪訝《けげん》そうな顔で問い返す執事。

麗子は口から飛び出しそうになるアクビを、無理やり噛《か》み殺しながらいった。

「もう今夜は遅いから寝ることにするわ。ぐっすり眠って、また明日考えましょ。だって、こんな夜中じゃ、どんな脳ミソだって働くわけないものね」

麗子の言葉に、影山は微《かす》かに微笑《ほほえ》む。そして恭しく頭を下げながら、

「さすが、お嬢様。ぜひ、そうなさるのがよろしいかと――」

8

宝生麗子が若宮刑事を従えて、再び国枝邸を訪れたのは、翌日の午後のことだった。

二人は現場となった雅文の部屋で、久しぶりに圭介と相対した。おそらく刑事たちの急な来訪の意図を測りかねたのだろう。圭介は、「どうしたんです、刑事さん、また何か僕に聞きたいことでも？」といいながら、キョロキョロと左右を見回した。「それに、例の白い刑事さんは、どうしました？　今日は姿が見えないようですが……」

《白い刑事さん》とは風祭警部のことに違いない。だが警部が一緒だと上手くいくものも上手くいかなくなる。そんな予感がしたため、麗子はこの場に若宮刑事だけを連れてきたのだ。とはいえ、この不都合な真実を外部に漏らすことは憚《はばか》られる。そこで麗子は咄嗟に、

「えーっと、風祭警部は今回の捜査から外されまして……」

とテキトーな嘘、というか辛辣《しんらつ》な冗談を口にする。と次の瞬間——

「えッ、外されたんですか、警部さん⁉」

「外されちゃったんですか、風祭警部⁉」

と、なぜか圭介と若宮刑事の声が微妙に被《かぶ》る。麗子は思わず隣の後輩を見やった。

——あなたは警部が外されてないこと、知ってるでしょ、愛里ちゃん！

彼女の天然っぷりに、麗子は密かに溜め息を漏らす。そして圭介のほうに再び向きなおると、

「まあ、警部のことは、どうだっていいです」と上司に纏《まつ》わるくだらない話題を一蹴《いっしゅう》。あらためて事件の話へと移行した。「実は、ぜひ伺いたいことがあって、こちらに参りました。ひとつだけ質問、よろしいでしょうか」

「え、ええ、なんなりと……」

「では、さっそく」といって、麗子はおもむろに窓のほうを向く。例の富士山が望める西向きの窓だ。そのブラインドの隙間から見える景色を指差しながら、麗子は尋ねた。「雅文氏が亡くなった夕刻、あなたは木村和樹氏とともに、この部屋を訪れ、窓からの景色をご覧になった。間違いありませんね？」

「ええ、確かに見ましたよ。富士山に夕日が沈む光景をね」

「そのとき、窓の外を電車が走っていませんでしたか」

「はぁ、電車⁉　ははは、何を聞かれるのかと思ったら、そんなことですか」圭介は苦笑いしながら、余裕のポーズで答えた。「確かに、この窓からは遠くに富士山が、近くには南武線の線路が見えますね。だけど、あのとき電車が走っていたかどうかなんて、全然覚えていません。そんなこと気にも留めませんでしたよ」

「そうですか。残念です。——でも木村氏は、ちゃんと覚えていてくれましたよ」

麗子の言葉を聞き、圭介の顔から余裕の色が掻き消えた。代わって現れたのは、緊張に満ちた表情と薄《うっす》ら額に浮かぶ汗だ。「お、覚えていたって……な、何をですか？」

「木村氏がこの部屋を覗いたとき、窓の外には富士山に沈む夕日と、それから電車の走る光景が見えたそうです。そのブラインド越しに間違いなく」

そして麗子は大袈裟に腕組みしながら続けた。

「でも変なんですよねえ。あの日は踏切事故があって、南武線は夕方から夜にかけて不通になっていた。太陽が沈む時間帯に、南武線の線路上を電車が走っていたなんてことは、絶対あり得ないはずなんですけど。——ねえ、どう思う、若宮刑事？」

「さあ、怪奇現象でしょうかぁ？　それとも都市伝説的なやつ？」

やっぱり、この娘に聞くんじゃなかったわね——と残念な思いで首を振りつつ、麗子は圭介に対しても同じ質問。「どう思われますか、この奇妙な現象について？」

「で、電車だって⁉　いや、それは、えっと……」たちまち、しどろもどろになる圭介。

その姿を愉悦の眸《ひとみ》で見詰めながら、麗子は勝利を確信した。

「あなたが木村氏とともに見たという、富士山に夕日が沈む景色。それって本当に、あの日あの時のリアルな景色だったんでしょうか。ひょっとして数日前に撮影した動画か何かだったのでは、ありませんか。――いかがです、国枝圭介さん？」

「…………」

淡々と続く麗子の問い掛けに、やがて圭介はガタガタと身体を震わせはじめる。

その口からは、もはやひと言の反論すら出てこないのだった。

第二話

血文字は密室の中

1

さながら深海の底を思わせるほどにシンと静まり返った取調室。漆黒のパンツスーツに身を包む宝生麗子《ほうしょうれいこ》は、黙り込んだまま椅子《いす》の上。部屋の中央に置かれたスチール製の机に両肘《りょうひじ》を突いた姿勢で、目の前の中年男性を見やった。

男性の名は中田雄一郎《なかたゆういちろう》。白シャツにチノパン姿の彼は、正面の椅子に座りながら、だらしなく姿勢を崩している。額にかかる髪の毛を指先で弄《もてあそ》ぶさまは、まるで不貞腐《ふてくさ》れた街のチンピラのようだ。

――どうも、この男、わたしが女だからって舐《な》めてるみたいね！

漠然とそう感じた麗子は、普段なら滅多に出すことのない低い声で、彼に尋ねた。

「では中田さん、あなたは下入佐勝《しもいりさまさる》氏の殺害事件とは、無関係だというのですね。薩摩切子《さつまきりこ》の壺《つぼ》の行方についても、いっさい知らないというのですね？」

「ええ、そうですよ、刑事さん」中田は椅子の上で姿勢を正すと、いかにも骨董《こっとう》店を営む者らしく、まるで値踏みするような視線を麗子へと向けた。「僕は下入佐さんをナイフで刺してなどいない。値打ち物の壺を奪ってもいない。まったくの無実なんですよ。それなのに、なんでこんな取調室で犯人扱いされなくちゃならないんです？　納得できませんね」

「いえいえいえいえ、犯人扱いだなんて、とんでもない」――あくまでも容疑者として扱っているだけですから。といっても、まあ、控えめにいって《最重要容疑者》ですけどね！

　麗子はニヤリとした笑みで両手を振ると、あらためて目の前の容疑者を見詰めた。

「ところで中田さん、亡くなった下入佐氏は、骨董商であるあなたを信頼して、高額な商品をたびたび購入されていたのだとか」

「ええ、そのとおりですよ。下入佐さんは、うちの店にとって最高のお得意さんでした。そんな彼を僕が殺すわけがない。そう思いませんか、刑事さん？」

「なるほど、おっしゃるとおりですね。ちなみに奪われた壺は、下入佐家に代々伝わる家宝だと聞いています。きっと、かなりのお値段がするお宝だったのでしょうね。専門家であるあなたの目から見て、どう思われますか」

「そうですねえ。まあ、安く見積もっても百五十万円は下らないでしょう。出すところに出せば、その倍の値段で取り引きされる可能性も――あ、いや」ウッカリ喋《しゃべ》りすぎたと思ったのだろう。中田はふいに言葉を止めて、引き攣《つ》った笑みを浮かべた。「まあ、とにかく希少な逸品には違いない。あれを欲しがる人間は、それこそ山のようにいるでしょうね」

「もちろん、あなたも含めて、ですね？」意味深な口調で麗子が尋ねると、

「ぼ、僕はべつに、そんなつもりは……」と骨董商は視線を宙に泳がせる。

　ここが勝負どころ。そう睨《にら》んだ麗子は、畳みかけるように二の矢を放った。

「中田さん、あなたはその薩摩切子の壺を手に入れたいと思い、相応の価格で譲ってくれるよう、下入佐氏に申し出た。ところが下入佐氏に壺を手離す気はない。彼はあなたの申し出を断固として拒否した。――間違いありませんか」

「だ、誰《だれ》がそんなことを……ぼ、僕はそんなことをいった覚えは一度も……」

いやいや、シラを切っても無駄ですよ、ちゃんと調べはついているんですからね——そんな、いかにも刑事らしい台詞《せりふ》が麗子の口を衝《つ》いて飛び出しかけた、そのとき！

突然、彼女の傍《かたわ》らから伸びてくる一本の細い腕。その可憐《かれん》な掌《てのひら》が天板の上を叩《たた》くと、スチール製の机は「バシン！」とは響かずに「バコン！」と間抜けな音をたてた。

「………」一瞬の間があった後、取調室に響き渡ったのは、どこか弱々しくて頼りない女性の声だ。「う、嘘《うそ》をつかないでぇ！　ちゃ、ちゃんとネタは上がってるんですからぁ！」

妙に上擦《うわず》った声の主は、もちろん麗子——ではなくて彼女の傍らに立つ後輩ちゃん、若宮愛里《わかみやあいり》刑事だ。初々《ういうい》しさ満点、迫力0点、語彙力《ごいりょく》平均値以下の残念な怒声を浴びせられて、容疑者の中年男性は「はぁ⁉」という薄いリアクション。むしろ先輩である麗子のほうが、驚きのあまりズルッと椅子から滑り落ちそうになる。——何なのよ、愛里ちゃん！　いきなり《ネタは上がってる》とか、昭和の刑事ドラマじゃあるまいし！

斜めになったダテ眼鏡を掛けなおしながら、麗子はあらためてきちんと椅子に腰を落ち着ける。コンサバなグレーのスーツに身を包む若宮刑事は、激しい興奮もしくは若干の羞恥心《しゅうちしん》によって頬《ほお》を赤くしながら、身動きさえできず荒い息を繰り返している。そんな後輩に対して、麗子はいかにも頼れる先輩らしく片手を挙げた。

「まあまあ、愛里ちゃ……いえ、若宮刑事、そう大きな声を出さないでね。ほら、落ち着いて落ち着いて……」そういって後輩をなだめた麗子は、再び容疑者の男に向きなおると、「で、いかがです、中田さん？　正直に話す気になりましたか？」

「なるわけないでしょ、刑事さん！　いまので話す気になる奴《やつ》なんて、いませんって！」

まあ、そうですよね。あれじゃ完落ち寸前の真犯人だって、『もう少し粘ってみよう……』って気になりますよね——と麗子は心の中で深く納得。そこで、もう少し具体的な話を振ってみることにした。「あなたは骨董好きの竹沢庄三《たけざわしょうぞう》氏という方をご存じですよね？」

「ええ、もちろん。うちの店の常連さんですよ。竹沢さんが、どうかしましたか」

「彼がわたしたちの前で証言してくれたんです。事件の数日前、あなたと下入佐氏との間で、問題の薩摩切子の壺を巡って、感情的になる場面があったという話をね。——それでも、あなたはシラを切るつもりですか、中田雄一郎さん！」

「そ、そうですよッ、ご、誤魔化そうたって、そうは問屋が卸しませんからネッ」

若宮刑事は容疑者に対して睨み（？）を利かせながら、先輩の尋問を懸命に後押し。だが正直、後押しどころか逆効果だ。麗子は心の中で思わず溜《た》め息《いき》を漏らした。

——《そうは問屋が》って、愛里ちゃん、若いくせに言葉のチョイスが古いわよ！

事実、追い詰められていたはずの中田は、彼女の言葉を聞いた途端、震え上がるどころか、すっかり頬を緩ませて半笑いの表情。どうやら新米刑事の空回《からまわ》りする奮闘ぶりは、男性容疑者の心を和《なご》ませるばかり。有益な供述を引き出す効果は、まるでないらしい。

やれやれ、というように麗子は椅子から立ち上がる。そして容疑者に背中を向けると、興奮気味の後輩を壁際へと誘《いざな》った。「どうもラチが明かないわね、若宮さん」

「まったくですね」若宮刑事は両腕を胸の前で組みながら声を潜めた。「先輩、きっとあたしたち、女だからって舐められているんですよ、あの容疑者に」

「ええ、まあ、確かにそうかもね」――だけど、主に舐められているのは、あなたのほうなのよ。判《わか》ってるの、愛里ちゃん⁉

チラリと横目で問い掛けると、若宮刑事は腕組みしたまま両の頰を膨らませている。その表情はクラスの不真面目《ふまじめ》な男子たちに業を煮やす、真面目な学級委員長といった風情《ふぜい》だ。ここが学校の教室ではなく国立《くにたち》署の取調室であることを、麗子は一瞬忘れそうになる。

すると、そのとき突然、音を立てて開く取調室の扉。現れたのは黒いシャツに赤いネクタイ、純白のスーツに身を包む、よその警察署では見かけないタイプのダテ男だ。

「あ、風祭《かざまつり》警部……」

麗子が上司の名を呼ぶと、なぜか彼はその無駄に端整な顔面にニヤリとした笑みを湛《たた》える。そして彼女のもとへ真《ま》っ直《す》ぐ歩み寄ると、「やあ、宝生君、調べは順調に進んでいるかい?」といって彼女の肩を馴《な》れ馴《な》れしすぎる右手でもってポンと叩く。そして驚きの勘違いを披露《ひろう》した。「そういえば、さっき廊下の向こうまで響き渡っていたよ、怒りに満ちた君の声がね。――まあ、僕にいわせれば、若干の迫力不足は否《いな》めないってところだが」

「え⁉ 警部、それって……」たぶん、わたしじゃなくって、彼女の声ですよ！

訂正する代わりに、麗子は隣に立つ後輩を黙って指で示す。すると何を思ったのか若宮刑事は、いきなり宙に視線をさまよわせながら、いまここでやる必要のない前髪を直すという無駄なアクションを。麗子は啞然《あぜん》となって思わず目を剝《む》いた。――ちょっと、なにトボけてんの、愛里ちゃん！あなたの蒔《ま》いた種が、誤解の花を咲かせているのよ！

ワナワナと唇を震わせる麗子は、上司と後輩とを交互に見やる。それをよそに風祭警部は、先ほどまで麗子が座っていた椅子に自《みずか》ら腰を据える。そして張りのある声でいった。

「まあいい。それでは、この僕が直々に尋問するとしよう。取り調べの極意というやつを、この身をもって示そうじゃないか。君たちも、しっかり勉強して僕の技術を盗むがいい。本庁捜査一課において《取調室の魔術師》とまで噂《うわさ》された、この僕の高等技術をね」

――相変わらず、能書きが多いですね、警部。本当に盗むほどの技術をお持ちなんですか。それとあと、さっきの大声は、絶対わたしじゃなくて愛里ちゃんの声ですからね！

内心で不満を呟《つぶや》く麗子をよそに、風祭警部は目の前の容疑者の顔を覗《のぞ》き込む。そして作り物めいた低音で尋ねた。「いかがですか、中田雄一郎さん、そろそろお認めになられては？　事件の日の夜、あなたは下入佐邸を訪れ、骨董品の納められた土蔵にて、下入佐勝氏をナイフで殺害。値打ち物の壺を奪って現場から逃走した。――違いますか」

「違いますよ。なぜ刑事さんたちは、この僕を疑っているんですか。お宝の壺を欲しがる骨董品マニアなら、この界隈《かいわい》にゴマンといるはずじゃありませんか」

「ええ、よく判りますよ。確かに、奪われた壺は薩摩切子の逸品だ。――え、なぜ判るのかって？　いや、実は僕の自宅にも今回盗まれた壺より、さらに大きな薩摩切子の大皿がありましてね。ですから、それがどれほどの価値であるかは、よく判っているつもりですよ。まあ、ハッキリいって大半の市民には到底手が出せない代物だ」

いえ、べつに自慢じゃありませんがね――と付け加えながら大いに自慢する風祭警部は、確かに《大半の市民》には含まれない。中堅自動車メーカー『風祭モータース』創業家の御曹司《おんぞうし》にして、現職警部の肩書きを持つという、いわば《特殊すぎる市民》だ。そんな警部の言葉を適当に聞き流していた中田は、やがて痺《しび》れを切らしたように口を開いた。

「だったら、なぜ僕だけが、こんな犯人扱いを受けなくてはならないんですか。まったく意味が判りません。それともアレですか、亡くなった下入佐さんが、死ぬ間際に何か言い残したとでもいうんですか。『犯人は中田だ……』とか何とか、そんな言葉を！」

ふてぶてしい態度で中年の容疑者が言い放つと、たちまち取調室に微妙な沈黙が舞い降りる。

刑事たちの不自然な反応を見て、中田は少し弱気な表情になって唇を震わせた。

「な、なんですか、刑事さん？　ま、まさか本当に……」

「ええ、そのまさかですよ！」

ドラマや小説の中ではお馴染《なじ》みの、だが現実世界では滅多に口にする機会のない言葉、『ええ、そのまさかですよ』――その台詞を絶好のタイミングで口にすることに成功して、風祭警部はすっかりご満悦の表情。容疑者の目を覗きこむようにして、さらに続けた。

「土蔵の床に倒れていた下入佐氏の遺体。その傍らには、彼の書き残した血文字があったのですよ。――ええ、まさに《中田》という二文字がね！」

2

国立市の隣、国分寺《こくぶんじ》市の北部に位置する戸倉町《とくらちょう》といえば、真新しい住宅と古くからの農地が混在する地域だ。そんな戸倉町の片隅にある、とある屋敷にて男性の変死体が発見されたのは、畑の作物も色鮮やかさを増した五月中旬のことだった。

一報を聞いた宝生麗子は、さっそくパトカーを飛ばして国分寺市へ。たどり着いた現場は、いかにも昔ながらの農家らしい純和風の屋敷だった。広々とした敷地には、黒い瓦《かわら》屋根を頂いた二階建ての母屋《おもや》。かつて納屋《なや》だったらしい建物は、いまはガレージとして活用されている。その隣には漆喰《しっくい》の壁が風格を感じさせる、古い土蔵があった。

大勢の私服刑事や制服警官は、その出入口付近に集中している。どうやら、そこが遺体の発見現場らしい。そう思って駆けつけると、カラスの大群を思わせる男性捜査員たちの中に唯一、小鳩《こばと》のごときグレーのスーツを身に纏《まと》う若い女性の姿を発見。もちろん若宮愛里刑事だ。さっそく麗子は彼女のもとに歩み寄ると、ここぞとばかりに先輩風をビュンビュン吹かせながら最新情報を求めた。

「どんな状況かしら、若宮さん？　被害者は誰？　死因は何？　犯人はどこ？」

「犯人がどこかは、まだ判りませぇん」と若宮刑事は困ったように眉《まゆ》を下げる。そして手帳に視線を落としながら、現在判っている範囲で情報を伝えた。「被害者は下入佐勝氏、七十二歳。この家で暮らす元農家の男性です。数年前に奥さんを亡くし、現在は現役時代の蓄えと年金でもって悠々自適のひとり暮らしだったようです」

「ん、《シモイリサ》って、それが名字なの⁉　どういう字を書くのかしら」

首を傾《かし》げる麗子の前で、若宮刑事は空中に指先で文字を書きながら、「上下の《下》に出る入るの《入》、そして佐賀県の《佐》です。これで《下入佐》と読みます。――なんでも、鹿児島《かごしま》あたりでは稀《まれ》にある名字らしいですよ」

「ふぅん、そうなんだ。判ったわ。続けて――」

「遺体の発見は午前八時ごろ。第一発見者は近所に暮らす被害者の次女、田口鮎美《たぐちあゆみ》さん、四十三歳。それと被害者の長女の夫である園山慎介《そのやましんすけ》氏、四十八歳。この二人が土蔵で血を流して死んでいる被害者を発見。警察に通報したのは園山慎介氏のほうです。――遺体をご覧になりますか、先輩？あたしもまだ見ていないのですが」

「ええ、もちろん見させてもらうけど」といいながら麗子は土蔵の入口でピタリと足を止めると、何かを警戒するようにキョロキョロと周囲を見回す素振り。それから声を潜めて後輩刑事に確認した。「どうやら風祭警部は、まだきてないみたいね」

「ええ、まだですけど……それが何か？」

「いいえ、なんでもないわ」ただ風祭警部がいないうちに現場を見ておきたいと、そう思っただけ。なぜなら警部が傍《そば》にいると捜査に集中できなくなるから。――そんなことを密《ひそ》かに思いながら、麗子は目の前の扉を指差した。「では、いきましょ、若宮さん」

麗子たち二人は内開きの重厚な扉を押し開き、揃《そろ》って土蔵の中へと足を踏み入れる。古い蛍光灯の明かりがあるとはいえ、土蔵の中は妙に薄暗く、なんとなく埃《ほこり》っぽい。広さはワンルームアパート程度といったところだろうか。壁という壁には天井まで届くような背の高い棚。そこに古い段ボールや木製の箱、数多くの巻物や道具類が所狭しと並べてある。

そんな棚に囲まれた蔵の中央。板張りの床の上に、男性の遺体がうつ伏せに横たわっている。部屋着らしい紺色のスウェットの上下を身に纏《まと》った老人だ。身体《からだ》つきは痩《や》せ型で、髪の毛は白髪まじりのグレー。足許《あしもと》はサンダル履きだ。脇腹《わきばら》のあたりに一本のナイフが深々と突き刺さり、その周辺の床を流れた血が汚している。見たところ、他に目立つ外傷は見当たらない。この脇腹へのひと突きが致命傷であると考えて、まず間違いなさそうだった。

だが、そんなことより何より、現場を眺める麗子の視線を釘付《くぎづ》けにしたもの。それは遺体の右手付近の奇妙な光景だった。

被害者は右手を頭のあたりまで伸ばした状態で息絶えている。その人差し指は、不自然なほどに赤い血で汚れている。そして指先から数センチ離れた床の上には、血によって書かれたらしい赤い文字。いわゆる血文字が残されているのだ。それを見るなり、若宮刑事が悲鳴にも似た声を発した。

「せ、先輩！　これって、ひょっとしてドラマとかでよくある、ダイイング・メッセージってやつなんじゃありませんか。あたし、初めて見ました！」

「お、落ち着いて、愛里ちゃ……いえ、若宮さん！」そういう麗子も、実は興奮を抑えられない思いでいっぱいだった。いくら先輩だからといって彼女自身、ダイイング・メッセージなどという代物を、そう何度も見たことはないのだ。麗子はシゲシゲと赤い文字を見詰めると、呟くようにいった。「《中田》って……そう書いてあるみたいね」

「え、ええ、そうですね、先輩。あたしにもそう読めます。漢字で《中田》って……」

うつ伏せに横たわる遺体の傍らで、二人は神妙な顔つきで頷《うなず》きあう。だが、もちろん現場に記された《中田》の文字が、そのまま中田ナントカさんの犯行を示すものではない。

何か他に事件解明へと繋《つな》がる手掛かりがないだろうか。そう思って室内を見回してみると、どうやら現場には若干ながら荒らされた形跡がある。積み木のごとく整然と並んだ木箱の一部が不自然に抜き取られていたり、うずたかく積まれた巻物の山が崩れて、そのうちの数本が床に転がったりなどしているのだ。その光景は、何者かが土蔵の中でお宝を探し回った挙句《あげく》、お目当ての品を奪って逃走した――そんな姿を、まざまざと連想させる。

若宮刑事も同様の印象を抱《いだ》いたのだろう。室内の様子を見やりながら、

「これって強盗の仕業でしょうか」

「ええ、例えば居直り強盗とかね。泥棒が土蔵に忍び込んだところ、たまたま下入佐氏と鉢合わせ。犯人は咄嗟《とっさ》に刃物を持ち出して彼を刺した。そういうケースは充分あり得るわ」

と、麗子がひとつの可能性を語った、その直後――

土蔵の扉の向こう側から、いきなり聞こえてくる騒々しいエンジン音。あれは多摩地区に時折出没する時代遅れの暴走族か、そうでなければ風祭警部が操るジャガーだ。それに違いない。確信を持って身構える麗子の耳に、外にいる捜査員たちのザワめく声が届く。やがてバーンと派手な音を立てながら正面の扉が押し開かれたかと思うと、案の定、姿を現したのは純白のスーツに身を包む上司だ。彼は部下の姿を認めるや否や開口一番――

「やあ、待たせたね、宝生君！」

「えーと、はい、お待ちしていました、風祭警部」

と麗子は忠実な部下を装って嘘をつく。本当はちっとも待ってなどいなかった。できれば、このまま現れないでほしいとさえ願っていたのだ。そんな麗子の思いに気付くことなく、警部は新米刑事のほうに視線を向けると、「やあ、ごきげんよう、お嬢ちゃん」と、この時代においては、ほぼ上司失格とも思える挨拶《あいさつ》。若宮刑事は全力の苦笑いだ。

「それでは、状況を説明してもらおうか、若宮君。――犯人は誰だい？」

「犯人が誰かは、まだ判りませぇん」

そう答えながら若宮刑事が再び手帳を取り出すと、あとはもう先ほどの再放送。被害者の身許《みもと》が語られ、《下》と《入》と《佐》の三文字が指先で空中に描かれ、第一発見者の名前が告げられる。そして警部が目の前の遺体を観察すると、当然のごとく、その視線は床に残された血文字へと一直線に注がれた。「おおッ、こ、これは……」

「ん⁉ どうしました、警部」敢《あ》えて素っ気ない口調で、麗子は問い掛けた。――まさか警部、『犯人は中田だ』とか何とか、捻《ひね》りのないことをいうんじゃないでしょうね？

そう視線で訴えると、単純極まる風祭警部も、さすがに何かを察したのだろう。慌てて首を左右に振りながら、「いや、なんでもない。まだ何も断定できる状況ではない……」といって、口にしかけた《中田》の二文字を喉《のど》の奥に仕舞い込む。どうやら風祭警部、しばらく本庁勤めを経験したせいで、多少なりとも《空気を読む》ということを覚えたらしい。

これもひとつの成長かしら――と腕組みしながら眺めていると、警部は次に若干ながら荒らされた痕跡《こんせき》の残る棚の様子に目を留めた。たちまち彼の端整な横顔に、勝ち誇るような笑みが浮かぶ。そして警部は床に転がる巻物を指差すと、「見たまえ、宝生君」といって、突然タガが外れたかのごとく捲《まく》し立てた。「この土蔵には明らかに荒らされた形跡がある。さては強盗による犯行か。――いやいや、待て待て、宝生君！ 単純な強盗と決め付けるのは早計というものだ。よく考えたまえ」

「……はぁ⁉」わたし、何もいってませんけど⁉

「土蔵に忍び込んだ泥棒が、運悪く下入佐氏と鉢合わせ。その途端、居直り強盗となった可能性も充分に考えられるところだ。――そう思わないかね、お嬢ちゃん！」

「はい、警部のいうとおりだと思います」ニコニコしながら頷いた若宮刑事は、無邪気な口調で先を続ける。「実は、さっき、あたしと宝生先輩もまったく同じ……」

まったく同じことを話し合っていたんですよ、警部がくるより前に――とでも言い放つ気なのだろうか、この娘《こ》は！　危機を察した麗子は咄嗟に腕を伸ばして、お喋りな後輩の口を無理やり塞《ふさ》ぐ。麗子の掌の中で若宮刑事は「うぐッ、むぐッ……」と苦しげな呻《うめ》き声。構わず麗子は彼女を土蔵の外へと連れ出すと、先輩らしくアドバイスを与えた。

「駄目じゃないの、若宮さん！　たとえ警部の語る推理が平々凡々の判りきったものだとしても――まあ、だいたい、いつも平々凡々だけど――とにかく黙って聞いてあげなくちゃ。気持ち良く喋らせておけば、とりあえず向こうは機嫌がいいんだから、それが部下の務め。だいいち、余計なことをいってヘソを曲げられたりしたら、いろいろ面倒でしょ！」

「おいおい、何が面倒だって⁉　全部聞こえてるよ、君……」

と、いきなり背後から男の声。ハッとなって振り返ると、建物の陰から半分ほど顔を覗かせる風祭警部の姿がそこにあった。「いったい誰がヘソを曲げるって、宝生君？」

「いいい、いえいえ、わわわ、わたしは、べつに何も……」

「そうかい」警部は建物の陰から白いスーツ姿を完全に現すと、「ふん、まあいいさ。いや、ホントはよくないが、とりあえずいまは事件の究明が先だからね」

「おっしゃるとおりです、警部」――ホッ、助かった。「では事件の話を！」

「なーに、宝生君、これは簡単な事件だよ。明らかに強盗殺人だ。犯人のお目当ては土蔵のお宝。

犯人は下入佐氏を殺害して、何らかのお宝を強奪したんだな。その犯人の名は、もちろん《中田ナントカ》にきまっている。だって他に考えようがないじゃないか！」

まるで開き直ったかのごとく、判りきった推理を堂々と披露する風祭警部。そのあまりにも凡庸すぎる見解を聞くほどに、麗子は不安でいっぱいになるのだった。

3

被害者の遺体は間もなく土蔵から運び出された。現場には人の形を示す白線と、乾いた血だまり、そして例の血文字だけが残された。

「では、第一発見者に話を聞くとしようか。——おい、若宮君、例の二人をここへ」

風祭警部の指示を受けて、若宮刑事が「はーい」と元気な返事で土蔵を出ていく。やがて彼女は中年の男女を引き連れて戻ってきた。第一発見者である田口鮎美と園山慎介だ。

彼らの話によると、下入佐勝には死別した奥さんとの間に二人の娘がいた。長女である秀美《ひでみ》という女性の配偶者が園山慎介だ。職場は国分寺市内の金融機関。いかにも真面目な会社員らしく、仕立ての良い紺色のスーツを見事に着こなしている。子供はなく、奥さんと二人暮らしだ。

一方、次女の鮎美は田口透《とおる》という公務員の男性と結ばれて、現在は田口鮎美となっている。こちらは二人の子供がいる専業主婦だそうだ。園山家にしろ田口家にしろ、この下入佐邸から程近いところにあるらしく、お互い頻繁に行き来する仲だという。

それらの情報を頭に入れた後、いきなり風祭警部は本題に入った。

「では、お二人にお尋ねいたします。えーと、《中田》という人物に心当たりは……」

「けけ、警部ッ」麗子は慌てて上司の質問を遮《さえぎ》る。そして小声で忠告した。「質問がいきなりすぎます。まずは死体発見に至る経緯から聞くのが筋ってものではありませんか」

「やれやれ、面倒くさいな」と捜査員にあるまじき態度を見せながら、警部は渋々と質問をやり直した。「では、お二人が遺体発見に至った経緯を、詳しくお話しいただけますか」

――そうそう、それでいいんですよ、警部！　やりゃできるじゃないですか！

頷く麗子の前で、口を開いたのは田口鮎美のほうだ。

「わたしは毎朝、八時ごろにこの家を訪れて、朝食を作ったり洗濯をしたりと、父の世話をするのが日課になっています。ええ、母が亡くなって以来、ずっと続く習慣です。今朝も普段どおり、八時ちょうどにこの家にやってきました。ところが普段と違って、玄関の呼び鈴を押しても返事がありません。おまけに玄関の鍵《かぎ》も掛かっていません。わたしは玄関を開けて父に呼び掛けながら、家の中へと入っていきました。しかし居間にも台所にも父の姿は見当たりません。わたしは不審に思いました。すでに畑仕事を引退した父が、こんなに朝早く出掛けていく用事など思い浮かびません。いったい父はどこへいったのか。そう思っているとき、玄関先に慎介さんが現れたんです」

田口鮎美は義理の兄にあたる中年男性に視線を向ける。園山慎介は話のバトンを受け取るように口を開いた。

「わたしは会社へ出勤する途中で、ここに立ち寄ったのです。先週、出張先で買った土産《みやげ》の品を義《ち》父《ち》に届けようと思いましてね。すると母屋の玄関が開いていています。中に向かって呼び掛けると、鮎美さんが不安そうな顔で出てきました。『どうしたんですか』と、わたしが尋ねると、鮎美さんは『お父さんがいないの』と心配そうに答えます。わたしもさっそく玄関から上がりこんで、室内を捜してみましたが、やはり義父の姿はどこにも見当たりません。そうこうするうちに鮎美さんが、『ひょっとして土蔵にいるんじゃないかしら』と言い出しました。義父は骨董品の収集が趣味で、値打ちの品の多くを土蔵の棚に仕舞い込んでいるのです」

「なるほど」と警部が頷く。「それでお二人は土蔵へと向かわれたのですね。そのときの土蔵の様子はいかがでした？」

「入口の扉には鍵が掛かっていました」そう答えたのは鮎美のほうだ。「いくら押してみても扉はビクともしません。――そうでしたよね、慎介さん？」

「ええ、鮎美さんのいうとおりです。わたしも扉を押したり引いたりしてみましたが、結局は無駄でした。しかしまあ、土蔵の扉が施錠されているのは当然のこと。それ自体はべつに不審に思うようなことでもありません。ただ……」

「ただ……なんです？」風祭警部は興味を惹《ひ》かれた様子で問い掛ける。

園山慎介は当時の記憶を手繰《たぐ》るようにして答えた。「そのとき、偶然わたしが見つけたんですよ。扉の傍の地面に残る、赤い斑点《はんてん》のようなものを。顔を近づけてよく見ると、それはどうやら乾いた血のようでした。誰かが流した血の痕跡が、赤い斑点となって地面に残っていたのです」

麗子は土蔵に足を踏み入れる寸前にそれを見た。扉から数メートル離れた土の上に残された赤い痕跡は、ほんの僅《わず》かなものだったが、確かにあれは血痕だった。「あなたは、あの血痕を見つけて、どういうふうに思ったのですか」

　麗子の問いに、迷うことなく園山慎介は答えた。「もちろん、わたしは悪い予感でいっぱいになりましたよ。あれが義父の流した血なのか、それともべつの誰かのものなのか、それは判りませんが、とにかく誰かが血を流すような何かが起きていることは間違いない。ひょっとしたら義父は血を流しながら、土蔵の中で倒れているんじゃないか。そんな光景が嫌でも頭に浮かびました。おそらく鮎美さんも同様だったでしょう」

「ええ、そうでした。それで、わたしはすぐさま母屋へと駆け出しました。土蔵の鍵を取りに戻ったのです。ええ、わたしは合鍵の在《あ》り処《か》を知っていました。生まれたときから住んでいる家ですからね。合鍵の類《たぐい》が、どこに保管されているかぐらいは判ります。わたしは母屋のとある場所からそれを持ち出し、また土蔵へと引き返したのです」

「なるほど」と警部が頷く。「では、その合鍵で扉の施錠を解いて中に入ったのですね？」

「いえ、ところがです、刑事さん」前のめりになる警部を押しとどめるように、園山慎介が落ち着いた声を発した。「それでも扉は開かなかったんですよ」

「開かなかった⁉　どういうことです⁉」

「わたしは鮎美さんから受け取った合鍵を鍵穴に差して、施錠を解きました。ええ、確かに鍵は滑《なめ》らかに回り、カチリと施錠の解かれる手ごたえもありました。それでも、なぜか扉は開きません。どうやら中から、もうひとつの鍵が掛かっていたようなんですよ」

「もうひとつの鍵⁉　というと……」

「カンヌキです」と興奮した口調で鮎美がいった。「扉には中からカンヌキが掛かっていたのです。

わたしが押してみても、やはり扉は開きませんでした」

「ほう、鍵を開けたと思ったら、さらにカンヌキですか」と呟くようにいって風祭警部は自ら問題の扉へと歩み寄る。麗子と若宮刑事も上司の背後から、その実物を観察した。

確かに扉の内側にはカンヌキが――正確には、かつてカンヌキとしての役割を果たしていたらしい棒状の物体が――無残な恰好《かっこう》をさらしていた。カンヌキは長さ二十センチ程度のもので、古い木製だった。木の棒を真横にスライドさせて、受け金に差し込むことで扉がロックされるという原始的な構造である。いまは、その棒が真ん中からポッキリ折れて二つに分かれている。それを見やりながら、若宮刑事が素朴すぎる疑問を口にした。

「なんていうか、このカンヌキ、ちょっと頼りなさすぎませんか。この棒の部分って、普通は金属製だと思うんですけど……」

「まあ、確かにそうですね」と苦笑いしながら頷いたのは、園山慎介だ。「でも、そもそも土蔵を内側から施錠する機会なんて、そう滅多にないはず。この程度のロックがあれば充分だったのでしょう。それに今回に関しては、このカンヌキが木製でむしろ助かった。それを壊して、中に入ることができたのですからね。ええ、もちろんわたしが力任せに体当たりしたんです。そしたら、ご覧のとおりカンヌキは真っ二つ。急に扉が開いたせいで、勢い余ったわたしは土蔵の中へと頭から転がり込みました。――ねえ、鮎美さん？」

「ええ、そのとおり。わたしも慎介さんの後に続いて、中へと足を踏み入れました」

「すると、目の前に下入佐氏の遺体があった。――というわけですね？」

風祭警部の問いに、田口鮎美は深刻な表情で頷いた。「ええ。父はすでに事切れた状態で、床に倒れていました。わたしは悲鳴をあげて、その場にしゃがみこみました」

「鮎美さんに成り代わって、このわたしが一一〇番に通報したんです。誰がどう見ても不審死と思える状況でしたからね」

「ふむ、確かに不審な死に方です。いまのお二人の話を聞く限りでは、どうやら土蔵の中は密室だった、ということのようですが……」半信半疑の面持《おもも》ちで警部は確認した。「ちなみに、土蔵の入口は正面の扉が一箇所きり。そう考えて間違いないのですか」

「ええ、そのとおりです」と園山慎介が答えた。「裏口などはありません。窓はありますが、それを塞ぐ形で、背の高い棚が設けてあるから、人が出入りする役には立ちません。実質的に、人が出入りできるのは、正面の扉のみということになります」

「その扉が中からロックされていた。では、やはり密室ということか……下入佐氏は閉ざされた空間の中、脇腹から血を流しながら息絶えていたわけだ……とすると考えられる可能性は、いったい何だ？　まさか自殺ってことはないよな……」

「ああ、刑事さん、それだけはあり得ませんわ」警部の独り言に割り込むように、田口鮎美が大きく首を左右に振った。「父に自殺するような理由などありませんし、そのような素振りも、いっさいありませんでした」

「それに」と園山慎介が横から口を挟む。「土蔵の中には荒らされた痕跡があるし、おまけに、義父は床に血文字を書き残している。あれは義父が最期《さいご》の力を振り絞って、我々に犯人の名前を伝えようとしたもの。そう考えるべきですよね、刑事さん？」

「ええ、もちろん、そうですとも！」あらためて血文字の存在を思い出したごとく、警部は声を張った。「とはいえ、予断は禁物。何しろダイイング・メッセージというやつは、常に捏造《ねつぞう》やら改竄《かいざん》といった可能性と隣り合わせですからね。頭から信じるわけにはいきません。ええ、そうですとも！ そのことを理解した上で、敢えてお尋ねするのですが……」

充分すぎるほど慎重さをアピールした風祭警部は、その舌の根も乾かぬうちに、予断に満ちた質問を口にした。「で、お二人は《中田》という人物に心当たりは？」

すると二人は互いに顔を見合わせて首を傾げる仕草。やがて口を開いたのは園山慎介のほうだ。

「少なくとも親類縁者の中に《中田》という名字の者はおりません。ひょっとすると、義父と付き合いのある友人か誰かなのかもしれませんが、わたしは義父の交友関係に詳しくないものですから。――鮎美さんは、どうです？」

「いいえ、わたしも似たようなものです。ただ、父の趣味は骨董品の収集ですから、そっち方面には、そういう名字の方もいるのかもしれません。――刑事さん、お調べになりたいのなら、竹沢庄三さんという方を訪ねてみられては、いかがでしょうか。竹沢さんは父と親交の深い、年配の骨董マニアです。竹沢さんなら、父と付き合いのある《中田》という人物に心当たりがあるかもしれません」

田口鮎美の提案に、風祭警部は満足そうに頷く。その端整な横顔には、これで真犯人に一歩近づいたといわんばかりの笑みが、抑えきれずに滲《にじ》み出ているのだった。

4

第一発見者たちから話を聞き終えた風祭警部は、さっそく部下たちに命令を下した。

「宝生君、君たちは竹沢庄三という骨董マニアを訪ねるんだ。聞くべき要点は、ただひとつ。『下入佐氏の知り合いに、《中田》という名字の者はいないか』――それだけだ」

本当に、それだけ聞いてくればＯＫなのだろうか。ダイイング・メッセージにこだわりすぎる警部の捜査方針に疑問を覚えつつ、麗子にはそれよりもっと気になることがあった。

「竹沢氏を訪ねるのは構いませんけど、わたしと若宮さんの二人で――ですか？　では、我々が出掛けている間、警部はどこで何を？」

――まさか若手二名を働かせて、ひとりだけサボる気じゃないでしょうね？　自分だけ楽しようたって、そうはいきませんよ、警部！

心の中で呟きながら、麗子は厳しい視線を上司へと向ける。

すると彼女の視線の意味を、どのように曲解したのだろうか。風祭警部は突然ハッとした表情。そして「ああ、そうか、そういうことか、宝生君！」と勝手に何事か理解したように頷くと、いきなり麗子の肩に不埒《ふらち》な右手を置きながら、「いや、悪かった。僕としたことが、とんだウッカリだ。本庁勤めが長かったせいで、すっかり君の気持ちが見えなくなっていたよ。――判った、宝生君。

君が望むのなら仕方ない。竹沢氏のところには、僕と君の二人でいくとしよう！」

「はあ⁉」——誰が、そんなこと望んだって⁉

啞然とする麗子をよそに、警部は真っ直ぐ前を指差しながら、「では宝生君、さっそく僕のジャガーに乗りたまえ。昔もいまも僕のジャガーの助手席は、常に君だけの特等席だ！」

——こらこら、何も知らない後輩の前で誤解を招くようなこと、いうんじゃない！　昔もいまも、わたしはジャガーの助手席に乗る気なんか、全然ないってーの！

そう応《こた》える代わりに、麗子は肩に置かれた警部の右手をパシッと払いのける。そして可愛《かわい》い後輩ちゃんの肩に自らの右手を置きながら、「さあ、いきましょ、若宮さん。警部の命令よ。竹沢庄三氏に会って話を聞くの。——あなた、車の運転は得意かしら？」

「あ、はい、ミニパトなら、まあまあ得意なほう……」

といって若宮刑事は先輩に続いて歩き出す。麗子は上司に向かって片手を振りながら、

「それでは警部、どうぞ朗報をお待ちくださいね」

「う、ううむ」呻き声を発する風祭警部は不満げな表情。握った拳《こぶし》をワナワナと震わせながら、強がるようにいった。「わ、判った。君たち二人でいってきたまえ。その間、僕はここでおとなしく密室の謎《なぞ》について考えるとしよう」

負け惜しみのような警部の言葉に送られながら、麗子と若宮刑事はミニパトに乗り込む。そして竹沢庄三の自宅を目指して、車をスタートさせるのだった。

現場から竹沢邸までは、車でたった三分。その僅かな距離の間に、助手席の麗子はヒヤリとする

場面を三度も体験。思わずサイドブレーキを引きたくなる瞬間もあったほどだから、新米刑事の運転技術は推《お》して知るべしだ。――《まあまあ得意》で、このレベルなの、愛里ちゃん？　これで、よく刑事課に配属されたわね？

考えるほど謎に思えるが、いまはそれどころではない。竹沢邸に到着した麗子は、さっそく玄関の呼び鈴を鳴らす。間もなく姿を現したのは、被害者と同世代らしい男性だ。おおまかな情報は彼の耳にも届いているらしい。警察手帳を示して用件を口にすると、向こうはそれを予見していた様子で、刑事たちをすんなりと居間に通してくれた。

テーブルを挟んでの雑談の中で入手した情報によると、やはり竹沢庄三は骨董品収集という趣味を通じて下入佐勝と知り合ったらしい。各所で開かれる骨董市などにも一緒に出掛ける仲だったという。その下入佐が土蔵にて刺殺された旨《むね》を伝えると、「話は聞いています。実に残念なことです」と顔を伏せながら沈鬱《ちんうつ》な表情。やがて顔を上げた彼は、いきなり刑事たちに聞いてきた。「ところで、薩摩切子のほうは大丈夫でしたかな？」

「え、薩摩切子……⁉」

鸚鵡返《おうむがえ》しする麗子の隣で、若宮刑事もキョトンとした表情を浮かべながら、

「え、サツマキリコって……誰ですか、その人？」

「………」一瞬の間《ま》があって、ようやく麗子はピンときた。――愛里ちゃん、薩摩切子って女性の名前じゃないから！　鹿児島に伝わるガラス工芸だから！

後輩のあまりの天然っぷりに、顔を強張《こわば》らせる麗子。その目の前で、竹沢は苦笑いしながら、

「壺ですよ。ガラスの壺。――だが単なる壺ではない。下入佐さんが最も大事にしていた家宝の壺

です。なんでも彼の実家が鹿児島にあって、先祖代々受け継いだものだと聞いています」

「なるほど。そういうお宝が、あの土蔵にあったのですね。窃盗被害を正確に把握するのは、これからなので、いまはまだ判りませんが、それが奪われた可能性は充分あります。——ところで、今日お尋ねしたいのは下入佐氏の交友関係なのですが」

麗子が本題を切り出すと、竹沢は被害者と付き合いのあった人々の名前を二十人ほども示した。しかし、その中に《中田》の名字は出てこない。ところが、被害者の行き付けの店の話になった途端、彼の口から『中田骨董店』という、実に魅力的な店名が飛び出した。

麗子は身を乗り出しながら、「え、『中田骨董店』ですって⁉ それって真ん中の《中》という字に田んぼの《田》の字……？」

「ええ、そうですよ」そこ、重要ですか——というように竹沢が目をパチクリさせる。

麗子は勢い込んで尋ねた。「では、その店の店主の名は、やはり《中田》さん？」

「ええ、もちろん。中田雄一郎さんという名前の、四十を少し過ぎたぐらいの人ですよ。親子二代にわたる骨董商です。彼、例の薩摩切子の壺に対して、やけにご執心でしてね。そういえば数日前に、こんなことがありました。何か面白い出物がないかと思って、彼の店を覗きにいったときのことです。店の奥から男同士の声が聞こえましてね……」

といって竹沢は『中田骨董店』を訪れた際に偶然目撃した光景について、刑事たちに語った。

その話によると、店舗の奥にいたのは、店主である中田雄一郎と客の下入佐勝の二人だ。話題になっているのは、例の薩摩切子の壺らしい。どうやら店主のほうが、壺を売ってくれるよう懇願し、下入佐のほうがそれを断るという展開だ。店主はかなりの金額を口にして、相手を懐柔しようと試みるが、下入佐は断固として売らない態度。それでも食い下がる中田に対して、とうとう下入佐のほうが業《ごう》を煮やした。蹴《け》るようにして席を立つと、追いすがる中田を振り切って、足早に店から出ていったとのことだ。

「ま、わたしは咄嗟に物陰に隠れて、下入佐さんをやり過ごしましたがね。後に残された店主は、随分と悔しげな顔をしていましたよ。――あ、だからって、あの店主がお宝の壺を欲するあまり土蔵に忍び込んだとか、そんなことまでいう気はありませんよ」

「ええ、もちろんですとも！　いまの話はあくまで参考として伺っておきます」

と適当に話を合わせる麗子。だが慎重な言葉とは裏腹に、内心ではもはや中田雄一郎への疑念は拭《ぬぐ》いようもなく濃くなっていく。そんな麗子は早々に竹沢との面談を切り上げると、礼をいって彼の自宅を後にする。そして再びミニパトの助手席に収まると、ハンドルを握る後輩に指示を出した。

「さあ、下入佐邸に戻るのよ、若宮さん。安全運転でお願いね！」

「はーい」と呑気《のんき》な声で応えた若宮刑事は、いわれた傍から必要以上にアクセルを強く踏み込む。見た目可愛らしいミニパトは、獰猛《どうもう》な猪《いのしし》のごとく急発進。目の覚めるようなロケットスタートを決めると、激しくケツを振りながら現場への道を引き返すのだった。

そんなこんなで、麗子たちを乗せたミニパトは、なんとか無事に下入佐邸に帰還。車を降りた麗子は、聞き取り調査から得た成果を、さっそく風祭警部に報告。すると警部は「おお、でかしたぞ、宝生君」といって手放しの喜びよう。そして深く考える様子もなく、「よし、犯人はその中田雄一郎という男だ。間違いない」と一方的に断言する。

そんな上司の姿を見て、逆に麗子は自らの中の確信が揺らぐのを感じた。

「いや、あの、待ってくださいね、警部。確かに中田雄一郎という人物は、わたしも怪しいと思います。とはいえ、《中田》という名前だけで、犯人と決め付けるわけにはいかないでしょう。もともとダイイング・メッセージなんてアテにならないものだし、それにほら、密室の謎だってあるじゃないですか。中から鍵の掛かった土蔵の中で、どうやって中田雄一郎は下入佐氏を殺害することができたのか。その謎が解けない限り、彼を犯人と見なすことはできないはず――」

「ああ、もちろんだとも。その謎が解けない限りはね」

意味深な口調で警部が言い放つ。自信ありげな彼の態度に、「はぁ⁉」と首を傾げる麗子。

すると警部は自らの親指で白いスーツの胸を指し示しながら、「おいおい、宝生君、君たちがいない間、僕がここでボーッと五月の空を眺めていたとでも思っているのかい？」

――まさにそう思っていたのだけれど、違うのかしら？

ますます首を捻る麗子の前で、警部は誇らしげに胸を張った。

「さっき君たちを見送るときに、いったはずだ。君たちがいない間、僕はここで密室の謎について考えることにする――ってね。そう、君たちが不在だった時間、僕はひとりフル回転で脳ミソを働かせた。その結果、重大な閃《ひらめ》きがあったのだよ。――喜びたまえ、宝生君、そして若宮君も！　土蔵の密室の謎は、この風祭が完璧《かんぺき》に解き明かした。いまや、この事件に謎など存在しない。真実はこの空に燦然《さんぜん》と輝く太陽のように明らかなのだよ！」

そういって風祭警部は、さながら舞台俳優のごとく大袈裟《おおげさ》に両手を広げて、天空を見上げるポーズ。すると、これが天の配剤というやつだろうか、いままで燦々と光り輝いていた太陽を、流れる雲が瞬く間に覆い隠す。あたりは一転してドンヨリとした曇り空だ。

「………」両手を広げた恰好のまま、風祭警部の表情もムッと曇る。

若宮刑事は脳天気な声で、「警部ぅー、なんだか雨が降ってきそうですよー」

まだ警部の推理を聞かないうちから、麗子は漠然とした不安を覚えずにいられなかった。

5

「ここだ！　ここを見たまえ宝生君、そして若宮君も！」

テンション高めの風祭警部の声が低い天井に響き渡る。場所は下入佐邸のガレージ。事件の被害者、下入佐勝が現役で農業に従事していたころには、納屋として利用されていた木造の建物だ。現在は黒い乗用車が一台だけ駐《と》まっているが、あと二、三台は駐められそうな余裕がある。かつて納屋だった名残りで、開閉式のシャッターなどはそもそも存在しない。足許には剝き出しの地面が広がっている。そんなガレージの片隅に立つ警部は、地面を指差しながら部下たちに問い掛けた。

「これはいったい何だと思うかね？」

上司の指し示す地面を、宝生麗子は腰をかがめてシゲシゲと見やる。後輩の若宮愛里刑事も麗子の傍らから首を突き出す。二人の眼前に見えるのは、何やら赤黒い斑点だ。茶色い地面の上に、それは不揃いな水玉模様のごとく点々と連なっている。

「な、何かしらね、これ？」――ほら、答えてあげなさいよ、愛里ちゃん！

解答権を譲ろうとするように、麗子は後輩刑事の脇腹を肘で突っつく。すると若宮刑事はべつにトボけているふうでもなく、超真剣な表情で首を傾げると、「うーん、何でしょうねえ。先輩、判りますか？」といって譲られた解答権をアッサリと麗子に返還。

「ハァ」と溜め息をついた麗子は、簡単すぎる答えを告げた。「これ、人間の血では？」

「ピンポン、ピンポ～ン！」大正解を告げるチャイムの音が、風祭警部の口から繰り返される。彼は満足そうに頷きながら、「そのとおりだよ。さすが、宝生君」

いえいえ、こんなの誰でも判りますって！　愛里ちゃんが首を捻っていたことのほうが、むしろ不思議なくらいですよ。それとあと、捜査の現場で『ピンポ～ン』って不謹慎ですよ、警部。テレビの早押しクイズじゃないんだし――って、ああ、まったくもう！　上司も後輩もツッコミどころが多すぎるから、マトモなわたしが疲れちゃうじゃない！

内心で不満をこぼしつつ、麗子はあらためて問題の血痕を示した。「これは被害者の流した血でしょうか。だとするなら、なぜガレージにそれが残されているのでしょう？」

麗子が当然の疑問を口にすると、警部は当然とはいいかねる答えを返した。

「それはね、宝生君、この場所こそが真の殺害現場だからだよ」

「え、ここが殺害現場⁉　じゃあ警部は下入佐氏がナイフで刺されたのは、土蔵の中ではなくて、わたしたちがいまいる、この場所だと⁉」だが、そうだとすると先ほどの警部の『ピンポ～ン！』は、なおさら不謹慎の誹《そし》りを免れないという話になりそうだが、それはともかくとして――「いやいや、それはないでしょう。あの血まみれの土蔵を警部もごらんになりましたよね？　どう見たって、被害者はあの場所で刺されたとしか思えませんが」

「そうか。まあ、君がそのような短絡的思考に陥るのも無理はないね」

「………」誰が短絡的思考ですか、誰が！　警部にだけは、いわれたくないッ！

思わず目を剝く麗子をよそに、警部は悠然とした口調で語った。

「確かに一見すると、この納屋みたいなガレージが殺人現場だとは思えない。だが僅かとはいえ、この場所に血痕が残されていることも事実。その一方で明らかに殺人現場と思われる土蔵は、唯一の扉に中からカンヌキが掛かっていた。いわば密室だ。これらの矛盾した状況を、合理的に説明する理論が果たしてあるか。《ある》と僕は思う。それは――」

「あ、判りましたぁ、《内出血密室》ですね！」

と、いきなり響く新米刑事の無邪気な声。自分の台詞を奪われて、風祭警部は一瞬「ぐッ」と言葉に詰まる。麗子は啞然としながら後輩刑事の横顔を凝視した。

――駄目じゃないの、愛里ちゃん！　上司の見せ場を横から奪う行為は、明らかに窃盗罪よ！

麗子は視線で後輩に訴える。そもそも麗子の脳裏にだって、内出血密室というワードくらいは、とっくに浮かんでいた。警部に気を遣って、口に出すことを控えていただけなのだ。しかし、こうなった以上は仕方がない。警部が徹底的に気分を害する前に、ここは自分が知らないフリをしてやるしかあるまい。咄嗟にそう考えた麗子は、

「な……ナイシュッケツミッシツ……ですって⁉」

と、生まれて初めてその日本語に接した外国人のように、大きく首を傾げながら、

「それは何です、警部？　いったい、どういう意味ですか？」

「あは、知らないんですか、先輩⁉　内出血密室というのはですねぇ……」

——知ってるわよ、愛里ちゃん！　いいから、あなたは黙ってて！

そう叫ぶ代わりに、麗子は若宮刑事のスーツの肩を強めに叩く。すると、この天然っぽい後輩ちゃんも、漂う空気やら先輩の険しい表情やらを読んだらしく、慌てて口を噤《つぐ》む。

代わって、風祭警部がようやく口を開いた。「内出血密室の何たるかを言葉で説明するのは案外と難しいな。だったら、ここで実演してみせるとしよう。——おい、若宮君。ちょっと君、ナイフを持って僕に襲い掛かってきたまえ」

「え、ナイフですか⁉」若宮刑事は困惑気味にあたりを見回しながら、「ええっと……いまは生憎《あいにく》とナイフの持ち合わせが……」

「本物じゃなくていい！　ていうか本物じゃ困る。刺す恰好だけすりゃいいんだよ！」

「判りました。——では」といって若宮刑事は、いちおう両手でナイフを構えるフリ。そして、なぜか「風祭警部ッ、お命頂戴《ちょうだい》！」と古い時代劇のような台詞を口にすると、正面から警部に体当たりを敢行した。「とりゃあぁぁぁ——ッ」

すると、刺され役の風祭警部は「うぐぅッ」と大袈裟な呻き声。あたかもナイフが深々と刺さったかのごとく脇腹を両手で押さえながら、「き、貴様ッ、このわたしを元警視庁本庁捜査一課——現在は国立署刑事課所属の風祭と知っての狼藉《ろうぜき》かッ」と全力の茶番を演じる。

——何やってんの、二人とも？　ちょっと、ふざけすぎじゃない？

呆《あき》れる麗子に対して、前かがみになった風祭警部は、荒い息を吐きながら聞いてきた。

「ほ、宝生君……わ、判るかい？　いま僕の脇腹には、ナ、ナイフが一本、深々と刺さっているのだ……にもかかわらず、出血はほとんど見られない……な、なぜだと思う……？」

「なぜって、《エアナイフ》だから」と、付き合いきれない麗子は身も蓋《ふた》もない答え。

「違うッ」と不満げに叫んだ警部は真剣な顔で説明した。「いいかい、宝生君、出血がない理由、それは柄の部分まで突き刺さったナイフが、傷口に栓をする役目を果たしたからだ。当然、体内では酷《ひど》い内出血が起こっているだろう。だが血は外に流れ出していない。結果として、被害者は重傷を負いながらも、まだ何とか動ける状態にある、というわけだ」

「なるほど。では傷を負った被害者は、どのように行動したのでしょうか」

「うむ、下入佐氏は何とか犯人の追撃を逃れようとしただろう。そこで、こう、脇腹を押さえながらガレージからヨタヨタと駆け出したに違いない」

そういいながら、風祭警部は自分の言葉を忠実になぞるがごとく、ふらつく足取りで駆け出す。麗子は後輩と一瞬顔を見合わせると、黙って上司の後を追った。ガレージを出た警部は、右に左に蛇行しながら荒い息遣いだ。苦悶《くもん》の表情を浮かべながら、懸命に足を動かす。まさに迫真の演技だ。

——でも警部、その芝居、いまここで必要ですか？

麗子としては大いに疑問だったが、いまはとにかく上司が始めた軽演劇に付き合うしかない。

やがて警部がたどり着いた先は、やはりというべきか、問題の土蔵の前だ。

「刺された下入佐氏が避難場所として選んだのが、ここだ」

そういって警部は、入口の扉を身体全体で押し開けながら中へと足を踏み入れる。二人の部下たちも、上司に続いて中へ。それを待って警部は扉を閉めると、中からカンヌキを掛ける仕草。実際にはカンヌキの横棒は折れてしまって、いまはもう存在しないので、この場面はパントマイムだ。

それが済むと警部は、あらためて麗子に向きなおった。

「こうして被害者は唯一の扉を中から施錠した。犯人が入ってこられないようにだ。下入佐氏にしてみれば、土蔵の中に逃げ込みさえすれば、なんとか命だけは助かるという考えだったのだろう。だが現実は、そう甘くはなかった。深い傷を負いながら、何とか気力で土蔵へと逃げ込んだ下入佐氏だったが、そんな彼もついに限界を迎えたのだ――」

警部は《限界を迎えた被害者》を演じつつ、千鳥足で土蔵の中央に移動。床の上には死体のあった位置を白いテープが示している。警部はそのテープでかたどられた人間の輪郭そのままに床へと倒れこもうとしたが、その寸前で『ん、ここに寝転んだら自慢のスーツが血で汚れちゃうな……』とか何とか思ったのだろう。急遽《きゅうきょ》、離れたところに場所を移すと、今度こそ力尽きたようにバタンと倒れてうつ伏せになった。警部はその体勢のまま説明を続けた。

「こんなふうに被害者は床に倒れたんだな。すると脇腹に刺さっていたナイフに新たな衝撃が伝わる。いままで栓の役割を果たしていたナイフが、今度は逆に傷口を抉《えぐ》ることになったはずだ。結果、激しい出血が起こった。自分はもう助からない。自らの死期を悟った下入佐氏は、ここで最後の力を振り絞った。そう、流れた血をインク代わりにして、床に血文字を書き残したのだよ。例の《中田》という二文字をね……そ、そして、ダ、ダイイング・メッセージを書き終えた直後……し、下入佐氏は……ガクッ……息絶えたのだ」

被害者役に徹する風祭警部は、「ガクッ」と口でいって、魂の熱演を締めくくる。そして薄《うっす》らと片目を開くと、見守る二名の《観客》に対して、さっそく感想を聞いてきた。

「どうだい、君たち、僕の推理は？　それなりの説得力を感じてくれたかい？」

「え、ええ、確かに説得力は感じられました」もっとも、その説得力の半分くらいは、警部の過剰な演技によって、無理やり補強されている気がするけれど、それはともかくとして——「確かに土蔵は完璧な密室になっています。そして密室の中には被害者の死体と激しい出血の痕跡があるばかり。警部の推理は、現場の不可解な状況を《それなり》に説明していると思います。——ねえ、若宮さん？」

「ホント凄《すご》いです、凄い演技力ですッ。警部、まるでプロの役者さんみたいですね！」

と、なぜか若宮刑事は上司の推理ではなく、演技への感想を述べる。

だが、この見当違いの賞賛の声が、風祭警部の心には思いのほか刺さったらしい。彼は嬉《うれ》しそうにすっくと立ち上がると、両手でスーツの埃を払いながら、

「うむ、僕も一時期、真剣に悩んだものだよ。警察官になるか、それとも俳優の道に進むか。周りのみんなに聞くと、『風祭は顔がいいから役者になれよ』なんていわれたりしたものだが、どうも僕は芸能界のような浮《うわ》ついた世界というのは性に合わなくてね。まあ、仮にそっちの道に進んでいたなら、いまごろはスクリーンの中で『刑事風祭』を演じていたかもしれないわけだが。……ん、しかし意外と素敵なタイトルだな、『刑事風祭』か……いや、やはり『警部風祭』のほうがいいか。あるいは『特命デカ風祭』とかとか……」

「何の話ですか、警部！」戻ってきてください——というように麗子が叫ぶ。

ハッとした表情で、ようやく現実に引き戻された風祭警部は、「ああ、悪い悪い」と自らの妄想を追い払うように片手を振る。そして二人の部下たちの前で、ようやく自らの推理の結論を語った。

「要するに、この土蔵の密室は古典的な《内出血密室》ということで、簡単に説明が付くというわ

けだ。ならば密室の謎は、もはや問題ではない。骨董店店主、中田雄一郎にも下入佐氏殺害は充分に可能だったというわけだよ。——そうだろ、宝生君？」

自信ありげな上司の言葉に、とりあえず麗子は頷くしかなかった。

6

そんなこんなで風祭警部は、さっそく中田雄一郎に任意同行を要求。国立署にて取り調べがおこなわれたわけだが、結果は芳《かんば》しくなかった。中田は頑として容疑を否認したのだ。

「ひょっとすると、彼は真犯人ではないのかもしれないわね……」

すでに夜も深まったころ。取調室での激務から解放されて、ようやく国立署を出た宝生麗子は、思わず本音を漏らす。隣を歩く若宮愛里は意外そうに麗子の顔を見やった。

「えー!?　先輩、なんでそんなふうに思うんですか。明らかに怪しい態度じゃないですか、あの男。なんだか、あたしたちのこと、下に見てる感じだしー」

——だから、それは《わたしたち》じゃなくて、主に《あなた》のことでしょ、愛里ちゃん！

だがまあ、そんなことはどうでもいい。歩道を歩く麗子は、頭上に広がる国立の夜空を見上げながらモヤモヤとした胸の内を明かした。「風祭警部は中田のことを真犯人だと確信しているみたい。だけどその分、何かが間違っているような気がするのよねえ。なんだか、もうひと波乱あるみたいな、そんな気がするの……」

「はぁ、それはなんとなく判る気がしますけれど……わあッ！」と、いきなり響く、若宮愛里の素《す》っ頓狂《とんきょう》な叫び声。夜空を見上げていた麗子は、慌てて後輩に視線を移すと、

「ど、どうしたのよ、愛里ちゃん——え、幽霊⁉　不審者⁉　それとも風祭警部⁉」

「違いますよー」と笑いながら、愛里は前方の路肩に停《と》めてある車を真っ直ぐ指差した。「ほら、見てくださいよ、先輩。あの車、お金持ちが乗るリムジンですよ。大きいですねー。ミニパトなら三台分ぐらいありそー。いったい誰が乗ってるんでしょうか」

いいながら彼女は、まるで磁石に引き寄せられる金具のごとく、真っ直ぐその高級車へと歩み寄っていく。麗子は大慌てで後輩の背中に呼び掛けた。「わッ、だ、駄目よ、愛里ちゃん！　わたしの……いや、他人の車なんて勝手に覗くもんじゃないわ。ほら、よく考えて！　万が一、恐《こわ》い男の人が乗ってたら、どうするのよ。——ね、困るでしょ？」

「えー、平気ですよー。だって、あたしたち警官じゃないですかー」

「そりゃまあ、そーなんだけどッ」少しは空気読んでッ、愛里ちゃん！

懸命に視線で訴える麗子だったが、愛里は気にする様子もなく好奇心に満ちた眸《ひとみ》をリムジンの運転席へと向ける。そうはさせじと、自らが壁となって後輩の前に立ちはだかる麗子。すると愛里は普段のおっとりとした様子からは想像もできない俊敏さで、麗子のディフェンスをかいくぐる動き。両者の不毛な攻防がしばらく続いた後、何を思ったか愛里は突然にっこり。そして何事もなかったかのように、また歩道を歩き出す。

麗子は胸を撫《な》で下ろしながら、「ホッ、良かった。どうやら諦《あきら》めてくれたようね」

「いいえ、しっかり見えましたから。運転してる人——」

「そ、そう？」麗子は内心の動揺を隠しながら、「で、どんな人だった？」

「先輩のいったとおりでした。黒い服を着た恐い男の人です」愛里は声を潜めて、麗子に耳打ちした。「きっと彼、もっと恐い親分のために、ああやって待たされてるんですね」

「そ、そうとは限らないいんじゃないの⁉」麗子はぎこちない笑みを浮かべながら、「ひょっとしたら、超可愛いお金持ちのお嬢様を待ってるのかもしれないでしょ……」

それから一分もしないうちに、麗子は歩道でピタリと足を止めてポンと手を叩いた。

「あ、そうだ愛里ちゃん、わたしは用事を思い出したから、ここで失礼するわね……え、なに、デートかって？　ば、馬鹿ね、そんなんじゃないわよ……デートじゃないって、本当だってば……ホントに違うんだって……いやいや、違うったら、違うの！　ああもう、んなこと、どうだっていいでしょ！　お願いだから早くいってよ、ほらほらッ」

この後輩は普段は呑気なくせに、こういうときだけは真犯人を追及するベテラン刑事のごとき執念を見せる。そんな愛里のことを、なんとか態《てい》よく追い払って、麗子はホッとひと息。いまきた道を足早に引き返すと、先ほどのリムジンへと自ら歩み寄った。

すると待ち構えていたかのごとく開く運転席のドア。降り立ったのは細身のダークスーツに身を包む眼鏡の男、影山《かげやま》だ。彼は麗子のために後部ドアを開けると、恭《うやうや》しく一礼した。

「お待ちしておりました、お嬢様」

「ありがとう。なんだか無駄に待たせちゃったわね」そう応えた麗子は、優雅な身のこなしでリムジンの後部座席へと納まる。そしてニヤリとした笑みを彼へと向けた。「あなた、愛里ちゃんから《恐い男の人》って思われてるわよ」

「はあ、わたくしが……愛里ちゃんから……⁉」影山は一瞬意味が判らない様子で、眼鏡のフレームに指を当てる。そして間もなくピンときたように歩道を見やった。「ああ、では先ほどの酔っ払った女性が、新人の若宮刑事なのですね。なるほど、そうでしたか」

――いや、べつに彼女、酔ってたわけじゃないけどね！

そう見えたのかしら、と麗子は密かに苦笑い。一方の影山は丁寧《ていねい》に後部ドアを閉めて、自らの定位置である運転席へと戻った。

何も知らない若宮愛里は、すっかり勘違いしていたけれど、このリムジンは《恐い親分》の車ではない。宝生財閥の総帥《そうすい》、宝生清太郎《せいたろう》のひとり娘、まさしく《超可愛いお金持ちのお嬢様》である麗子のための車だ。したがってハンドルを預かる黒服の男、影山は組の人間でも雇われ用心棒でもない。れっきとした宝生家の使用人、正確には運転手兼執事だ。

そんな影山はミニパト三台分あるかどうかは知らないが、とにかくかなりの全長を誇る高級リムジンを、手慣れた運転操作でスタートさせた。

後部座席の麗子は、さっそく仕事用のダテ眼鏡を外し、頭の後ろで地味に束ねていた髪をほどく。着ている服は無粋なパンツスーツのままとはいえ、これで気分はお嬢様モードだ。なにしろ、ここには目障りな上司もいなければ、天然すぎる後輩ちゃんもいない。すっかり解き放たれた思いの麗子は、運転席の執事に命じた。

「影山、適当にそのへんを走らせてちょうだい。ちょっと考えたいことがあるの」

「承知いたしました」と落ち着いた声で応えて、影山は車の進路を多摩川《たまがわ》方面へと向けた。

窓の外を流れる夜の街並みを眺めながら、麗子は事件のことを、あらためて考えようと試みる。だが正直、何をどう考えていいのか判らない。そもそも今回の事件のポイントは何なのか。やはり密室？　だが、その謎はもう解けている。ではダイイング・メッセージ？　それが中田雄一郎を示していることは明らかだ。もはや考える余地はないような気がするのだが、なぜだか麗子は腑《ふ》に落ちない思いだった。

するとと考えに沈むお嬢様のメンタルを心配したのか、それとも自らの内にある野次馬根性が抑えられなくなったのか、ハンドルを握る執事がおもむろに口を開いた。

「いかがなさいました、お嬢様？　ひょっとして捜査が難航しているのでございますか。この度の事件、それほどまでに難解な謎が、おありなのでしょうか」

「いいえ、難解ではないわ。いちおう密室殺人だけど、その謎はむしろ簡単。あの風祭警部が半日たらずで見破ったぐらい超平凡な真相だったわ。そう、だけど逆にそこが気掛かりなのよね。なんだか話が上手《うま》すぎるっていうか、判りやすいっていうか……」

「何らかの作為を感じる……と？」

「そうね。確かに、あなたのいうとおりだわ。誰かの書いた筋書きに上手く乗せられているみたいな、そんな感覚があるの。もっとも、そんなふうに感じているのは、わたしだけ。風祭警部はいっさい疑問を感じてない様子だし、愛里ちゃんも似たようなものね……」

「ならばお嬢様、その簡単かつ平凡な密室殺人について、このわたくしに詳しくお話しになってみては？　話をすることで、新たな発見があるやもしれませんよ」

なるほど確かに、新たな発見はあるかもしれない。影山は宝生家の使用人ではあるが、犯罪捜査においてはプロの刑事を凌駕《りょうが》する推理力を持つ男だ。ただし、その推理と引き換えに、いままで麗子がたびたび理不尽な屈辱を味わってきたことも事実。できれば、この男の力は借りずに事件を解決したいというのが、彼女の偽らざる本音ではある。

苦渋の選択を迫られる麗子は「はぁ」と小さく溜め息。そしてお嬢様らしい威厳を示すがごとく、鋭い口調で捲し立てた。「判ったわ。そんなにいうなら、詳しいことを話してあげる。でも勘違いしないでね。わたしはあくまでも、あなたが聞きたがってるから話をするだけ。べつにあなたの協力を求めようとか、あなたに謎を解いてもらおうとか、犯人を教えてもらおうとか、そんなこと絶対にまったく一ミリも思ってないんだからね！」

そんな強気な言葉とは裏腹に、麗子が実際のところ何を求めているのか、この執事は当然お見通しに違いない。それが証拠に、バックミラー越しに見える影山の表情には「ふッ」と余裕の笑みが浮かぶ。そして彼は前方の視界に顔を向けたまま、低い声でいった。

「ええ、どうか安心してお話しくださいませ、お嬢様。わたくしはただ事件の話を聞きたいだけ。けっして協力などいたしません。謎も解きません。犯人もお教えしません――」

――いやいや、それじゃあ話す意味が全然ないじゃないの！

心の中でそう呟きながら、麗子は事件の詳細を話しはじめるのだった。

7

宝生麗子が事件について、ひと通り話し終えても、影山は自分の考えを示さなかった。当初の宣言どおり、いっさい謎を解かず、犯人も教えてくれない。いや、ひょっとして謎は解けなかったのか。犯人が誰か判らなかったのか。あるいは風祭警部の語った推理が実は唯一の正解で、それに付け加えるものを、何ら思いつかなかったのかもしれない。

結局、事件解決に役立つ新たな発見など何もないままに、二人を乗せたリムジンは宝生邸に帰還を果たす。麗子は拍子抜けした気分で車を降りて屋敷へと戻った。

堅苦しいスーツを脱ぎ捨て、熱いシャワーを浴びた麗子は、一転お嬢様らしいピンクのワンピースを身に纏う。――さあ、それじゃあ、お酒でも飲もうかしら！

そんなことを思いながらリビングへと足を運ぶ麗子。ところが、そのとき突然――

「たたた、大変でございます、お嬢様！」

血相を変えて部屋に飛び込んできたのは、黒服の執事だ。先ほどまでの冷静沈着な振る舞いは、リムジンの運転席に置き忘れてきたのか。影山は酷く慌てた様子で唇を震わせる。

「だ、旦那《だんな》様がッ……清太郎様がッ……」

「えッ、な、何よ、影山⁉　お父様がどうかされたの⁉」

「そ、それが実は大変なことに……と、とにかくすぐにきていただけますか！」

まるで要領を得ないことをいって、影山は麗子の腕を取ると、ぐいぐい引っ張りながら部屋の外へと連れ出す。よく判らないが、父の身に何かとんでもないことが起こったに違いない。そう思った麗子は、黙って影山に従った。黒服の執事は廊下を小走りに進み、階段を駆け下り、玄関から屋外へと飛び出す。広大な庭を突っ切って進むと、やがて見えてきたのは、敷地の片隅にひっそりと建つ木造の小屋。物置かと見紛《みまが》うような小さな建築物だ。

——まあ、うちの庭にこんな小屋があったのね！　知らなかったわ！

意外な事実に麗子は衝撃を隠せない。そんな彼女に影山が説明した。「この建物は、一時期、園芸に凝《こ》った旦那様が、ひとり静かに土いじりをするために、わざわざお建てになった園芸小屋。旦那様の園芸熱が去ってしまった現在は、このように放置されております」

「うーん、いかにもお父様らしいわね……」と呟きながら、麗子は目の前の小屋を見やる。いくつかあるガラス窓には鉄の格子が嵌《はま》っていて、ぴっちりとカーテンが引かれている。室内に明かりはないようだ。「で、この小屋がどうしたっていうの？　お父様はどこなのよ？」

麗子の問い掛けに、執事は真面目くさった顔で答えた。

「はい。旦那様はこの建物の中で瀕死《ひんし》の重傷を負っていらっしゃいます。脇腹をナイフで刺された状態で……」

「………」なるほど、そういうことなのね……

麗子はこの騒動の趣旨を、たちまち理解した。内心ホッと胸を撫で下ろす一方で、大いに首を捻りたい気分だ。「ねえ、いつから、わたしの周りの男たちは、こんなに演劇好きになったの？　もうちょっと普通にやんなさいよね！」

「演劇!? さて、何のことでございますか」と指先で眼鏡を押し上げながら、影山はあくまでもトボける構え。園芸小屋の入口に歩み寄って、木製の扉の前に立つ。扉には金属製のレバーがあって、その下には鍵穴が見える。そのレバーに手を掛けた影山は、「ハッ」と判りやすいリアクション。麗子を見やって大袈裟に叫ぶ。「大変でございます、お嬢様！ この建物の唯一の入口は、どうやら施錠されている様子。これでは中に入れません」

「まあ、そうでしょうね」これが事件の《再現ＶＴＲ》だとするなら、当然そういう展開になるはず――心の中でそう呟きながら、いちおう麗子も扉の状態を確認。レバーを下に傾けて、扉を押したり引いたりしてみるが、扉はびくともしなかった。「確かに施錠されているみたい。――つまり下入佐邸の土蔵と同じ状況ってわけね」

「さようでございます」我が意を得たり、とばかりに影山は深々と頷く。そして次の瞬間、彼は麗子に顔を向けると、おもむろにひとつの命令を――仮にも執事の身でありながら、使用人の分際でありながら、お嬢様であるはずの麗子に対して命令を――図々《ずうずう》しくも下した。「では、お嬢様、さっそく屋敷に戻って合鍵を取ってきてくださいませ」

「はあ!? なんで、わたしがあなたに指図されなきゃいけないわけ!? そんなの、あなたの仕事でしょ。あなたが取ってきなさいよ」

「それは確かにそうですが、それだと話が違ってきてしまいます。ここはぜひ、趣旨をご理解いただいて、どうかお嬢様に合鍵を取ってきていただきたいのでございます」

要するに、死体発見時における田口鮎美の役割を演じることを、自分は求められているらしい。

そのように理解した麗子は、仕方なく執事の命令に従うことにした。

「判ったわよ。合鍵を取ってくるのね。――で、それって、どこにあるの？」

「合鍵の束は、わたくしの部屋の入口を入って右に……」

――だったら、やっぱり、あなたが持ってきなさいよ！

どうにも納得いかない麗子だったが、それでも渋々と駆け出して屋敷へと舞い戻る。合鍵の束は、影山がいったとおりの場所にあった。鍵束をジャラジャラと鳴らしながら、麗子はまた園芸小屋に引き返す。すると黒服の執事は、すっかり待ちくたびれた様子。建物の外壁にもたれながら、月の浮かぶ国立の夜空をボンヤリと眺めている。とても《旦那様が瀕死》とは思えない呑気さだ。

彼の元へと駆け寄った麗子は、「ほら、取ってきてあげたわよ」といって合鍵の束を手渡す。

影山は再び《劇団員モード》になって、感謝の意を伝えた。

「あ、ありがとうございます、お嬢様。これで旦那様も救われることでしょう」

――いや、きっと、もう死んでるわよ。これが実際の事件ならばね！

白《しら》けた顔の麗子をよそに、影山はあくまでも真剣な表情。受け取った鍵束の中からお目当ての一本を見つけると、それを扉の鍵穴に差し込む。くるりと鍵を回すと、カチリと響く金属音。影山は鍵を抜くと、レバーを摑《つか》んで扉を押し開けようとする。ところが――

「ああッ、駄目です、お嬢様！　扉が開きません。施錠を解いたにもかかわらず、やはり扉は開きません」

「え、ホントなの⁉」半信半疑の面持ちで麗子は自らレバーを握り、扉を開けようと試みる。だが影山のいうとおり、扉が開くことはなかった。「どういうことよ。まさか扉に中からカンヌキが掛かっているとでも？」

「そうかもしれません」といいながら影山はもう一度、鍵穴に鍵を差し込み、二度三度と鍵を回しては扉を押してみる。それでも扉が開かないことを示した影山は、麗子を見やりながら左右に首を振った。「やはり何度やっても駄目なようです。やはり中からカンヌキが掛かっているとしか考えようがありません」

「……そうね」だとすると、そのカンヌキは誰が、どうやって掛けたのよ？　まさか本当に小屋の中にお父様がいて、この茶番劇に《友情出演》しているわけじゃないわよね？

いくつかの疑問が麗子の脳裏を駆け巡る。そんな彼女の前では、すでに影山が扉から距離を取り、立合い寸前の力士のごとく腰を低くした体勢で、前方の扉を睨みつけている。

麗子はハッとなった。「ちょ、ちょっと待ってよ、影山。あなた、まさか！」

――この扉に体当たりする気⁉　そんなの絶対、怪我《けが》するわよ！

と麗子が叫ぶよりも先に、勇敢な執事はまさしくその体当たりを敢行する。

「きゃあッ」と短い悲鳴をあげる麗子の視線の先、執事の黒いシルエットは弾丸のごとく建物目掛けて一直線。立ちはだかる木製の扉をものともせず、見事一撃でそれを押し開く。そして勢い余った彼の身体は、そのまま暗い室内へと転がり込んでいった。

「だ、大丈夫、影山ッ！」

室内に駆け込んだ麗子は、まずは入口付近の壁を手探り。指に触れたスイッチをオンにすると、狭い室内に蛍光灯の明かりが満ちる。影山は床の上に這《は》いつくばっていた。

「え、ええ、大丈夫でございます……何も問題ございません……」

と笑顔で答える執事だが、オールバックの髪は乱れに乱れ、知的なはずの眼鏡は笑いを誘うかのように鼻の上で斜めに傾いている。そんな影山は眼鏡の位置を直すと、何かを探し求めるように左右を見回す仕草。そして次の瞬間――「ああッ、だ、旦那様！」

大きな声で叫んだ影山は、なぜか床に転がっていたクマのぬいぐるみを、両手で大切に抱き上げる。そして、ぬいぐるみの左胸に耳を押し当て、クマの心音を確認。やがて顔を上げた彼は愕然《がくぜん》とした表情で呟いた。「駄目だ……死んでる……」

――いや、それ、もともと生き物じゃないから！　ぬいぐるみだから！

麗子は熱演中の執事に向かって、冷ややかな視線を浴びせながら、

「判ったわ。要するに、これが下入佐邸の土蔵における、死体発見時の再現ってわけね」

「さようでございます」影山は急に夢から醒《さ》めたかのごとく、すっくと立ち上がると、手にしていたクマのぬいぐるみを――ポイ。床に放《ほう》って、判りきった事実を伝えた。「亡くなっていたのは下入佐勝氏。宝生清太郎様ではございません」

「そう、それを聞いて安心したわ」

皮肉っぽくいうと、麗子はあらためて開いた扉へと歩み寄る。周囲を見回すと、少し離れた床の上に、カンヌキの役目を果たしていたらしい木製の棒が転がっている。それは真ん中からポッキリとへし折られていた。これまた土蔵の中の様子と、まったく同じだ。

麗子は折れたカンヌキの棒を指先で摘《つま》み上げる。そしてそれを執事に示しながら、先ほど脳裏に浮かんだ疑問を口にした。「ねえ、影山、あなた、どうやって中から、このカンヌキを掛けたの？格子が嵌っている窓からは、室内に入れないはずよねえ」

すると黒服の執事は静かな足取りで麗子の前へ。そして眼鏡を指先でくいっと押し上げると、彼女の顔を覗き込むようにしていった。

「ああ、お嬢様、ひょっとして、よそ見をされていたのですか。それとも——そのお美しい眸は薩摩切子の民芸品でございますか」

瞬間、麗子はムッとした表情。「ぐぐぐ！」と強く奥歯を噛《か》み締めて、目の前の執事を睨みつける。そして、ついに堪《こら》えきれず怒りの声を露《あらわ》にした。「な、なんですってぇ！　あ、あたしの眸が薩摩のガラス細工ですってぇ……そ、それって……それって……あれ!?　ひょっとして、それって褒《ほ》め言葉？　あたし、褒められてる？」

キョトンとした顔で自らを指差す麗子。すると影山は胸に手を当てながら優しい笑顔で、

「もちろんですとも！　絶賛でございます。わたくしがあからさまに再現してお見せした死体発見の場面。しかしながら、お嬢様は何ら違和感を覚えていらっしゃらないご様子。これはもう、お嬢様がよそ見をされていたか、あるいはトコトン見る目がないか……」

「やっぱり悪口じゃん！」今度こそ馬鹿にされていることを確信した麗子は、もう一度ちゃんと怒りなおした。「トコトン見る目がないって、どーいうことよ！　あたしはちゃんと、この目で見てたっつーの！　よそ見なんかしてないっつーの！」

「間違いございませんか？」

「ええ、間違いないわ。ただ見ていただけじゃない。自分で扉を押して確かめたんだから。ええ、確かに扉には鍵が掛かっていたわ。そして中からカンヌキも……」そういいながら、ふと不安に駆

られた麗子は、あらためて影山を見やりながら、「……え、違うの？」

「ええ、残念ながら大間違いでございます」

ゆるゆると首を左右に振った影山は、麗子を引き連れながら、もう一度小屋の外に出る。そして、あらためて木製の扉を指差した。「最初、お嬢様がここを訪れたとき、この扉は施錠されておりましたね？」

「ええ、そうだったわ。少なくとも扉が開かなかったことは事実よ」

「しかし扉が開かないからといって、施錠されているとは限りません」といって影山は黒服のポケットから何やら茶色い物体を取り出す。訝《いぶか》しげに見詰める麗子の前に、彼はその物体を示した。「これは単なるゴム製の板でございます。たとえば、このようなゴム製の物体を、扉と枠の隙間《すきま》に無理やり挟むことによっても、一時的に扉は開閉できなくなります。――ほら、このように」

影山は半開きの扉の上部に手を伸ばし、扉と枠の間にゴムを挟み込む。そして力を込めて強引に扉を閉めた。扉は閉まった状態で固定された。麗子がちょっとやそっとの力で押してみても、扉はびくとも動かない。なるほど、というように麗子は頷いた。

「つまり、この状態の扉を見て、わたしはそれが施錠されていると早合点《はやがてん》したってわけね。ということは……」もしこれが影山のいうとおり、土蔵における死体発見の場面を再現したものだとするならば――「死体発見時の田口鮎美も、わたしと同じ早合点を？」

「おっしゃるとおりでございます」影山は静かに頷いた。「そして、わたくしはお嬢様に無理やり命じました。合鍵を取ってくるように――と。お嬢様は迷うことなく、合鍵を取りに屋敷へと戻られました」

「まあ、わたしの場合は渋々だったけれどね。でも田口鮎美なら迷わず取りにいったはず。そもそも下入佐邸の合鍵の在り処は、実の娘である鮎美でなければ判らない。園山慎介はそれを承知の上で、鮎美に指示を飛ばしたのね。当然のように鮎美は彼の指示に従い、母屋へと駆け出した。――で、ひとりになった園山は何をどうしたの？」

もはや話は現在の麗子と影山の言動ではなく、死体発見時の田口鮎美と園山慎介のそれになっている。影山は当時の園山の行動について、実演を交えながら説明した。

「ひとりになった園山は、力を込めて扉を押し開けると、ゴム製の物体を取り除きます。――こういうふうに。そして、それを服のポケットに仕舞ったか、あるいは土蔵の中のガラクタ類の中にでも放り込んだのでしょう。いずれにせよ、証拠の品を隠し終えた彼は、今度は普通に扉を閉めて、田口鮎美が戻ってくるのをジッと待ったのでございます」

「そのとき、扉は施錠されていないわけね？」

「ええ、鍵などいっさい掛かっておりません。そこに合鍵を持った鮎美が戻ってきます。彼女から合鍵を受け取った園山は、それを鍵穴に差すと、くるりと鍵を回して扉の施錠を解いた――かのように見せかけますが、実際はその逆。鍵を回すことで、このとき初めて現場の扉は施錠されたのでございます」

「施錠された扉なら、どんなに押しても開くわけがないわね」

「ええ、その開かない扉を前に、おそらく園山はこういったのでしょう。『きっと中からカンヌキが掛かっているんだ』――と。それを聞いた鮎美は自らも扉が開かないことを確認し、園山の言葉を信じます。お嬢様がわたくしの虚言を頭から信じ込んだように！」

件の絵解きのほうが重要だ。「要するに、扉は施錠されているだけ。べつにカンヌキによって開かなくなっているわけではない。にもかかわらず、園山は中からカンヌキが掛かっていると、巧みな演技によって鮎美に信じ込ませた。それこそが園山の仕掛けた罠《わな》でございました」

「虚言って、あのねえ……」自分で嘘ついておいて何よ！　麗子は大いに不満だったが、自分が彼の嘘を信じて騙《だま》されたことは事実なので、それ以上責め立てることはしない。それより、いまは事

「さようでございます。それこそが園山の仕掛けた罠《わな》でございました」

「それで？　それから園山は何をどうしたの？」

「ああ、お嬢様」影山は試すような視線を麗子に向けながら、「先ほど、お嬢様が本当によそ見をしていなかったのならば、わたくしの行動がヒントになるはずなのですが……」

いわれて麗子は少し前の記憶を手繰った。合鍵でも開かない扉を前にして、果たして影山は何をしたか。そういえば、あのとき彼は再び鍵穴に合鍵を差したのだ。そして二度三度と鍵を回しながら、『やはり何度やっても駄目……』とか何とか、もっともらしい台詞を口にしたはず。あのときは自然な振る舞いのように思えたけれど、いまとなってはいかにも怪しいアクションのように思える。麗子は指を鳴らして答えた。

「判ったわ。あなた、あのとき鍵をガチャガチャ回して、それでも扉が開かないみたいなフリをしていた。けれど実際は、あのとき密かに扉の施錠を解いていたのね」

「まさに、おっしゃるとおり。そして、おそらくは死体発見時の園山も同様の行為をしたものと思われます。もちろん彼自身は、警察の前でそのような供述はしないでしょうが」

「田口鮎美の供述でも、その話は抜け落ちていたみたいだったわ。彼女、肝心なところで、よそ見

をしていたのかしら？」

「その可能性も実際ございます。あるいは鮎美の目から見た場合、園山の行為はさほど重要ではない単なる確認作業であると、そう映ったのかもしれません。だとすれば、警察の前で彼女がその話を省いたとしても、何ら不思議はないと思われます」

「確かにそうね」事件の関係者が、目で見たことのすべてを、ありのまま警察に伝えてくれるとは限らないのだ。「判った。あとで鮎美本人に確認してみるわ。——それで？」

さらなる説明を促す麗子に対して、影山は淡々と続けた。

「その後のことは、お嬢様もだいたいお判りでしょう。はい、園山は自ら進んで扉に体当たりをしたのでございます。鍵もカンヌキも掛かっていない扉に向かって。当然、最初の一撃で扉は押し開かれ、園山は勢い余って室内に転がり込んだことでしょう。このとき、開いた扉の傍にはポッキリ折れたカンヌキの横棒が落ちています。それを見て鮎美は、当然それがたったいま園山の体当たりによってへし折られたものと思い込んだはず。ですが実際のところ、それはもっと前の時点、おそらくは前日の夜の間に、園山が現場にわざと転がしておいたものだったのでございます」

「そう、前日の夜……つまり下入佐氏が何者かに殺害された夜ってことね……」

その何者かの正体は、いまや歴然としている。

意味深に頷く麗子に対して、黒服の執事は胸に手を当てながら恭しく頭《こうべ》を垂れた。

8

園芸小屋での立ち話にひと区切りつけて、宝生麗子は影山とともに屋敷に戻った。

広々としたリビングで豪華なソファに腰を落ち着ける麗子。すると執事の影山が、さっそく彼女のために高級ワインを差し出す。麗子は受け取ったワイングラスを傾けながら、先ほどの影山の推理を、あらためて頭の中で丹念に吟味した。

影山の推理によれば、下入佐勝氏を殺害した張本人は園山慎介。しかも彼は犯行の翌朝には、第一発見者のフリをしながら田口鮎美の行動と心理を巧みにコントロール。土蔵が密室であることを、すっかり彼女に信じ込ませたのだ。

確かに、影山の実演した手口を使えば、園山の犯行は可能だ。だが、まだ判らないところがある。

麗子は自らの頭を整理するようにいった。

「園山慎介の奥さんは、下入佐氏の長女だわ。だから下入佐氏の死は、遺産相続という観点から園山の利益になる。これが犯行の動機と考えていいのかしら」

「おそらく、そう思われます」影山は頷き、事件の流れを説明した。「犯行の夜、園山は最初から殺意を抱き、凶器のナイフを隠し持って下入佐邸を訪れたのでしょう。そして『自慢のお宝を見せてくれ』とか何とか言葉巧みに相手を誘導して、下入佐氏に土蔵の鍵を開けさせた。その直後、園山は隙を見て下入佐氏の脇腹をナイフでひと突き。たちまち大出血となったものと思われます」

「べつに内出血とかではなく、刺された直後に被害者は普通に出血したわけね」

呟くようにいった麗子は、自らその話の先を続けた。「それから園山は、どうしたのかしら。──ああ、そうそう。彼は事件をお宝目的の強盗の仕業に見せかけようとして、土蔵の中を物色したんだわ。中でも特に値打ちのある薩摩切子の壺を持ち出した。そして園山は翌朝の密室トリックに備え、扉のカンヌキをへし折って床に転がした。それからゴム製の何かを挟むことで土蔵の扉をガッチリと固定した。──ん⁉」

瞬間、麗子は腑に落ちないものを感じて、眉間《みけん》に皺《しわ》を寄せた。「でも待って。なぜ園山は、そんな真似《まね》をしたの？　土蔵を密室に見せかけようとした理由は、そもそも何よ？」

「ああ、実に素晴らしい問題提起でございます、お嬢様」影山は笑みを浮かべて、手放しの賞賛を口にした。「犯人が現場を密室に見せかける理由。それは通常ならば、現場に転がる死体を自殺や事故によるものと、そう信じさせるためでございましょう」

「そうね。でも今回のケースでは、下入佐氏の死体を見て、それを自殺や事故によるものとは誰も考えなかった。当然だわ。だって薩摩切子の壺が盗まれているんだもの。自殺や事故なわけがない。だったら密室に見せかけても、全然意味ないと思うんだけれど……」

「ええ、お嬢様のおっしゃるとおり。密室に見せかけても意味はございません。実際のところ、園山は現場を密室に見せかけたかったわけではありません」

「ん、どういうこと？」

「園山は現場を密室ではなく、内出血密室に見せかけたかったのでございます」

「密室ではなく……内出血密室に……？」

「はい。ガレージには僅かに血痕が残されていました。同様の血痕は土蔵の入口付近にも。そして、すでにご説明した折れたカンヌキ。それらは、すべて園山の手で捏造された偽りの手掛かりでございます。その目的は、警察をして、この密室殺人の真相が内出血密室であると、誤った推理に誘導させることにあったのではないか。わたくしには、そのように思えるのでございます」

「な、なるほど、そっか。つまり風祭警部の語った推理は、まさしく犯人の思う壺だった。警部は――そしてわたしや愛里ちゃんも――園山の掌の上で踊らされていたってわけね」

実際そんな印象は、ずっと麗子の中にあった。誰かの書いた筋書きに乗せられているかのような奇妙な感覚。やはり、それは間違いではなかったのだ。そんなことを思いつつ、麗子はグラスのワインをひと口飲む。そしてまた首を傾げた。

「だけど、やっぱり判らないわ。園山はなぜそんな苦労をしてまで、現場を内出血密室だと思い込ませたいの？　そうするメリットは、いったい何なのよ？」

「ああ、もちろん、それはダイイング・メッセージでございますよ、お嬢様！」

興奮した口調で影山が答える。麗子は彼の興奮する意味が判らない。

「ダイイング・メッセージ⁉　あの《中田》と書かれた血文字ね。あれが、どうしたっていうの？　園山が真犯人なら、あの血文字は当然、彼自身の手で捏造されたものよね」

「ええ、おっしゃるとおり。園山は骨董店を営む中田雄一郎氏に罪を擦《なす》り付けるつもりだったのでございます。おそらく園山は中田氏が、その壺を熱望していることを人づてに聞いて知っていたのでしょう。そこで彼は薩摩切子の壺を持ち出し、死体の傍に《中田》の文字を残した。しかしながら、お嬢様もよくご存じのとおり、ダイイング・メッセージというものは常に捏造や改竄が付き物。証拠としての価値はロクにございません」

「そうね。確かにダイイング・メッセージというのは、所詮《しょせん》そういうものだわ。——あッ、そっか！」麗子は思わずソファの上で叫び声をあげる。弾みで手にしたグラスの中から赤い液体がこぼれそうになった。「判ったわ。だからこそ内出血密室なのね。内出血密室の被害者は自分で自分を密室の中に閉じ込めて、自分ひとりで死んでいく。だから内出血密室においては、犯人はダイイング・メッセージを捏造も改竄もできない——」

「ああ、さすが、お嬢様。なんという慧眼《けいがん》でございましょう！」影山は歯の浮くような賞賛の言葉を麗子に浴びせてから、後を引き取った。「まさに、お嬢様のおっしゃるとおり。内出血密室の場合、犯人は被害者の残したダイイング・メッセージに棒線一本、点ひとつさえ書き足すことは不可能。結果、残されたメッセージの信憑性《しんぴょうせい》は、かなり高いと思わざるを得ない。おそらくは風祭警部の頭の中にも、そういった考えがあったのでしょう。だからこそ警部は《中田》という血文字を——普段なら、そこまで重視しないであろう手掛かりを——今回の事件では必要以上に重視した。その結果、中田雄一郎氏こそが真犯人であるという、誤った結論に飛びついてしまった。まさしく、それこそが園山慎介の狙《ねら》いだったものと思われます」

影山は恭しく一礼して、一連の推理を語り終えた。

麗子は例によって、この執事の閃きと推理力、そして直そうとしても直らない性格の悪さに舌を巻くばかりである。実際のところ、彼はリムジンの車内で麗子から事件の詳細を聞いた直後には、事の真相を見抜いていたに違いないのだ。——だったら車の中で普通に説明しなさいよ！　わざわざ、わたしを夜の園芸小屋まで連れてって、妙な軽演劇に付き合わせるんじゃないっつーの！

と、内心で不満を爆発させる麗子。だが、そんなことより何より、今後の自分にのしかかってくるであろう大仕事に思い至って、ふと麗子は気分が重くなるのを感じた。

「いまの影山の推理を、今度はわたしが風祭警部に教えてやんなきゃいけないわけね。だけど、それは警部が自信満々で語った推理を否定することになるわ。うーん、面倒な話ねえ。面子《メンツ》を潰《つぶ》された警部が、わたしのことを逆恨みしなけりゃいいんだけど……」

「ご心配はごもっともでございます、お嬢様」深々と頭を垂れた影山は、ソファに座る麗子に顔を寄せる。そして彼女の耳許に吹き込むようにいった。「では僭越《せんえつ》ながら、いまの推理を警部にお伝えするにあたって、わたくしからひとつアドバイスを」

「え、なになに、どんなアドバイス？」

「べつに難しいことではございません。『けっして若宮刑事のいるところでは、お話しにならないこと』――どうか、その点だけ、お気をつけくださいませ。そうなさらないと警部のプライドは、それこそガラス細工のごとくに砕け散ってしまうことでございましょう」

「そ、そうね、確かにあなたのいうとおりだわ」さすが影山というべきか。それは実に有益すぎるアドバイスに思えた。「――あ、ありがとう、影山」

いつになく素直に感謝の言葉を伝える麗子。

影山は静かに一礼しながら、「恐れ入ります」と応えるのだった。

第三話

墜落死体はどこから

?

1

「こちらは今宵《こよい》のメインディッシュ、高級フォアグラのソテーでございます。酸味を利かせた特製クランベリーソースでお召し上がりくださいませ――」

落ち着きのある低音に導かれるかのごとく、魅惑の一皿が芳醇《ほうじゅん》な香りを放ちながら眼前へと現れる。瞬間、宝生麗子《ほうしょうれいこ》の高い鼻がピクンと反応し、もともと大きめの眸《ひとみ》が通常の一・五倍のサイズにまで見開かれた。

前菜として出されたサーモンのテリーヌは絶品だったし、海老《えび》のビスクも素晴らしかった。けれど、新たに差し出されたフォアグラの魅力は、まさに別格。この神々しいばかりの焼き色よ、独特の照りの眩《まぶ》しさよ。これぞまさに高級フレンチの最終兵器、食卓の支配者、コース料理における最強のラスボスと呼んで過言ではないだろう。フォアグラはその生産方法が残酷であるとして、何かと物議をかもす食材であるが、とりあえず麗子は難しい問題を意識の片隅に追いやる。そして目の前の香ばしいそれにフォークを突き刺してナイフの先を当てた。

何しろ最近は仕事が立て込んで、帰宅はいつも午後九時過ぎ。ディナータイムは午後十時以降にずれ込む日々なのだ。お腹《なか》は空《す》き過ぎるほど空いているのだ。が、そのとき――

傍《かたわ》らに置かれた麗子のスマートフォンが無粋な着信音を奏でた。

「もう、何よ、こんな大事なときに！」渋々ながらナイフとフォークを置くと、スマホを手に取って画面をチェック。その直後、麗子は僅《わず》かに表情を硬くすると、何も見なかったかのごとく、手にしたスマホを食卓の上でそっと裏返して置いた。「………」

「あの、お嬢様、そのお電話、出られたほうがよろしいのでは？」傍らに控える執事、影山《かげやま》が眼鏡の縁《ふち》に指を当てながら進言する。「たとえ電話の相手が風祭《かざまつり》警部で、話の中身がお嬢様にとって悪い報《しら》せであるとしても、シカトなさるのは、いかがなものかと……」

「わ、判《わか》ってるわよ。誰《だれ》もシカトなんかしてないでしょ！」ていうか、一介の執事がお嬢様に対して《シカト》なんて言葉を使うなっつーの！

麗子は横目で暴言執事のタキシード姿を睨《にら》みつけると、ようやくスマホを耳に当てた。電話の相手は影山が見抜いたとおり、風祭警部その人である。麗子は部下らしい口調で応じた。

「はい、宝生です」

『ああ、僕だ。風祭だ。いきなりの電話で恐縮だが、宝生君、いま君はどこで何を？』

「はあ、わたしは自宅で遅めのディナ……いえ、晩御飯を」

『ふぅん、夕食中ってわけだ。ちなみに、夕食の献立など聞かせてもらっていいかね？』

「………」いいわけないだろ、馬鹿！　絶対秘密の個人情報だ！　と一瞬思ったものの、直後に気が変わった麗子は真面目《まじめ》な口調でこう答えた。「今宵はフォアグラのソテーをクランベリーソースでいただくところでしたが、それが何か？」

『なに、フォアグ……はは ッ、そうかい。それはご馳走《ちそう》の邪魔をしてすまなかったね』

麗子の何ら嘘《うそ》偽りのない言葉を、風祭警部は愉快な冗談であると解釈したらしい。

『風祭モータース』創業家の御曹司《おんぞうし》である警部は、自分の部下が『宝生グループ』総帥《そうすい》、宝生清太《せいた》郎《ろう》のひとり娘であることを、いまだ知らないのだ。そのせいで彼は何かと勘違いした言動をやらかすことが多い。このときも彼は、麗子の《フォアグラ発言》を聞いて、それを女性からのおねだりか何かだと思ったらしい。唐突に誘いの文句を投げかけてきた。

『ああ、宝生君、そういえば最近、話題のレストランが近所にできてね。極上のフォアグラを出す店らしいんだが、どうだい宝生君、今度僕と一緒にその店でディナー……』

「いいえ、結構ですッ」麗子は警部の言葉を皆まで聞かずに撥《は》ね除《の》けた。「わたし、実はフォアグラって嫌いですから。——それより警部、何のお電話ですか、これ？」

『もちろん、これは君をフレンチの名店に誘うためのテレフォンコールだよ』

「んなわけないですよね⁉　何か違う理由があったはず。緊急の用件なのでは⁉」

『ん……ああ、そうそう、確かに君のいうとおりだ』ようやく記憶を呼び覚まされたかのごとく、警部は話題を転じた。『そう、大変なのだよ、宝生君。雑居ビルで男性の墜落死体が発見されたらしい。それを君に伝えたかったんだ。忘れるところだった』

「…………」なに、大事なこと忘れそうになってんですか、警部！

『そういうことだから、残念だが晩御飯は後回しにして、いますぐ現場に急行してもらいたい。僕もすぐに駆けつける。現場で会おう』

　死体発見現場の住所を言い残して、警部との通話は切れた。麗子はスマホを手にしたまま、すっくと立ち上がる。影山は何事かショックを受けたような表情を麗子へと向けた。

「わたくし、存じておりませんでした。お嬢様がフォアグラをお嫌いだったとは……むしろ無類の

《フォアグラ大好き人間》だとばかり思っておりました。申し訳ございません」

「いや、べつに嫌いじゃないけど」かといって《フォアグラ大好き人間》ってわけでもないけど、それはともかく――「影山、車を用意して。リムジンじゃなくて速い車を！」

いうが早いか、ひとり食堂を飛び出して玄関へと駆け出そうとする麗子。その背中を黒服の執事が慌てて呼び止めた。

「あッ、お嬢様、お待ちください！」

「何よ⁉」

「その恰好《かっこう》でご出動なさるおつもりでございますか？　悪い意味で注目の的になること、請け合いでございますよ」そういって執事は意地悪な笑みを浮かべる。

ハッとなった麗子は、いかにも良家のお嬢様然としたピンクのワンピースドレス姿。これが彼女の普段着なのだから仕方ないが、確かに、この恰好で現場に駆けつけるわけにはいかないだろう。

「ああもう、面倒くさいわね！」

そう吐き捨てた麗子は、いったん自室に戻って百七十秒で着替えを完了。いかにも国立署刑事課所属の捜査員らしい黒のパンツスーツにダテ眼鏡という姿で玄関を飛び出す。目の前にはＢＭＷの最新モデルがエンジン音を響かせながら待機中だ。後部座席に乗り込むと、運転席で待ち構えていた影山が冷静な声で聞いてくる。

「で、お嬢様、今宵の現場はどちらでございますか」

「立川《たちかわ》市錦町《にしきちょう》よ。繁華街の外れに建つ雑居ビル。名前は『立東《りっとう》ビル』……」

麗子の説明を聞きつつ、影山は急加速と急ハンドルで猛然と車をスタートさせる。二人を乗せた

ＢＭＷは激しくタイヤを鳴らしながら、宝生邸の門を飛び出していった――

2

現場となった錦町は立川市を横断する中央線の南側。ＪＲの駅に近くて便利、だけどＪＲＡの場外馬券売場には、もっともっと近くて便利（？）。そんな雑然とした一帯である。あたりに立ち並ぶのは主に飲食店の入った雑居ビルやオフィスビル。古びたマンションなども多い。夜もすでに十時を過ぎて、歩道には帰宅を急ぐ酔客の姿が目立つようだ。

そんな中、フロントガラスの前方に異様な人だかりを発見。あれが立東ビルなのだろう。

「停《と》めて、影山」後部座席で麗子が命じると、徐行運転だったＢＭＷは静かに路肩に停止。麗子は執事を制して自《みずか》ら後部ドアを開けると、「じゃあ、いってくるわね。――あのフォアグラ、あなたが食べていいわよ。もったいないから」

麗子の言葉に無念の思いが滲《にじ》む。すると運転席の影山は後ろを向きながら、「お取り置きしておきます。フォアグラ大好きのお嬢様のために――」と、こまやかかつ余計な心遣い。

「べつに好きでも嫌いでもないってば！」口を尖《とが》らせながら路上に降り立った麗子は、「ほら、さっさといきなさい！」といってバシンと強めにドアを閉めた。

走り去るＢＭＷを見送った麗子は、野次馬を掻《か》き分けながら、《立入禁止》と書かれた黄色いテープをくぐる。どうやら現場は雑居ビルではなく、それに隣接する駐車場らしい。

それは露天の駐車場だ。普通乗用車が八台でいっぱいになる程度のスペースは、三方をビルに囲まれている。道路側から見て左手が四階建ての立東ビル、右手に建つのは似たような高さのマンションだ。そして奥に立ちはだかるのは、二つのビルより少しばかり背の高いビルだ。ビルの背面が見えるばかりなので、それが何の建物なのか、よく判らない。

だが、とりあえず問題なのは、左手の雑居ビル側だ。建物から一メートルほど離れた地面に、男性が大の字になって横たわっている。

黒いトレーナーにカーキ色のカーゴパンツ。太いベルトが腰に巻かれている。年齢は三十代か。見るからに大柄なタイプで、身長は百八十センチ以上ありそうだ。発達した上半身、特に胸板の分厚さは服の上からでも歴然と見て取れる。男は後頭部を激しく地面に打ち付けたらしい。その部分を中心にして、おびただしい量の鮮血がアスファルトの地面に飛び散っている。

「そういえば警部は墜落死体といっていたわね……」

雑居ビルと遺体の位置関係を確かめながら、麗子はひとつ頷《うなず》いた。そんな彼女のもとに歩み寄ってきたのは、グレーのパンツスーツに身を包む新米女性刑事。麗子にとっての可愛《かわい》い後輩ちゃん、若宮愛里《わかみやあいり》刑事だ。「ああ、先輩、応援にきてくれたんですね。良かったぁー」

いや、べつに彼女の応援にきたわけではない。単に上司の命令で駆けつけただけなのだが、とりあえず麗子は、「ええ、きてあげたわよ。若宮さんに任せておくのは心配だものね」

と先輩風をびゅうびゅう吹かせる。そしてダテ眼鏡に指を当てながら、

「それで、どういう状況なの？」

「死亡した男性の身許《みもと》はまだ判っていません。第一発見者は、隣接するマンションに住む会社員の中年男性です。職場から帰宅した彼は、午後十時ちょうどに、この駐車場に車を駐《と》めたそうなのですが、その際、何かが地面に落ちるような『ドスン』という音を聞いたのだとか。その際、地面が揺れるような振動も感じたそうです。ギクリとした中年男性は慌てて周囲を見回して、駐車場の端に倒れている男性の姿を発見。慌てて駆け寄ったところ、倒れた男性はすでにこんな状態だったのだとか……」

若宮刑事は顔をそむけるようにしながら、指先だけで遺体の凄惨《せいさん》な状況を示した。

「緊急通報をおこなったのも、この中年男性です。おそらく亡くなった男性は、この雑居ビルの屋上から鉄柵《てっさく》を乗り越えて、この地面へと落下したのでしょうね」

麗子は後輩の言葉をなぞるように立東ビルの屋上を見上げる。そして建物のてっぺんと足許《あしもと》の遺体とを交互に見やりながら頷いた。なるほど、このビルの屋上から落下すれば、この駐車場の端に墜落死体が転がることになるだろう。その点、何ら矛盾はないように思われた。

「となると問題は、亡くなった男性が自殺か他殺かってことね」

麗子としては、いかにも先輩らしく問題点を指摘したつもりだったが、その直後――

「いいえ、先輩、その点は歴然としていますよ」

若宮刑事が自信ありげに胸を張るので、麗子の放つ先輩風の風量は、たちまち《微風》レベルに弱まった。「どういうことよ、愛里ちゃ……いえ、若宮さん!?」

「いいですか、先輩、よく見てください」そういう若宮刑事は、その言葉とは裏腹に、自分では凄惨な遺体を直視することができないらしい。顔をそむけるようにしながら、震える指先で遺体を示して、「ほ、ほら、こ、この額の右のあたり、何かで擦《こす》ったような傷がありますよね。ち、血が滲んでいますよね、ほら、ここ」

「んーっと、若宮さん、『ほら、ここ』っていうけど、あなた、遺体の首のあたりを指差してるわよ……」麗子は残念な後輩を横目で見やってから、再び遺体に向きなおった。「まあいいわ。額の右ね。ああ、確かに何かで擦ったような傷があるみたい。つまり、この男性は後頭部を地面に打ちつけて致命傷を負う一方で、額にも別の外傷があるってわけね」

「そ、そういうことです。したがって、この男性は自殺ではありません。おそらく何者かの手によって額を殴打された上で、屋上から突き落とされた。すなわち、これは殺人です。こ、この傷が何より雄弁に、その事実を物語っています。——ええ、この額の傷が！」

「そこ、額じゃなくて顎《あご》よ、顎！」恐《こわ》がらないで、ちゃんと遺体を見て、愛里ちゃん！　麗子は呆《あき》れながらも、「確かに若宮さんのいうとおりみたいね。単なる飛び降り自殺なら、こんなふうに頭の前後に傷を負うことはないはずだわ。となると真の犯行現場は……」

と呟《つぶや》く麗子の声を掻き消すかのごとく、そのとき轟音《ごうおん》を響かせながら現場に接近する黒い影——いや、違う、銀色のきらめき——それは風祭警部の愛車ジャガーだった。シルバーメタリック塗装を施された英国車は、夜の街を彩る七色のネオンを反射して、その車体は何色とも呼べない色に染まって見える。運転席から降り立った風祭警部は、普段どおりハリウッドスターを髣髴《ほうふつ》させる白のスーツ姿。べつに求められてもいないのに野次馬たちと握手やハイタッチなどを交わしつつ、悠然と黄色いテープを跨《また》いで現場へと足を踏み入れた。

「やあ、宝生君、それに若宮君、我が愛《いと》しの子猫ちゃんたちよ、待たせてしまってすまない。だが僕がきたからには、もう大丈夫。なにせ過去に僕が関《かか》わった事件で、未解決に終わったケースなど、ただの一度もないのだからね。では、さっそく見せてもらおうか、問題の墜落死体とやらを……ふむふむ、この男かい、なるほどなるほど……」

ひとり勝手に自慢話を吹聴《ふいちょう》し、ひとり勝手に墜落死体の検分を開始する風祭警部。それをよそに女性陣二人は額を寄せ合いながら、少しの間ヒソヒソ話だ。

「先輩、警部から《子猫ちゃん》って呼ばれてるんですか」

「馬鹿ね、警部は《子猫ちゃんたち》っていってるの。愛里ちゃんも含まれてるのよ」

「いえいえ、あたしは愛されるほど長い付き合いじゃありませんから……」

「いやいや、どちらかといえば愛里ちゃんのほうが子猫っぽいでしょ……」

ここぞとばかり謙譲の美徳を発揮する二人は、《愛しの子猫ちゃん》の称号を全力で譲り合う。

一方、当の風祭警部は遺体の観察を終えると、何かを摑《つか》んだような表情で、遺体の傍《そば》から立ち上がる。若宮刑事は先ほど麗子に伝えた第一発見者の話を、警部にも伝えた。

「なるほど、了解だ」

頷いた警部は、あらためて二匹のキティ・キャットに向きなおると、いつものごとく得意げに語りはじめた。「見たまえ君たち、この男性は後頭部と額の二箇所に傷を負っている。通常の投身自殺では、あり得ないことだ。すなわち、これは他殺だ。間違いない！」

「はい、実は先輩とあたしも、ついさっき……」

警部とまったく同じ話をしてたんですぅ——とでも言い放つ気なの、愛里ちゃん！

危機を察知した麗子は、後輩の脇腹《わきばら》に肘鉄《ひじてつ》をお見舞い。若宮刑事の口からは「うッ」という呻《うめ》き声が漏れる。警部は何の異変も感じることなく、判りきった推理を続けた。

「おそらく犯人は何か棒のようなもの――いや、むしろ傷口の具合から見て、ザラザラした平たい板のようなものかもしれないが――それを用いて被害者の額に打撃を加えた。もちろん、このような擦《かす》り傷程度では致命傷にはならない。だが被害者をふらつかせる程度のダメージは与えられたはずだ。そこで犯人は被害者の身体《からだ》を、どこか高い窓から……」

「え、窓⁉」麗子は咄嗟《とっさ》に上司の勘違いを正した。「あのー、警部、この立東ビルには駐車場の側を向いた窓なんて、ひとつもありませんよ。――ほら」

麗子は目の前に聳《そび》える四階建ての雑居ビルを指で示す。そこにはコンクリートの外壁が広がるばかり。窓と呼べるものは、ひとつとしてない。のっぺりとした灰色の壁だ。

それを見て、警部は自らの推理を微調整した。「窓がないなら屋上だ。犯人は屋上にて被害者を殴打し、その身体を地上へと突き落とした。そうに違いない。犯行現場は屋上だ」

「………」ええ、実はわたしと若宮刑事も、ついさっき同じ話を――そんなふうにいえたら、さぞかし気分爽快《そうかい》だろう。だが若宮刑事ほど自由奔放《ほんぽう》に振る舞えない麗子は、「なるほどー」と微妙な顔で頷くしかなかった。

警部は再び遺体の前にしゃがみ込むと、今度は男性の所持品を検《あらた》める。黒いトレーナーにはポケットの類《たぐい》はない。だがカーキ色のカーゴパンツには、大きめのポケットがいくつも付いている。その中の一個に奇妙な膨らみを認めた警部は、ポケットのファスナーを開き、右手を中に突っ込む。そうして彼が摘《つま》み上げたのは、実に意外な物体だった。

「なんだ、これは……ナイフじゃないか。なぜ被害者が、こんなものを……？」

目をパチクリさせながら警部は柄の部分を持ち、鞘《さや》から引き抜く。刃渡りは十五センチほど。その銀色の刃には、なぜか赤い色素が薄《うっす》らと付着していた。

「こ、これは……血か⁉　しかも、まだ新しい。鮮血だ……」

「人間の血でしょうか」麗子が疑問を挟む。

「おそらく、そうだと思うが……しかし、なぜ被害者のほうが、血の付いたナイフを持っているんだ⁉　板状の凶器を持った犯人とナイフを持った被害者。二人がこのビルの屋上で決闘でもやらかしたのか⁉　サッパリ意味が判らないぞ……よーし、こうなったら」

勢いをつけて立ち上がった警部は、血の付いたナイフを部下に差し出して命じた。

「若宮君、これを鑑識に回してくれ。それから宝生君、君は僕と一緒にきたまえ」

「はあ、どちらへ？」

「きまってるだろ」警部は頭上を指差しながらいった。「真の犯行現場だよ」

3

麗子と風祭警部は駐車場から立東ビルの正面に回った。四階建ての雑居ビルにエレベーターはなく、見たところ鉄製の外階段があるばかりだ。金属音を奏でながら屋上を目指す。各フロアにはラーメン店やメイドカフェ、整体院などが看板を掲げているが、いまの時間はすでに営業を終えている。四階の店舗は占いの店らしいが、やはり明かりは見られない。

刑事たちはさらに階段を上がって屋上に到着した。屋上と階段を隔てる扉や柵などは存在しない。その気になれば誰でも自由に屋上までたどり着ける構造だ。屋上に足を踏み入れた二人は、素早くあたりを見渡した。そこはガランとした空間。周囲を鉄柵で囲っただけのスペースには、エアコンの室外機が何台か並んでいる以外、これといって目立つものはない。もちろん人の姿などはゼロだ。

「やあ、やっと二人きりになれたね、宝生君――」

「馬鹿なこといってないで、ほら、こっちですよ、警部」

麗子は脱線しかかる上司を軽くいなして、暗い屋上を進む。警部は「ちぇ」と舌打ちしながら、彼女の後に続いた。死体発見現場の真上あたりで立ち止まり、ざっと周囲を見回す。たちまち警部の口から不満の声が漏れた。

「なんだ、べつに決闘の痕跡《こんせき》などは、ないみたいだな。板状の凶器なども見当たらない。血まみれの犯行現場を期待――いや、想像していたんだが、特に異状はないらしいな」

「そうですね」思わず苦笑いの麗子は、上司の失言をスルーして鉄柵へと歩み寄った。

駐車場を挟んで正面に見えるのは、似たような高さの四階建てマンションだ。手すりから身を乗り出して建物の下を覗《のぞ》き込むと、眼下の駐車場では、麗子の姿を見つけた若宮刑事が無邪気にブンブンと両手を振っている。咄嗟に手を振り返そうかどうしようか、迷った挙句《あげく》に麗子は自重。そして真剣な表情を上司へと向けた。「いずれにしても、被害者がこの手すりを乗り越えて地上に落下したことは、まず間違いないところですね、警部」

「さあ、それはどうかな、宝生君」意外にも警部は端整な顔を横に振る。そして左手に聳える背の高い白いビルを指差していった。「ひょっとすると、被害者はこちらの白いビルのほうから突き落とされたのかもしれない。そして被害者の身体はビル風にあおられるなどして、たまたま立東ビルの近くの地面に落ちた。そう考えることも可能なのでは？」

「はぁ⁉　いやいや、それはないでしょう」麗子はキッパリ否定した。「墜落死体は立東ビルから、ほんの一メートルほどしか離れていない地面に転がっていました。その落下地点はこちらの白いビルから見た場合、ざっと五メートルは離れていたはず。被害者が白いビルのほうから墜落したとして、普通そんなところには落ちないでしょう。仮に強風が吹いていて、落下中の被害者を立東ビルの方向に押し流したとしても、五メートルも流されることはないはず。そもそも今夜は、それほど強い風は——」

「そうだ。風は吹いていない！」

麗子の言葉を奪い取るように、警部は強い口調で断言した。「今夜は、ほとんど無風だ。ならば落下した被害者は風の影響を受けず、ほぼ真下の地面に落ちたと考えていい。すなわち墜落現場はこの雑居ビルの屋上をおいて他にはない。もちろん僕は最初からそう考えていたよ、宝生君！」

「そ、そうですか……」よくもそう綺麗《きれい》サッパリ一分前の自分を忘れることができますね、警部！

麗子は上司の変わり身の早さに啞然《あぜん》となりながら、フーッと溜《た》め息《いき》をつく。そのとき彼女の視界の片隅に、何かが引っ掛かった。「——あら⁉」

よくよく見ると、少し離れた鉄柵の傍に何かが転がっている。麗子は歩み寄って、それを両手で拾い上げた。「見てください警部、誰かが最近この場所で一服したらしいですよ。ほら、灰皿代わりに使った空き缶と、こっちは置き忘れたライターです」

空き缶は缶珈琲《かんコーヒー》のもので、中に数本の吸殻が入っているようだ。ライターはバニーガールの絵柄が彫られたジッポーのオイルライター。麗子はその二品を上司に示しながら、

「事件と関係あるんでしょうか」

「いや、なんともいえないな。屋上でこっそり煙草《タバコ》を吸う輩《やから》は珍しくないだろうからね。――とにかく、ここはもういい。いったん下りよう」

こうして麗子と風祭警部は屋上を後にした。外階段を下りていくと、何やら一階付近が騒々しい。立入禁止のテープ、それは立東ビルの一階にも張り巡らされているのだが、そのテープを挟んだあたりでTシャツ姿の若い男と制服巡査が小競り合いを演じている。近くに若宮刑事の姿も見える。

風祭警部はうんざりした表情を浮かべながら、

「おいおい、どうしたどうした、何があったんだ？」

強い口調で尋ねると、振り向きざま答えたのは困った顔の若宮刑事だ。

「あ、警部ぅ、この男性が勝手にビルの中に入ろうとしているんです」

「ほう、それは困った輩がいたものだね。――どれどれ、僕が相手をしようか」

「ふん、何が困った輩だ。入って何が悪いんだよ」若い男は一歩も引かない強気な態度で、Tシャツの胸を警部へ向けて突き出した。「俺《おれ》はこのビルで働いてるんだからな！」

「ほう、メイドカフェで？」

「なんで、そう思ったんだ、あんた？」男はムッとした顔を警部に近づけた。「んなわけねーだろ。こう見えても俺は整体師だぜ」

麗子はビルの三階で見た整体院の看板を思い出した。警部も不思議そうな顔で尋ねる。

「君、いまから三階にいって、どうするんだ？　整体院はもう閉まっているはずだが」

「いや、三階に用はないんだよ、俺は屋上にいきたいんだから」

「ん、屋上だと⁉」警部の目がキラリと光った。「君、屋上に何の用が？」

「べつに大した用事じゃねえよ。ただ、ちょっと忘れ物を取りにいきたいだけさ」

「ほう、忘れ物ね」瞬間、警部の顔にニヤリとした笑み。麗子の手からビニール袋を受け取ると、彼はその中身を男の眼前に示した。「ひょっとして君がいってるのは、悪趣味で下品極まりない、このライターのことかい？」

「そう、それだッ。返してくれ、刑事さん、それ、死んだ親父《おやじ》の形見の品なんだよ」

「え⁉　あ、そういう品なのか……それは、その……いや、すまなかった！」さすがの警部も気が咎《とが》めたのだろう。素直に頭を下げて、自分の不適切な発言を謝罪した。「悪趣味とか下品とかいって、なんというか、その、申し訳ない……」

余計なことをいうから、こうなるんですよ、警部。――心の中で麗子はそっと呟く。

若い男は「べつにいいよ」といって右手を前に突き出した。「とにかく返してくれ」

だが次の瞬間、警部は手を引っ込めて、「いや、駄目だ」そして傍らの部下にビニール袋に入ったそれを手渡して命じた。「おい若宮君、このライターも鑑識に回してくれ」

「はーい」と元気良く応《こた》えて袋を受け取った彼女は、テテテッと小走りに、その場を立ち去っていく。若い男は遠ざかるグレーのスーツの背中に、慌てて右手を伸ばしながら、

「お、おい、待て待て！　こら、俺のライターだぞ。勝手に鑑識なんかに回すなよぉ！」

「なーに、心配いらないさ。調べが済めば、ライターは何事もなく君に返される。君が犯人でなけ

ればね。――ちょっと君、こちらへきたまえ。詳しい話を聞かせてもらおうか」

挑発的な警部の言葉に、若い男も強気に応じた。

「ああ、いいぜ。こっちは隠れ煙草以外、いっさいやましいことはないんだからな」

Tシャツ姿の若い男は村山聖治《むらやませいじ》、三十三歳と名乗った。いくつかの質問と所持品から、このビルの整体院で働く整体師であることが確認された。さっそく風祭警部は彼に対して核心を突く質問を投げた。

「君は最近このビルの屋上で煙草を吸ったようだが、それはいつのことかな？」

「整体院は午後九時半で営業終了だ。それから帰り支度を終えて、自販機で缶珈琲を買って屋上に上がったんだから、だいたい九時四十五分ぐらいにはなっていたはずだ」

「なにッ、午後九時四十五分だと⁉」

たちまち警部のテンションが上がったのも無理はない。第一発見者の中年男性は、午後十時ちょうどに『ドスン』という落下音を聞き地面の振動を感じた。そして、その直後に墜落死体を発見している。すなわち犯行時刻は午後十時と見て間違いない。午後九時四十五分という時刻は被害者の墜落死まで、もうあと十五分という微妙なタイミングなのだ。

「君、その時刻に間違いはないか？」

「ああ、べつに時計を見たわけじゃないけど、そういうふうに就業後に屋上に上がるのは、よくあることだ。だから、まず間違いのない時刻だぜ」

「そのとき屋上には君以外に誰かいたかい？」

「はあ、いるわけないだろ。あんな場所でこっそり煙草吸うのは、俺ぐらいのもんさ」

自慢にならないことをいって、村山聖治は胸を張る。警部はゴクリと唾《つば》を飲み込んだ。

「そ、それで君は、いったい何時ごろまで屋上にいたのかな?」

「さあ、そっちの時間はよく判らない。けどパトカーのサイレンが近づいてきたんで、なんとなく嫌な予感がしてな。それで慌てて屋上から立ち去ったんだよ。お陰で大事なライターを屋上に置き忘れちまったってわけだが……あれ、どうしたんだよ、刑事さん、そんな超面白い顔してさ……」

べつに警部は面白い顔をしていたわけではない。端整な顔を歪《ゆが》めて困惑の表情を示していただけだ。だが、それも当然のことだった。村山聖治の話は、いままで麗子たちが信じ込んでいた事件の構図と、まったく相容《あいい》れないものだったからだ。

警部は、信じられない、とばかりに首を左右に振って、目の前の男ににじり寄った。

「おい、君、それは本当の話か。午後九時四十五分から、パトカーのサイレンが近づいてくるまで、君はずっとこの屋上にいたというんだな? そしてその間、この屋上には、君以外の人間は誰ひとりいなかったというんだな? 黒いトレーナーにカーキ色のカーゴパンツを穿《は》いた男の姿も、君はいっさい見なかったというんだな?」

「なんだよ、その男? 俺は見てないぜ」

「嘘をつけ、そんなわけあるかッ! おい、やっぱり君が犯人なんじゃないのか!」

相手の胸倉に摑みかかろうとする上司を、麗子は羽交《はが》い絞《じ》めにして制した。

「お、落ち着いてください、警部。どうか冷静に!」

「う、うむ……いや、しかし、これが落ち着いていられるか、宝生君。いまの彼の話がすべて事実であるとするなら、この事件はいったいどうなる？」

風祭警部は興奮のせいで乱れた髪を手櫛《てぐし》で整える。そして吐き出すようにいった。

「駐車場で大の字になっていたあの男性。彼は午後十時の誰もいない屋上から墜落して死んだって話になるんだぞ。そんなこと、あるわけないだろ！」

4

車中でほんの僅かな仮眠を取っただけで、刑事たちの捜査は翌朝から再開された。

まずは被害者の身許《みもと》を特定することが先決だ。被害者はナイフを所持していた以外、免許証や財布やスマートフォンといったものを、いっさい身に着けていなかった。したがって身許調べは難航するかと思われたが、意外にもそれは、ひとりの証言者の登場によってアッサリと判明した。

証言したのは、立東ビルの一階に入ったラーメン店の男性従業員だ。男性は昨夜の事件のことなど何も知らないまま、普段どおり店に出てきたらしい。

そんな彼は宝生麗子が語る被害者の特徴——身長百八十センチ以上ある胸板の厚い男性で、黒いトレーナーにカーキ色のカーゴパンツ——などといった情報を耳にした直後、如実な反応を示した。

「ひょっとして、それ、富沢《とみざわ》さんのことじゃないですかね」

「なにッ、富沢だと。誰だね、その人物は⁉」

興奮を露《あらわ》にしながら相手に詰め寄る風祭警部。それを若宮愛里刑事が背後から、「まあまあ警部、落ち着いて……」と穏やかな口調でなだめる。麗子は淡々と質問を続けた。

「その富沢さんというのは、どういう方です？」

「うちの店の常連客ですよ。――写真、お見せしましょうか」男性は自分のスマホを取り出して画面に指を滑らせる。やがて「ほら、この人が富沢さんです。富沢俊哉《としや》さん」といって、彼は刑事たちの前にスマホを差し出した。

三人の刑事たちがいっせいに画面を覗き込む。そこに映るのは、なるほど昨夜の被害者とよく似た顔立ちの大男だ。分厚い上半身に黒いタンクトップが張り付いている。むき出しになった肩や腕の筋肉が見事だ。男性従業員と肩を組んで、こちらにピースサインを向けているが、場所はラーメン屋の店先などではなく、体育館か何かのように見える。

「おおッ、確かに、この男だ！　よーし、判った。被害者は富沢俊哉氏だ。間違いない」

風祭警部が決め付ける。麗子は首を傾《かし》げながら、男性従業員に尋ねた。

「この写真、どこで撮ったものですか。なんだか変わった場所みたいですが……」

「ははぁ、気付きました？　撮影場所は近所にあるボルダリングのジム。富沢さんはそのジムでインストラクターをしている方なんですよ。実は私もそのジムに通っていましてね。一緒に撮ってもらったんです。――あ、ボルダリングって判りますか、刑事さん？」

男性は女性刑事二人に向かって尋ねたのだろう。だが、「ええ、判りますとも！」と勢い込んで答えたのは、白いスーツのイケメン刑事だった。「いまやオリンピック競技にも採用されるほどの人気スポーツです。もっとも私は、誰もがまだボルダリングという言葉さえ知らないころから、ジムに通って楽しんでいましたがね。自らの身体ひとつで高い壁を攻略した際の、あの達成感と高揚感！　当時、夢中になったものです……」

と幼少期のころを懐かしむように遠くを見る目の風祭警部。その発言を麗子なりに《翻訳》するならば、要するに警部は『世間が注目するよりも一歩先に自分はその競技をたしなんでいたんだぞ』——ということを自慢したいのだろう。隙《すき》あらば自慢話をぶっ込もうとする警部の貪欲《どんよく》さには、もはや呆れるを通り越して頭が下がる。が、それはともかく——

麗子は男性従業員のスマホから、自分のスマホへと画像を転送してもらう。そして画像の中の大男に、あらためて視線を落とした。

よく似た別人という可能性もゼロではないが、たぶん間違いはないだろう。昨夜、謎《なぞ》の墜落死を遂げた被害者は、富沢俊哉。職業はボルダリングのインストラクターだ。そしてボルダリングというのは素手《すで》で壁をよじ登るスポーツ。必然的に麗子の脳裏には、この富沢氏という人物が、立東ビルの壁を素手でよじ登る姿が浮かび上がったのだが——いやいや、まさかそんなことって、あり得ないわよね！

ブルンと顔を振って、妙な想像を振り払う麗子。一方、警部は部下たちに向きなおると、

「よーし、これで捜査は大きく前進するぞ。さっそく富沢氏の職場に捜査員を派遣するとしよう。——宝生君と若宮君、二人は富沢氏の写真を持って、現場周辺の聞き込みに当たってくれたまえ。健闘を祈るよ」

「健闘をって……」いや、そんなもの祈られたって、捜査は一歩も進まないのだ。麗子は怪しむような視線を目の前の上司に向けた。「あのー、ちなみに警部は、これから何を？」

「え、何をって……僕かい……？」

「ええ。まさか部下の健闘を祈るばかりでは、ないですよね？」

「うッ……も、もちろんだとも。そうだな。それでは僕は、じっくり考えるとしよう。誰もいないはずの屋上から富沢氏が墜落死を遂げた、その不可解な謎についてね」

そういって警部は自分の側頭部を指先でコツコツと叩《たた》く。要するに足で稼ぐ地道な捜査は部下に任せ、自分は頭脳労働に専念するということらしい。――ラクチンですね、警部！

そんな皮肉めいた台詞《せりふ》をグッと呑《の》み込みながら、麗子は上司の命令に従った。

「判りました。それでは宝生麗子、ただいまより若宮刑事を連れて現場周辺の聞き込みに当たります。――さあ、いくわよ若宮さん！」

「はーい」と明るく答えて、新米刑事は麗子の後に従った。


とはいえ、闇雲《やみくも》に通行人をつかまえて、被害者にまつわる情報を求めたところで、おそらく成果は挙がらないだろう。そう考えた麗子が向かった先は、立東ビルのすぐ傍。駐車場を挟んだ向かいに建つマンションだ。一階部分はコンビニ店舗になっている。二階から四階までが住居部分らしい。ワンフロア当たり三部屋、合計九部屋のマンションだ。

「まずは、ここから聞き込み開始よ、若宮さん」正面に掲げられた『ハイツ錦町』というマンション名を見上げて、麗子はいった。「現場の真向かいに建つマンション。しかもベランダは駐車場の側を向いているわ。何か出てくる可能性は充分にあるはずよ」

「そうですねー、謎の墜落場面を目撃した人とか、いたらいいですねー」

と捜査の厳しさを知らない後輩ちゃんは、パフェよりも甘い期待を口にする。

そうね、と苦笑いしながら麗子は正面玄関へと歩み寄った。ガラス張りの入口はオートロックだ。目で合図すると、若宮刑事が小さく頷いてテンキーの前に進み出る。とりあえず201のボタンを押すと、間もなくスピーカーから『どなたー？』と呑気《のんき》に応じる女性の声。後輩刑事は妙におどおどとした仕草で、カメラに向かって警察手帳を示しながら、

「あ、あのー、国立署の者ですがぁ、ちょっとお話を伺いたいと思いましてぇ」

だがその直後、なぜかスピーカー越しの女性の声は『あ、うちは結構です』とまるで嚙《か》み合わない返事。ブツッという雑音を残して回線は一方的に切れた。

瞬間、新米刑事の表情がドンヨリと曇る。「き、切られちゃいましたぁ……」

「お、落ち込まないで、若宮さん！　きっと保険の勧誘か何かと勘違いされたんだわ。あなた、警察官に見えないから。――退《ど》いて。わたしがやるわ」麗子は後輩を押し退けるようにして前に進み出ると、あらためて201の数字をプッシュ。そして警察手帳を恰好《かっこう》よく示しながら「国立署の者です。昨夜の墜落事件について少しお話を……」

すると、たちまち目の前のガラス戸が音もなく開かれた。

「凄《すご》ぉーい、さすが先輩ですぅ」と手を叩きながら、若宮刑事は羨望《せんぼう》のまなざしを麗子に向けるのだが――いやいや、全然凄くないわよ、愛里ちゃん！　これが普通だから。途中で切られるあなたのほうが特殊だから！

とにもかくにも、麗子は後輩刑事とともに建物の中へと足を踏み入れていくのだった。

しかし、それから瞬く間に時間は過ぎ去り――

二階三階での聞き込みを終えた麗子たちは、疲れた足取りで四階へと続く階段を上っていた。ここに至るまで、すでに六室の玄関に立ち、そのつど呼び鈴を鳴らしてきた。ある部屋は留守、ある部屋は最初から空き部屋だったりで、実際に聞き込み調査をおこなえた対象は三世帯の六名ほど。だが、いまだこれといって有益な情報には巡りあえていない。

被害者、富沢俊哉氏の写真を見せても特に反応はなく、昨夜の駐車場での事件について何か知っているという者も皆無だった。若宮刑事はその声に落胆の色を滲ませながら、

「やっぱり誰もいないんですかねえ、先輩。墜落場面をバッチリ目撃した人なんて」

「まあ、そうね。時間帯も時間帯だし、そのものズバリを見たって人は期待薄かも。――だけど諦《あきら》めちゃ駄目よ、若宮さん」

「そうですね。頑張りましょう。――駄目でモトモトです、先輩！」

そういって力強く拳《こぶし》を握る若宮刑事。この後輩が前向きなのか投げやりなのか、麗子にはよく判らない。――駄目モトっていわないで、愛里ちゃん！　やる気失《う》せるでしょ！

心の中で訴えながら、麗子は四〇一号室の呼び鈴を鳴らす。が、どうやらここは留守のようだ。ネームプレートに『小野田《おのだ》』という名札が見えるから空き部屋ではないはずだが、何度呼び鈴を鳴らしても返事がない。刑事たちは諦めて、隣の四〇二号室へ。今度は若宮刑事が呼び鈴を押しながらネームプレートを眺める。そして意外そうな声を発した。

「あれぇ、こっちの部屋も『小野田』さんなんですね。偶然でしょうか」

「ホントだ。親戚《しんせき》かしら」小野田という名字が偶然隣り合う確率は低い気がした。

間もなく玄関扉が少し開かれたかと思うと、チェーンロック越しに用心深そうな顔の女性が「ど

なたぁ？」と問い掛けてくる。麗子が手帳を示しながら「警察です」と告げると、たちまち女性は慌てた様子。チェーンロックを外して、扉を大きく開けた。

グレーのルームウェアを着た小柄な女性だ。整った顔立ちは美人といえなくもないが、疲れた肌の感じとボサボサの茶色い髪が印象を悪くしている。水商売の女性かしら――と麗子は漠然と見当を付けた。「実は昨夜の事件について、お尋ねしたいことが……」

「昨夜の事件⁉　ああ、向かいのビルで飛び降り自殺があったって話ですね」

いいえ、たぶん自殺じゃありませんけどね。――と心の中で呟いて麗子は質問を開始した。

「昨夜、何か変わった物音など聞きませんでしたか。あるいは不審な人物を見たとか？」

「いいえ、昨夜はお店のシフトが入ってなかったから、ずっとこの部屋にいましたけど、特に何も気付きませんでした。――え、何のお店かって？　近所のナイトクラブですよ」

「そうですか。ベランダに出て、隣の駐車場や雑居ビルのほうを眺めるようなことは？」

「ありません。ベランダには洗濯物を干す以外では、滅多に出ませんから」

「この男性をご存じではありませんか」麗子はスマホを示しながら尋ねる。

女性は眉間《みけん》に皺《しわ》を寄せながら富沢俊哉の画像を見詰めると、「いえ、知らない男です」とキッパリ首を振った。「この方が亡くなったのですか。そうですか、可哀想《かわいそう》に……」

悲しげに眉《まゆ》を傾けながら女性は呟く。その後も両者の間で質疑応答が繰り返されたが、目ぼしい情報は出てこない。そんな中、質問の口を挟んだのは若宮刑事だ。

「あのー、お隣の四〇一号室も小野田さんっておっしゃるんですね。ご親戚ですか」

「え⁉　ああ、はい、そうですよ」あら、この娘《こ》も刑事だったのね――といま初めて気付いたかのごとく彼女は答えた。「隣の小野田大作《だいさく》は、わたしの叔父です。それが何か？」

「いえ、お話を伺おうと思ったのですが、お留守のようなので……」

「え、留守⁉」瞬間、女性の表情に不審そうな色が浮かんだ。「叔父、部屋にいませんでしたか。変ですねえ。叔父が午前中から出掛けることなど、滅多にないのですが。――ちょっと待ってくださいね、刑事さん」

そういって女性は自らサンダルを履き、玄関から外廊下へと躍り出る。そのまま隣の部屋まで移動すると、玄関の呼び鈴を鳴らしながら、「叔父はもう七十過ぎ。ひとりは不安だといって、最近わたしの隣に移り住んだんです。――ああ、確かに返事がないみたいですね。おかしいわ。どこにいったのかしら？」

不安げに呟いて女性はドアレバーに手を掛ける。次の瞬間、彼女の口から意外そうな声。

「あら、鍵《かぎ》は掛かっていないみたい。ますます変ね」

女性がレバーを傾けて引くと、四〇一号室の玄関扉は滑《なめ》らかに開いた。叔父と姪《めい》っ娘《こ》の気安さなのだろう、女性はサンダルを脱ぐと、室内へと大胆に足を踏み入れていく。

「叔父さーん、警察の方がいらっしゃってるわよー」

大きな声で呼び掛けながら彼女は短い廊下を進み、突き当たりの扉を開ける。だが、彼女の背中が扉の向こう側に隠れた、その直後、「――きゃああッ、お、叔父さんッ！」

突然響き渡ったのは、引き攣《つ》ったような女性の声だ。玄関先の麗子は驚きのあまり、隣の後輩と思わず顔を見合わせる。次の瞬間、慌てて靴を脱いだ麗子は、若宮刑事と先を争うようにしながら室内へと上がり込んでいった――

5

「――で、君たちがリビングに駆け込むと、こういう状態だったわけだね」

風祭警部はソファに横たわる老人の遺体を指差しながら、部下たちに確認した。

老人は焦げ茶色のスウェット姿。胸に刺された傷があるが、出血はごく僅かだ。髪の毛は真っ白で、皺のよった顔は知的な印象。その首はあり得ない角度で折れ曲がっていた。

場所は『ハイツ錦町』四〇一号室のリビング。新たに発見された変死体の周囲を、多くの捜査員が慌ただしく動き回っている。部屋には何者かの手によって荒らされた痕跡が、歴然と残っていた。

宝生麗子は若宮刑事とともに、死体発見に至った経緯を、白いスーツの上司に話して聞かせたところである。麗子は目の前の遺体を見やりながら頷いた。

「そうです。わたしたちがリビングに飛び込むと、このとおりソファの上に横たわった老人の姿が……ええ、亡くなっていることは、ひと目で判りました。わたしたちより一歩先に遺体を目にした姪御さんは、腰を抜かしたように、床の上にしゃがみ込んでいました」

「亡くなった老人は小野田大作氏七十二歳。姪御さんは小野田緑《みどり》さん三十五歳です」

若宮愛里刑事が手帳を見ながら補足説明すると、風祭警部は満足そうに頷いた。

「うむ、判った。宝生君そして若宮君も、単なる聞き込みの最中に思いがけず変死体発見という展開になって困惑したことだろう。君たちの驚きは、僕にもよく判る。――だが」

これ見よがしに警部は人差し指を立てながら続けた。

「僕にいわせるなら、これは想定の範囲内。けっして驚くべき出来事ではない。昨夜、謎の墜落死を遂げた富沢俊哉。その彼がなぜか所持していた血の付いたナイフ。それを見た瞬間から、僕は心の中で密《ひそ》かに思っていたのだよ。『ひょっとして、我々の知らないどこかで、もうひとつ別の惨劇が起こっているのではないのか』――とね」

「密かにそう思われていたのですね、警部？」

「そう、密かに思っていたんだよ、宝生君！」

疑ってもらっちゃ困る、とばかりに警部は言い切る。

正直いって麗子の中には疑いしかない。――思っていたなら、昨夜のうちに口に出せばいいのでは？　警部、二つ目の死体を発見してから過去の記憶を改竄《かいざん》してません？

だが、とりあえず麗子は「さすが警部、睨んだとおりの展開というわけですね」と上司を持ち上げてから尋ねた。「となると警部は、この二つの事件に関連性があると？」

「おお、もちろん、そうだとも！　昨夜起こった謎の墜落死事件、そして今日になって発見された老人の変死体。僕の推理によれば、この二つの事件はひとつに繋《つな》がっている」

まあ、当然そうでしょうね――という本音の呟きが漏れそうになるのをグッと堪《こら》えて、麗子は上司の話を促した。「繋がっている……というと？」

「小野田大作氏を殺害した真犯人、それこそが富沢俊哉なのだよ。――見たまえ、宝生君、この遺体の首は物凄い力で捻《ね》じ曲げられ、あらぬ方向を向いている。おそらく首の骨が折れているはず。

実に恐るべき怪力だ。きっと犯人は格闘家かボディビルダーのようなマッチョな男性に違いない。そこで富沢俊哉だ。彼の職業はいったい何だったかな？」

「ボルダリング・ジムのインストラクターです」

「そう、実におあつらえ向きじゃないか。垂直の壁をよじ登るために鍛え上げた筋肉を、彼はこの老人の首をへし折るために使ったというわけだ。もちろん犯行は昨夜のことに違いない。富沢はこの部屋を訪れて、大作氏の首を絞め上げて殺害。ナイフで左胸を刺したのは、念には念を入れてのことだ。出血は少ないようだから、おそらくナイフで刺した時点で、すでに被害者の心臓は止まっていたんだろう。そうやって大作氏を殺害した富沢は、室内を物色してカネ目の物をあさった。つまり強盗殺人ってわけだな。なんとも野蛮で力ずくの犯行だが、それも富沢にならできる。いや、富沢にしかできない！」

　自分の推理に酔うかのごとく饒舌《じょうぜつ》になる風祭警部。その推理に麗子は「なるほど」と素直に頷いた。富沢にしかできないか否《いな》かは別として、『小野田大作氏殺害の真犯人が富沢俊哉である』という点については同感なので、特に異論を差し挟むことはしない。

だが、そんな絶好調の上司に対して、「ですが、警部ぅ」と間延びした声で口を挟んだのは若宮刑事だった。「富沢が大作氏殺しの犯人だとすると、その富沢自身が同じ夜に墜落死を遂げたのは、どういうことなのでしょうか。しかも、このマンションの建物からではなくて、向かいの雑居ビルから墜落死だなんて、ちょっと変じゃないですかねえ」

「むむ……いや、若宮君、『ちょっと変』とか、いわれてもだなぁ……」

　痛いところを衝《つ》かれたとばかりに、警部ご自慢のイケメンが歪む。

麗子は、リビングから運び出されていく遺体を見送りながら、黙って思考を巡らせた。

確かに若宮刑事の指摘はもっともだ。仮に富沢が昨夜、『ハイツ錦町』四〇一号室で強盗殺人に及んだとして、その同じ夜に、向かいに建つ立東ビルから墜落死する意味がサッパリ判らない。そもそも、その墜落死はいったい何なのか。自殺なのか他殺なのか、それとも偶然の事故なのか。いまとなっては、その区別さえ曖昧《あいまい》に思える。

それに偶然屋上に居合わせたという村山聖治の証言も、やはり謎だ。彼の証言が事実だとするなら、富沢が立東ビルから墜落死を遂げたということ自体が、あり得ないという話になる。なぜなら立東ビルの駐車場側に窓はなく、墜落するケースがあるとするなら、それは屋上を措《お》いて他にはない。にもかかわらず墜落の直前、その屋上には村山聖治以外に誰の姿もなかったというのだ。

これはいったいどういうことなのか――？

「そういえば、わたしたちが聞き込みをしている間、警部は不可解な墜落について、じっくり考えてみる――確か、そうおっしゃっていたはずですよね」麗子はさほど期待もせずに、上司へと問い掛けた。「で、警部の見解は？　やはり富沢は立東ビルの屋上から墜落して死亡した。そのように見て間違いないのでしょうか」

「おお、もちろんだとも、宝生君！」風祭警部は大袈裟《おおげさ》に両手を広げていった。「富沢の墜落は、あの雑居ビルの屋上からだよ。それ以外には考えられないさ」

「つまり、村山聖治の証言のほうが嘘であると？」

「いや、彼が警察に嘘をつく理由はないだろう。彼は見たままを語っていると思う」

「はあ⁉　それだと、まったく筋が通りませんが……」

「いや、そんなことはないよ、宝生君。誰もいないはずの屋上から、富沢が墜落死を遂げた。その裏側に隠されたトリックについては、僕の頭の中ですでに解明済みだよ」

「え、本当ですか⁉」またまた警部、ご冗談を――という禁断の台詞を必死に呑み込みながら、麗子は尋ねた。「いったいどんなトリックなのですか」

「うむ、そうだな。口で説明するより、実演して見せるほうが早いだろう」

――いやいや、警部、実演するより口で説明するほうが絶対早いですって！

麗子は視線で訴えたが、もとより他人の視線の意味を正しく理解したことのない風祭警部のことだ。「よし、判った。それじゃあ宝生君、悪いが僕に少しだけ時間をくれたまえ。――あ、若宮君は僕と一緒にくるように」と一方的に謎めいた指示を飛ばす。

若宮刑事は「はーい」と素直に応えて、警部のもとへと駆け寄った。

「では宝生君、三十分後に駐車場で会おう」

踵《きびす》を返して悠然とリビングを後にする風祭警部。若宮刑事がその後を追う。リビングに取り残された麗子はキョトンとして呟いた。「――警部、今度は何を始める気かしら⁉」

6

そうして約束の三十分が瞬く間に経過――

宝生麗子が駐車場に出向くと、そこには風祭警部の白いスーツ姿のみがあった。彼は端整な顔に何事か企《たくら》むような笑みを湛《たた》えながら、駐車場のド真ん中で麗子を迎えた。

「やあ、宝生君、よくきたね。時間どおりだよ」

よくきたも何もない。上司の命令は絶対であり、麗子に拒否する選択肢はないのだ。

「いったい、ここで何をするおつもりですか、警部？」

先ほどは確か《トリックの実演》とか何とかいっていたはず。だが見回したところ、駐車場に特別変わった様子はない。マンションに出入りする捜査員らを除けば、数台の車が駐まっているだけ。ごく平凡な駐車場の光景だ。麗子は視線を左右に向けながら、

「そういえば若宮さんの姿が見えませんけど、彼女はどこに？」

「ああ、若宮君か。彼女なら、あそこにいるよ。――ほら」

そういって警部が指差したのは立東ビルの屋上だ。額に手をかざして見上げると、そこに立つのはグレーのパンツスーツ姿。手すりから身を乗り出すようにして、ブンブンと大きく両手を振っている。「ほ～しょ～センパ～イ！」と頭上から響く声も、確かに若宮刑事のものに違いない。

――そんなに大きな声で名前を呼ばないで、愛里ちゃん！　恥ずかしいから！

顔をしかめる麗子は手を振って後輩の声に応えながら、傍らの上司に問い掛けた。

「で、警部、トリックの実演というのは、どういう意味ですか」

「なーに、言葉どおりの意味さ」警部は麗子の肩に気安くポンと右手を置きながら、「昨夜の不可解な墜落死の真相を暴くのだよ。そのために若干ながら仕込みの作業が必要でね。そのため君に三十分ほど待ってもらったというわけなんだ」

真顔で説明する警部。だが麗子の耳に彼の話す内容はいっさい入ってこない。ただ自分の黒いスーツの肩に置かれたセクハラ上司の右手に、ひたすら殺意のこもった視線を注ぐばかりである。

――こらこら、わたしの肩はあんた専用の《手すり》じゃないっつーの！

だが、ここでも視線の意味を解さない警部は、まったく気にする様子もなく、

「ところで宝生君、こんなときにいうのもナンだが、今回の事件が片付いたなら、僕と一緒にディナーなど、いかがかな？　極上のフォアグラを出すフレンチの名店を見つけたんだ。――君、確か大好物だったよね、フォアグラ？」

「べつにッ、好きでも嫌いでもッ」そう叫んだ麗子は、自らの肩を支配する邪悪な《異物》をピシャリと払い除けた。――ああもう、どうして誰も彼も、わたしのことを《フォアグラ大好き人間》だって思い込んでいるのかしら!?　そんな不満を胸に仕舞いつつ、キッと鋭い視線で上司を睨みつけながら、「この際フォアグラとか、どーだっていいです！　それよりトリックの話は、どーなったんですか！」と、声を荒らげる麗子。

そんな彼女の言葉尻《じり》を掻き消すかのごとく、そのとき突然、正体不明の大きな音が駐車場に響き渡った。――ドスン！

同時に、アスファルトの地面が僅かに振動するような感覚が足許に伝わる。麗子は身の危険を覚えて、咄嗟に身を屈《かが》める。隣で風祭警部も驚いたような口調で叫んだ。

「おいおい、何だい、いまの音は？」

「さあ、判りません。何か重たいものが地面に落ちたような……」

そう答えながら、麗子はあらためて駐車場をザッと眺める。駐車中の乗用車に変わりはなく、見

える範囲で特に異状は認められない。そのとき警部が不安そうに呟いた。

「ひょっとして、昨夜の墜落現場とまったく同じ場所ってことは……」

「はは、まさか」と応えながらも麗子は念のためと思い、昨夜の死体発見現場に向かう。駐車中のミニバンを回り込むようにして、その場所を覗き込んだ次の瞬間――

「あああッ」麗子の口から思わず大きな声が漏れた。「あああ、愛里ちゃん！」

そこに横たわっているのは若宮刑事だった。仰《あお》向《む》けの状態で地面に倒れている。その頭部の周辺には激しく飛び散った赤い液体。一瞬ですべてを悟った麗子は、すぐさま倒れた後輩のもとに駆け寄る。そして目を閉じた彼女の顔を覗き込みながら、唇を震わせた。

「ああ、なんてことなの……可哀想に、愛里ちゃんったら……また警部のふざけた茶番劇に付き合わされたのね……」

「こら、宝生君！　言葉に気をつけたまえ。何が茶番劇だ。誰もふざけてなどいないよ」

と、ふざけた上司が不満げに口を尖らせる。麗子は一歩も引かずに言い返した。

「これが茶番じゃないなら、いったい何だというのですか」

「あのー、警部がいうにはですねぇ」倒れていた若宮刑事が突然むっくりと起き上がって、パチリと目を開けた。「これこそが謎の墜落死事件の真相なんだそうですよ、先輩」

「これが真相って⁉」麗子は首を傾げながら、「そうなんですか、警部」

「もちろんだよ、宝生君。そして、先ほど君の示した態度こそは、僕の期待していたとおりのものだ。いまこの瞬間、僕の推理が正しかったことは、完璧《かんぺき》な形で証明されたよ」

「………」何をいってるのかしら、この人。「ええと、おっしゃる意味が判りませんが……」

「では説明しよう。先ほど君は、ドスンという大きな音を聞いた。そして、その直後に駐車場の端、雑居ビルから一メートルほどしか離れていない地面に、横たわった若宮君の姿を見つけた。そのとき君は何をどう思ったか。おそらく、こう思ったはずだ。『きゃあッ、若宮さんが雑居ビルの屋上から落ちて血を流しているわ！』――ってね」

「いえ、わたしはべつに、そんなふうには……」

「いやいや、思ったはずだ。絶対に思った。思わないはずがない。思ったよな、宝生君！」

「………」ああもう、面倒くさい奴《やつ》め！　ハアと溜め息をついて、麗子は渋々と頷いた。「ええ、はいはい、警部のおっしゃるとおり一瞬、ほんの一瞬だけ、わたしの目には地面に横たわる若宮さんの姿が、転落直後の死体のように映りました」

だが近付いてみれば、後輩は死んだフリをしているだけ。赤い液体の正体が地面にぶちまけたトマトジュースであることも、匂《にお》いで判った。お陰で麗子は一瞬にして悟ったのだ。これが風祭警部の脚本演出による茶番劇であるということを。

「つまり、あのドスンという大きな音。あれは屋上から人が落ちた音ではないのですね」

「無論そのとおり。何かが地面に衝突するような大音響を聞き、その直後に倒れた人間を地上に発見する。結果として、たったいま人間が高いところから落ちたかのように思い込む。これは、そういう効果を狙《ねら》ったトリックだよ。実際には屋上にいた若宮刑事は、君が僕の右手に気を取られている間に階段を駆け下りて、駐車場に到着。僕が君をディナーに誘っている間に、この場所まで密かに移動してゴロンと地面に寝転んだ――というわけさ」

「な、なるほど」では、あの口説き文句もセクハラ感丸出しの右手も、単なる芝居のうちだったというわけか。だとすると、リアルに反応した自分が馬鹿みたいに思えるが、それはともかく――

「では警部、実際には、あのドスンという音は何だったのですか」

「うむ、お見せしよう。こちらへきたまえ」

カモンというように人差し指を動かして、警部は歩き出す。麗子は若宮刑事とともに、その背後に続いた。向かった先は駐車場の奥に建つ五階建ての白いビルの方角だ。ビルと駐車場の境界は金網のフェンスで仕切られている。警部はそのフェンスの向こうを覗き込みながら、地面を指差した。

「ほら、これだよ」

同様の体勢で覗き込むと、そこに転がっているのはパンパンに膨らんだ白い袋。土嚢《どのう》だった。大きな土嚢がさらに三つほどロープで束ねられて一個に纏《まと》められているのだ。

続けて麗子は目の前に聳える白いビルを見上げた。屋上には手すりのようなものは見えない。ただ建物の中央付近に一本だけポールが立っている。おそらく避雷針だろう。

「この土嚢があの屋上から落下して、大きな音を立てたのですね」

「そういうことだよ」

「ビルの屋上に誰かいるのですか。その人物がタイミング良く土嚢を落とした？」

「いや、そうじゃない。土嚢を落下させるのに、わざわざ誰かが屋上にいる必要はない。土嚢は屋上の端っこに、いまにも落下しそうなバランスで置いておくんだ。そして見たまえ、宝生君。土嚢には細くて透明な糸、釣りで使うテグス糸が結び付けられているだろ。そして長く伸ばされた糸の端は、何を隠そう、この僕が密かに握っていたのだよ。僕は頃合《ころあい》を見て、その糸を引いた。屋上の端に置かれた土嚢はバランスを崩して落下。ドスンという音を立てて、地面を僅かに揺らした――

というわけさ」

「ちなみに先輩、こちらの白いビルは、以前はビジネスホテルだったんですが、一年ほど前にホテルは廃業。建物は買い手がつかず廃墟《はいきょ》同然になっているようです」

「じゃあ誰でも屋上に出入りできるってわけ？」

「いちおう屋上に続く外階段の一階部分には鉄製の扉があって、厳重に施錠されています。ですが、扉の上を強引に乗り越えることは可能です。扉を越えさえすれば、外階段と備え付けの足場を利用して屋上に出入りすることができます。まあ、屋上といっても立東ビルとは違って、避雷針と給水タンクがあるばかり。手すりも何もない、だだっ広いだけの空間でしたけど。とにかく屋上への出入りは、その気になれば難しくありません。——ええ、風祭警部にだってできたんですから」

「ふぅん。じゃあ、きっと犯人にもできるわね」

「おいおい、子猫ちゃんたち、なかなか辛辣《しんらつ》なことをいってくれるじゃないか。——だがまあ、いいだろう。いまの僕は機嫌がいいからね」

風祭警部は《子猫ちゃん》たちの皮肉めいた会話を一笑に付して、結論を口にした。

「昨夜の事件において、第一発見者である中年男性は午後十時ちょうどにドスンという音を聞き、その直後に雑居ビルの傍の地面に転がる富沢俊哉の死体を発見した。当然その中年男性は、その時刻に富沢が雑居ビルの屋上から落下して死亡したものと思い込んだ。だが事実は違ったんだ。富沢が死んだのは午後十時より、もっと前。少なくとも、村山聖治が雑居ビルの屋上に現れる午後九時四十五分よりも前のことだ。だから村山はその屋上に誰の姿も見ることはなかったわけだ。村山以外に誰もいないはずの屋上から、なぜか富沢が墜落死を遂げた——と、そのように見える今回の不可解な事件だが、そこに合理的な説明を付けようとするならば、それはいま僕が示した方法しかないだろうね」

そして警部は「例えば——」といって、ひとつの仮説を語った。

「犯人は昨夜の九時半か九時四十分ごろに、富沢を雑居ビルの屋上から突き落として殺害。そして、すぐさま屋上から立ち去った。その後、午後十時ちょうどに犯人は、土嚢か何か重量のある物体を白いビルの屋上から落下させた。そうすることによって犯人は、富沢の墜落時刻が午後十時ちょうどであるかのように誤認させたわけだ。もちろん犯人は犯行後、フェンスの向こう側に落ちた土嚢か何かを、密かに持ち去ったんだろうね」

「な、なるほど」警部の披露《ひろう》した時刻誤認トリックに、麗子は（悔しいけれど）ちょっとだけ感心した。確かに警部のいったような手段を用いれば、富沢の不可解な墜落死に、それなりの説明がつく。いや、もうこのやり方しかないのではないか。わざわざ新米の部下を酷使してまで《実演》にこだわる意味は、正直よく判らないが、確かに警部の語ったトリックは、今回の事件の謎を見事に解き明かしている。そう感じる麗子は、勢い込んで警部に尋ねた。

「それで、誰なんですか、その犯人は？　小野田大作氏を殺害したのが富沢俊哉。では、その富沢をこのようなトリックでもって殺害したのは、いったい誰——？」

するとすると警部は肩をすくめて、ゆるゆると首を左右に振った。

「ああ、宝生君……それが判れば、僕も苦労はしないよ……」

7

「――とまあ、そういうわけなのよ」

呟くようにいって宝生麗子は手にしたワイングラスを、ゆっくりと傾けた。今宵、彼女の喉《のど》を潤すワインは二〇〇一年モノのシャトー・ラトゥール。フランスはボルドー産の逸品だ。時刻はすでに夜の十一時を回っている。激務からいったん解放された麗子は、仕事用の黒いパンツスーツから一転、いまはいかにもお嬢様然としたピンクのワンピース姿。リビングのソファに腰を沈めつつ、傍らで控える黒服の執事に対して、事件の詳細を語って聞かせたところである。

「ねえ、どう思う、影山？」

麗子に問われて、影山は鼻先の眼鏡をくいっと中指で押し上げた。

「やはり本庁勤めから戻られて以降の風祭警部は、以前とは一味違うご様子。土嚢を別のビルから落下させて、被害者の墜落時刻を誤認させるとは、実に面白い発想かと思われます。奇抜なトリックの実演、わたくしもこの目で拝見してみたく思いました」

「ふぅん、そう」この執事がどんな目で《拝見》したところで、あれは立派な茶番劇にしか見えないと思うのだが――「あなた、ずいぶんと警部のことを褒《ほ》めるわね」

「はぁ、本当はお嬢様のことをお褒めしたいのですが、お話を伺う限りにおきましては、その、何と申しますか、お嬢様は、とりたてて、べつに……」

わざとらしく口ごもる執事に、麗子はギロリと殺気に満ちた視線を向けた。

「なによ、影山、わたしには褒めるところがないっていいたいわけ？」

「いえいえ、滅相もございません」影山は慌てて両手を振りながら、「自意識過剰な上司と天然ボケの後輩ちゃん。その両者の間に挟まれながら孤軍奮闘なされるお嬢様。その健気《けなげ》なお姿を思い描くほどに、この影山、思わず胸が、ふッ……胸が熱くなる思いでございます……ふふッ」

「なに笑ってんのよ！　あんた、ホントは面白がってるでしょ！」

「いいえ、笑ってなどおりません。わたくしがお嬢様のことを笑うことなど、あろうはずがございません」

「そう、だったらいいけど……」

といって麗子が追及の矛《ほこ》を収めると、暴言執事の口許から「ふーッ」と安堵《あんど》の吐息が漏れる。

麗子はそんな彼の姿を横目で見やりながら、

「で、実際どう思うわけ、影山は？　警部の示したトリックは正しいのかしら？」

「村山聖治以外に誰もいないはずの屋上から、富沢俊哉が墜落死を遂げた。その不可解な謎を――その謎だけを説明するためなら、警部の示したトリックも、ひょっとしたら出番があるのかもしれません。ですが――」

「ですが？」

「同じ夜に『ハイツ錦町』の四階で起きた小野田大作氏殺害事件のことも併《あわ》せて考えますと、警部の考えたトリックでは、あまりに収まりが悪い。マンションにおける強盗殺人犯を、また別の犯人が殺害する。しかも向かいに立つ雑居ビルの屋上から墜落死させる、というやり方で。おまけに、墜落時刻を誤認させるトリックを用いながら。——いったい誰が何のために、そのような面倒な真《ま》似《ね》をいたしましょうか」

「知らないわ。でも誰かが、それをやったんじゃないの？」

「わたくしは、そうは思いません」キッパリと首を左右に振った執事は、顔の前で指を一本立てながら、「そこで、わたくしからお嬢様に、ひとつ確認したいことがございます」

「ん、何よ？」

「『ハイツ錦町』の共同玄関には防犯カメラが設置されていたはず。その防犯カメラに、果たして富沢俊哉の姿は映っていたのでしょうか。建物に侵入する際の富沢と、そこから逃走する際の富沢。そういった姿は確かに記録されていたのでございますか」

「そうそう、実はそのことなんだけど！」麗子はあらためて影山に視線を向けて、言い忘れていた事実を伝えた。「それが変なのよ。防犯カメラは、確かに共同玄関にあった。だけど、そこに富沢の姿は映っていないの。富沢が変装して共同玄関を通ったのかとも思ったけれど、彼はボルダリングで鍛えたマッチョな身体つきに特徴がある。いくら顔を隠しても、あの屈強な身体は隠しようがないはずよ。なのに、防犯カメラの映像を何度見ても、富沢らしい大柄な男性の姿は、いっさい映ってなかった。——これって、どういうことかしら？　四〇一号室に侵入した強盗殺人犯は、富沢ではなかったってこと？　でも凶器のナイフは実際、富沢が持っていたんだし……」

事件の方向性がサッパリ見えない麗子は、考え込みながらワインをひと口。

その傍らで黒服の執事は意外にも何かを悟ったかのような表情。「なるほど、そういうことでございますか」といって深く頷くと、力強い口調でいった。「ならば、こうしている場合ではございません。二つの現場のすぐ隣に建つ白いビル――かつてのホテルで、いまは廃墟となった五階建ての建物――その壁面の様子を詳しく調べてみる必要があるものと思われます」

「……え⁉」白いビルの……壁面⁉

あまりにも唐突すぎる提案に、麗子はグラスを手にしたままキョトンだ。一方、影山は洒落《しゃれ》た眼鏡のフレームに軽く指を当てる仕草。何かを催促するような視線で、麗子のことを傍らからジッと見詰めている。その視線の意味を敏感に感じ取った麗子は、自分で自分の顔を指差しながら、彼に尋ねた。「えッ、なに、わたし⁉ あなた、このわたしに調べろっていうわけ⁉ あの白いビルの壁を、いまから……」

「さようでございます。他には、どなたもいらっしゃいません」

「あなたがいるじゃないの。そんなにいうなら、あなたが調べてらっしゃいよ」

麗子が指を差すと、影山はその指を器用に避《よ》けながら、こう答えた。

「残念ながら、わたくしはプロの捜査員ではなく、一介の執事に過ぎない存在。そんなわたくしがひとりで現場に出向けば、そこで何をしでかすやら、判ったものではございません。なにせ、この影山、愛するお嬢様のためならば、証拠の品の捏造《ねつぞう》や改竄さえも、いっさい厭《いと》わぬ所存でございますゆえ。――それでもよろしいのでございますか、お嬢様?」

「うーん、そうねえ」彼の口にした《愛するお嬢様》という台詞には、正直ぐっときたが、証拠の捏造・改竄は、もちろん駄目に決まっている。麗子は溜め息まじりに頷いた。「判ったわよ。じゃあ、明日になったら調べてみるわ。何が見つかるのか知らないけれど」

「いいえ、呑気に寝言をいってる暇はございませんよ、お嬢様」

「誰も寝言なんていってないでしょ！　なによ急に、どうしたのよ！」

思わず眉を吊《つ》り上げる麗子の傍らで、影山はいつの間にやら取り出したタブレット端末に視線を落とす。そして、どこか芝居がかったような緊迫した声を発した。

「今夜から明日にかけての関東地方は雨予報。ことに国立・立川市周辺は局地的な豪雨に見舞われるのだとか。こうしてお嬢様が馬鹿高いワインを空けて、のうのうと寛《くつろ》いでいる間にも、邪悪な雨雲が上空を覆い、現場周辺に滝のような豪雨を降らせるやもしれません。ああ、そうなってしまったら、僅かばかり現場に残る貴重な犯人の痕跡も、無情の雨によって、たちまち洗い流されてしまうかも……本当にそれでよろしいのでございますか、お嬢様？」

「そりゃあ、よろしくはないけれど……」でもその前に、いったい誰が《馬鹿高いワインを空けて、のうのうと寛いでいる》ですって？　ドサクサ紛れに妙なこといわないでよね！

憮然《ぶぜん》とする麗子は、カタンと音を立ててワイングラスをテーブルに置く。そして勢いをつけるように立ち上がった。「判った。いくわよ。いってあげようじゃないの！　白いビルの壁に何の痕跡があるか知らないけど、面白いわ。わたしがいって調べてあげるわよ！」

「いってらっしゃいませ、お嬢様」

恭《うやうや》しく頭を下げる執事に、麗子は射るような視線を向けた。

「はあ、何いってんの、影山？　このわたしを、ひとりでいかせる気？　わたしは酔っているのよ。もうベロンベロン……いやもう、ベッロンベッロンなのよ……ほらぁ」

といって麗子は、見事に計算された千鳥足を披露。自分が泥酔状態であることをアピールすると、自らの忠実なる僕《しもべ》に容赦なく命じた。「そういうことだから、影山、いますぐ表に車を回してちょうだい。これから真夜中の極秘捜査に向かうわよ。いいわね？」

「仕方がございませんね。では、さっそくご用意いたします」

やれやれ、といった表情で影山は胸に手を当てると、麗子の前で恭しく一礼した。

8

それから、しばらくの後。立東ビルと『ハイツ錦町』、二つの建物の間に広がる駐車場に、はた迷惑な爆音を奏でながら滑り込んでいく一台のドイツ車があった。暗闇に溶け込むような漆黒のボディ。目玉のごとく輝くヘッドライト。その独特のフォルムを見れば、カーマニアでなくとも最新のポルシェであることは一目瞭然《いちもくりょうぜん》である。

やがてエンジンの轟音が止まったかと思うと、静かに開かれる助手席のドア。そこから、ひとり降り立ったのは宝生麗子だ。自宅リビングでのお嬢様らしい姿から一転、いまはまた黒い装い。だが普段仕事で着ているパンツスーツではない。黒革のライダースジャケットに、同じく黒の革パンツ姿。このまま闇にまぎれて、どこかの豪邸に忍び込み、密かにお宝を漁《あさ》ったとしても全然不思議じゃないファッションだ。

慎重に周囲を見回してみると、駐車場には数台の車があるばかりで人の姿はない。そのことに満足した麗子は、さっそく目の前に聳える白いビルへと歩み寄っていった。

駐車場と白いビルとの境界を隔てる金網のフェンス。その手前で立ち止まると、麗子はおもむろにLEDライトのスイッチを入れる。眩《まばゆ》いばかりの光が目の前の壁を照らした。

壁の表面は白い塗装の施されたコンクリート。といっても所詮《しょせん》は築年数の経過した廃墟だ。間近で見れば、汚れもあればヒビ割れもある。だが影山がいったような、犯人の痕跡らしきものは見当たらない。麗子の口から漏れるのは、ブツブツという不満の声だ。

「そもそも、なんで、この建物の壁に、犯人の痕跡が残るわけ……？　雑居ビルでもなくマンションでもなく、なぜこの廃墟の壁に……？」

いまさらながら疑念を呟く麗子は、それでもいっさいの見落としがないようにと、丹念に観察を続ける。白い壁の上を舐《な》めるかのように、LEDの光の輪がゆっくり横へ、そして縦へと移動する。やがて麗子の口から「ん⁉」という小さな声が漏れ、光の輪が壁の一箇所でピタリと静止した。

「あれは……何かしら？」

金網のこちら側に立ちながらジッと目を凝《こ》らす麗子。次の瞬間、彼女はくるりと踵を返して、ポルシェの運転席へと駆け寄る。そして開いた窓に顔を突っ込むようにしながら、中の執事へと呼びかけた。「ほら、影山、何やってるの……もう、クロスワードパズルなんかやってる場合じゃないでしょ！」

麗子は執事の手からパズル本を強引に取り上げると、「梯子《はしご》を！　梯子か脚立《きゃたつ》を用意してちょうだい」と無理難題を吹っかける。

これには、さすがのスーパー執事も困惑の表情だ。影山はいまさらながら運転席のドアを開けて、

自らも車から降り立つと、

「あの、お嬢様、梯子も脚立も、すぐにはご用意できかねますが……」

「もう、しょうがないわね！」両手を腰に当てながら憤りの声を発する麗子は、しかしその直後には極上の閃《ひらめ》きを得てニンマリ。さっそく次善の策を執事へと授けた。「だったら影山、悪いけどちょっとだけ、あなたの肩を貸してもらえるかしら。――なーに、大丈夫、だいじょーぶ！　絶対悪いようにはしないってば！」

と、そんなこんなで数分後――

嫌がる執事を無理やり説得した麗子は、金網を乗り越えて白いビルの敷地へと侵入。そこで彼女は白い壁に張り付くような不自然な体勢を取っていた。

位置的にいうと白い建物の中央付近。雑居ビルとマンションの、ほぼ中間地点だ。壁に左手を突きながら、右手に持ったＬＥＤライトの明かりを頭上に差し向ける。そんな麗子の足許には、両脚を地面に踏ん張って懸命に立つ執事の姿。彼は自ら麗子の《脚立》もしくは《踏み台》となって、彼女の全体重をその両肩で必死に支えているのだ。

「ほら、影山、フラフラしないで！　わたしの身体は、そんなに重くないはずよ」

「え、ええ、重くはございません……ですが、できれば靴は脱いでいただきたかった……」

壁に両手を突きながら、影山は苦悶《くもん》の声を絞り出す。その両肩には麗子の靴のヒールが、情け容赦なくグイグイと食い込んでいるのだった。

麗子は彼の肩の上でバランスを取りながら、「だ、だって、仕方ないでしょ！　足の裏を見られるのは、おへそを見られるよりも、恥ずかしいんだもの……」

「ど、どうでもいいことでございますッ」影山は心底どうでもいいように言い放つと、「それより、お嬢様、お目当てのものは確認できましたか……」

「え⁉ ああ、そうだったわね」思い出したように顔を上げた麗子は、あらためてＬＥＤの光を上へと向ける。距離が近づいた分、それは先ほどよりもハッキリと認識できた。光の輪の中に浮かび上がるのは、赤茶けたシミのようなもの。麗子は確信を持って頷いた。

「間違いないわ。これは乾いた血よ。白いビルの壁面に血痕が残っている。――これね、影山、あなたがいっていた犯人の痕跡っていうのは……でも、いったいどういうこと？ なぜ、こんな場所に犯人の血が……ていうか、そもそも犯人って誰……富沢俊哉のこと？ それとも富沢を殺した、もうひとりの犯人のこと？ ああ、サッパリ意味が判らない……」

「お、お嬢様、わたくしの肩の上で考え込むのは、おやめください！」麗子の足許から響くのは、哀れな執事の喘《あえ》ぎ声だ。「わ、わたくしの肩は、もう限界でございます！」

「ああ、ごめんなさい、ついつい……じゃあ、わたし、もう降りるわね」

いうが早いか麗子は「えいッ」とひと声叫ぶと、黒服の両肩を蹴《け》るようにしてジャンプ。駄目押しを喰《く》らった恰好の影山は、「ぎゃッ」と執事らしからぬ悲鳴を漏らす。次の瞬間、スタッと綺麗に着地した麗子は、すぐさまピンと背筋を伸ばして影山に向きなおった。

「で、どういうことなの、影山？ なぜ、あんな高い位置に血痕があるの？ いったいあれは誰の血痕なの？」

矢継ぎ早に質問を投げる麗子。その前で影山は自らの両肩を抱くようなポーズで、しばらくは荒い呼吸を繰り返すばかり。だが間もなく普段どおりのクールな表情を取り戻すと、その口許からは、

「ああ、まだお判りにならないのでございますか、お嬢様」

と嘆きの声。そして彼は麗子の顔を正面から見据えていった。

「これでは、せっかくの手掛かりも《猫に小判》。いや、むしろ《お嬢様の耳に念仏》といったところでございますね！」


一瞬の静寂が白いビルの壁際に舞い降りる。その沈黙を破ったのは麗子の叫び声だった。

「な、なんですってえ！」麗子は、聞き捨てならない、とばかりに目の前の暴言執事に食って掛かった。「誰の耳に念仏ですって⁉　もういっぺん、いってごらんなさい、影山ッ」

「ですから《お嬢様の耳に念仏》であると――」

「二度もいわなくていいッ」理不尽な憤りを露にする麗子は、影山ににじり寄りながら、自らのライダースジャケットの胸を叩いた。「豚だっていいたいわけ⁉　このあたしは豚なの⁉　モノの有り難味が判らない豚だって、あなた、そういいたいわけ⁉」

「あのー、失礼ながら、お嬢様がおっしゃっているのは《豚に真珠》のことでは？　わたくしが申し上げているのは《馬の耳に念仏》のほうでして……」

「同じだっつーの！」本当は同じではないのだが、自分の間違いを認めたくない麗子は、問答無用とばかりに叫んだ。「あたしは馬なの⁉　サラブレッドなの⁉」

「はぁ、ある意味、お嬢様は正真正銘のサラブレッドかと……」

「まあ、それはそうだけど」なんとなく納得しそうになる麗子は、いやいや、そうじゃない――と思い直して首を横に振った。「いったい、どういうことよ。あなた、このあたしがモノの値打ちが判らないメス馬だっていいたいわけ？」

「いいえ、メス馬とまでは申しません。ですが、せっかくの手掛かりを前にしながら、お嬢様は、いっこうにその意味が判らないご様子。それで、わたくし、ついつい思ったことを口に出してしまいました。これではまるで《お嬢様の耳に念仏》であると……」

「三度もいうな、馬鹿ぁ――ッ」怒り心頭の麗子は、立川の夜空に絶叫を響かせる。そして暴言執事の胸を指差していった。「じゃあ何よ。影山には、あの妙な高さにある血痕の意味が判るっていうの？　だったら、あたしにも判るように説明してちょうだい」

「承知いたしました――」といって、執事は黒服の胸に右手を当てた。

9

それから、また数分の時間が経過――

再び金網を越えて駐車場に舞い戻った影山は、白いビルの壁面を指差しながら、おもむろに口を開いた。「あの場所に残る奇妙な血痕について説明する前に、まずは『ハイツ錦町』の防犯カメラの問題について考えてみる必要がございます」

「ずいぶん話が飛ぶのね。マンションの防犯カメラが何だっていうのよ？」

「諸々《もろもろ》の状況から判断して、小野田大作氏を殺害したのは、おそらく富沢俊哉と見て間違いない。

にもかかわらず富沢の姿は、なぜか共同玄関の防犯カメラには映っていない。これは果たして何を意味するのか。——答えは簡単。富沢はその防犯カメラの前を通らなかった。おそらく彼は自分のマッチョな身体が映像に残ることを嫌い、敢《あ》えて共同玄関を通ることを避けたのでしょう。殺人を企てる者ならば、これは当然の用心でございます」

「確かに、堂々と防犯カメラに映ろうとする犯罪者は滅多にいないわね。でもそれって、どういうことなの？　富沢は共同玄関を通らずに、どうやってマンションの中に侵入できたのよ。普通のマンションなら一階のベランダから忍び込むことも可能だけれど、『ハイツ錦町』の場合、一階にはコンビニが入っているから、それは無理。てことは二階以上の部屋のベランダからロープを垂らしてもらって、それをよじ登ったのかしら。でも、そんな大胆な真似をしたら、さすがに危険すぎるわよねえ。この駐車場からも道路からも、マンションのベランダは丸見え。いつ誰に目撃されるか判らないシチュエーションなんだから」

「おっしゃるとおりでございます」影山は静かに頷いた。「しかしながら富沢が外部からロープ伝いにマンションへの侵入を果たしたという、お嬢様の推理は、おそらく正しいものと思われます。問題はそのロープが、どこからどこへ渡されたのか、という点なのでございますが……」

そういいながら影山の視線は、駐車場を挟んで聳える二つの建物——マンションと雑居ビル——その間をゆっくり二度ほど往復する。それを見るなり、麗子はピンときた。

「判ったわ。立東ビルね。あの雑居ビルの屋上からマンションのベランダへロープを渡す。富沢はそのロープを伝ってマンション内に侵入を果たした。そういうことなのね」

勢い込んで麗子が決め付けると、影山はニヤリとした笑みを覗かせながら、

「いいえ、残念ながら大間違いでございます、お嬢様」

「はぁ⁉」――じゃあ、なんで二つの建物を意味ありげに見たのよ。ホント意地悪ね！

麗子はすっかり騙《だま》された気分だ。一方の影山は、してやったり――という表情を浮かべると、涼しい顔で続けた。「マンションのベランダから別の建物にロープを張る。その発想は大変結構です。が、その場合、相応《ふさわ》しいのは立東ビルではありますまい。あの雑居ビルには多くのテナントが入っていて、いつ誰がその屋上に姿を現すか、誰にも判らないのですから。例えば、事件の夜の村山聖治氏のように、ふらりと煙草を吸いにやってくる人物がいることも充分考えられる。その人物が、屋上の手すりに謎めいたロープを見つけたなら？　たちまち犯罪計画は台無しになってしまうことでしょう。ロープは立東ビルとの間に張られたのではございません」

「確かに、そのようね。てことは……ああ、そういうこと！」

麗子は今度こそピンときた。答えは実に簡単なこと。底意地の悪い執事の視線に惑わされさえしなければ、最初から正解にたどりつけていただろう。麗子は目の前に建つ廃墟を指差していった。

「この白いビルね。富沢は、この無人のビルからマンションへ向けてロープを渡した。白いビルの屋上には手すりなどはないらしいけれど、避雷針があるらしいからロープを張ることは可能だったはず。ロープさえあれば、マンションまではそれを伝って侵入できるわ。――ん、でも待って。そのロープはマンションのどこに通じているの？　あのマンションには人が出入りできるような屋上はない。だったらロープのもう片方は、ベランダのどれかに通じていたはずよね。ということは、つまり――」

「はい、お察しのとおりでございます、お嬢様」影山は真剣な顔で頷いた。「マンション側には富沢の共犯者がいた。その人物の存在がなければ、富沢は二つの建物の間にロープを張ることさえ、できなかったはずでございます」

「確かに、そうよね。――だとすると、その共犯者は誰？」

「共犯者の役割は大きく二つ。ひとつは富沢のマンション内への侵入を手引きすること。もうひとつは、無事に侵入を果たした富沢を、さらに大作氏の住む四〇一号室の室内まで手引きすること。その人物の手助けがなければ、夜の遅い時刻、おそらく富沢は大作氏の部屋の玄関を通してもらうことなど、できなかったものと思われます」

「なるほど。てことは、共犯者は被害者の身内？」そう呟いた瞬間、麗子の脳裏に思い浮かぶひとりの女性の姿があった。「まさか、姪っ娘の小野田緑が……？」

「あくまでも推測に過ぎません」影山は慎重な口調でいった。「ひょっとすると、大作氏と親しい仲にある住人が三階あたりに存在するならば、その人物こそが真の共犯者――そういう可能性もゼロではないのですから」

確かに、現段階では推測の域を出ない話だろう。だが、あらためて考えてみると、小野田緑には大作氏を殺害するだけの動機がある。緑は大作氏にとっての数少ない肉親。大作氏に万が一のことがあれば、彼の遺産なり死亡保険金なりが、彼女のもとに転がり込むという関係なのだ。緑が富沢の犯行を手助けする理由は充分ある。いや、むしろ緑のほうが富沢をそそのかして、叔父殺害計画に引きずり込んだ可能性のほうが高いか――

そこまで考えた麗子は、あらためて目の前の執事を見詰めた。

「仮に今回の事件が富沢俊哉と小野田緑の二人による犯行だったとした場合、事件の流れはどうなるのかしら？　昨日の夜、この場所でいったい何が起こったの？」

麗子は自分たちのいる駐車場の地面を指差して尋ねる。影山は説明を続けた。

「昨夜、『ハイツ錦町』と白いビルの間には、太くて黒いロープが張られておりました。マンションの四〇二号室、つまり小野田緑の部屋のベランダの手すりと、白いビルの中央に立つ避雷針、その両者の間をぐるりと一周するような恰好で」

「ぐるりと一周？　つまり一本のロープが輪っかになっていたってこと？」

「さようでございます。そのほうが犯行の後でロープを回収しやすい。犯人たちは、そのように考えたのでしょう。ロープを張る際の詳しい手順などは割愛しますが、ここで大事なことが、ひとつ」影山は指を一本立てていった。「輪になったロープは、ベランダの手すりの部分で固定されていたはず。そうしておかないと、ロープ自体が動いてしまって、上手《うま》く綱渡りができないからでございます」

「ロープのほうが動いたんじゃ、人は前に進んでいかないものね。判ったわ――それで？」

「そのような準備を整えた上で、富沢は白いビルの屋上からロープを伝って、斜め前方に建つマンションへと文字どおりの綱渡りを敢行したのです。それは、この駐車場の遥《はる》か上空での出来事。綱渡りをする富沢の姿は、地上の人々の目には留まりません」

「富沢にはボルダリングで鍛えた肉体がある。ロープ伝いにマンションまで移動するだけの腕力は充分あったでしょうね。だけど、いずれにしても物凄く危険な綱渡りよ。富沢は万が一に備えて、命綱か何か用意していたのかしら？」

「命綱ではありませんが、彼の腰に巻かれていたという太いベルト、それが転落防止の役目を担っていたものと思われます。ベルトにロープを通しておけば、万が一、綱渡りの途中で両手を離しても落下は避けられます。結果として、白いビルからマンションの四階への綱渡りは、何事もなく無事におこなわれたものと思われます」

「四〇二号室にたどり着いた富沢は、その後、四〇一号室にて大作氏を殺害したのね」

「はい。姪の緑が呼び鈴を押せば、大作氏は何の疑いも持たずに扉を開ける。そこに刃物を持った富沢が押し入り、大作氏の首をへし折り、胸をナイフで刺したのでございます。荒っぽい殺害方法は、男性の犯行であることをアピールするために必要でした。これによって、女性である緑は容疑の対象から外れる。一方の富沢は大作氏とは何の面識もないのですから、そもそも容疑の対象とはならない。二人は互いに協力し合うことによって、容疑の網の目から揃《そろ》って逃れられると、そのように考えたのでございます」

「なるほどね、そこまでは判るわ。でも問題は、その後よ。マンションの四〇一号室で大作氏を殺害した富沢が、なぜ雑居ビルの傍で墜落死を遂げたのか。そこが判らないわ」

　奇妙な謎に麗子は、あらためて首を傾げる。影山は淡々と事件の絵解きを続けた。

「富沢俊哉と小野田緑の二人は犯行後、いったん彼女の部屋に戻ります。そして富沢は再びロープを伝って、今度は白いビルの屋上へと引き返していく――そのはずだったのでしょう、計画どおりであるならば」

「てことは、事は計画どおりには運ばなかったのね。いったい二人に何が起こったの？」

「おそらくは……」と慎重に前置きしてから、影山は意外な推理を語った。「二人の間に起こったこと、それは裏切りでございます。富沢が白いビルへと戻るために必死で手繰《たぐ》っているロープ。その輪になった一部を、緑はあらかじめ用意していた刃物でもって無慈悲にもチョキン……と切断したのでございます」

「そんな！」麗子は思わず身震いした。「つまり緑は富沢の口を封じたってわけね！」

「はい。口を封じた上で、すべてを富沢の強盗殺人であるかのごとく見せかけようとしたのでしょう。おそらく緑の考えでは、ロープを切断した直後、富沢はそのまま真下に落下して、マンションの傍の地面に墜落。その死に様《しざま》は、あたかもマンションに忍び込んだ強盗がベランダ伝いに移動する際に足を踏み外して転落死を遂げた——といった具合に見えるはず。緑はそのようなことをイメージしてロープを切断したのでしょう。ところが次の瞬間には、彼女の想像を遥かに超える驚きの事態が巻き起こったのでございます」

影山の声に、いままでにない緊迫感が漂う。麗子は声を震わせて尋ねた。

「な、何が起きたっていうわけ？」

「なに、実は簡単なこと。ロープを切られて、そのまま落下するかに思われた富沢は、咄嗟にロープを強く握り締めて、そのまま離さなかったのでございます。これは被害者の身になってみれば、ごく当然のこと。しかしその結果、引き起こされた現象は意外なものでした。——お嬢様にも、そろそろご想像がつくのでは？」

「え、えっと……緑はマンションのベランダでロープを切ったのよね。だけど富沢はロープを離さなかった。てことは、つまり……」麗子はマンションの四階に視線を向けながら、頭の中で富沢の動きをトレースした。「富沢は大きな振り子の先にぶら下がった錘《おもり》みたいなものね。その身体は大きく弧を描くようにして……こっちの白いビルの壁に……壁に衝突して……あッ、そっか！」

瞬間、麗子の視線の先に映ったもの。それは先ほど発見したばかりの謎めいた血痕だ。白いビルの壁の、なぜか妙に高い位置に付着している血痕。それをLEDライトで照らしながら、麗子は叫ぶようにいった。「富沢は壁に衝突した際に、頭に傷を負って出血した。あの壁に残る血痕は、そのときのものなのね」

そして麗子は、いまさらながら思い出した。富沢の死体の額には、墜落によるものではない別の傷が確かにあった。それは平たい板か何かで殴打されたような傷に見えたため、富沢の他殺を示す根拠とされた。だがいまは、あの傷の本当の意味が判る。あれは何者かが富沢を殴打した傷ではなかった。あれは富沢自身が平らな壁に激突した際に負った傷だったのだ。

「お察しのとおりでございます、お嬢様。――ところが」といって、執事は呆れた様子で小さく肩をすくめた。「いやはや何という執念でございましょうか。壁に額をぶつけながら、それでもまだ富沢は手にしたロープを離さなかったのでございます」

「そ、そう……いっそ、そこで手放していれば、命だけは助かったような気がするけれど」

「ええ、まさしく……」影山は何者かを哀れむような目をして続けた。「しかし現実には、富沢はロープを離さなかった。すると、どうなったか。――富沢の身体は、白いビルの壁に衝突した直後、その弾みでもって今度は立東ビルのほうへと大きく振られていったのでございます」

「つまり富沢は壁にぶつかってワンバウンドしたってことね。そのせいで振り子運動の向きが変化してしまった。マンションから白いビルへと向かっていた振り子が、今度は白いビルから立東ビルへと――」

「はい。そして富沢はついに力尽きたのでございます。ロープから手を離した彼の身体は、そのまま地上へ向かって急降下。ドスンと大きな音を立てて落下した先は、マンションでも白いビルでもなくて、むしろ雑居ビルにより近い地面でした。富沢は後頭部を強打して即死。直後に中年男性が彼の死体を発見します。結果、富沢は立東ビルの屋上から墜落したものとしか思えない、そんな死に様になってしまった――というわけでございます」

「確かに、あの死体の転がった位置を見れば、まさか富沢が『ハイツ錦町』の四階あたりから落下したなんて、誰も思わないわよねえ。ましてや白いビルの壁でワンバウンドしたなんてこと、想像すらできないことだわ」

あまりの意外な真相に、麗子は思わず呆れ顔。それを見ながら影山はさらに続けた。

「一方、そのとき立東ビルの屋上では偶然、村山聖治氏が呑気に煙草を吹かしておりました。もちろん彼は地上で何が起こったのか、まるで知りません。そんな彼は事件発生当時、屋上に自分以外誰もいなかったことを、警察の前でハッキリ証言いたします。これによって、あたかも誰もいないはずの屋上から富沢が墜落死を遂げたかのような、実に不可解な状況が出現してしまった。――これは、そういう事件だったのでございます」

こうして影山の慧眼《けいがん》は、この謎めいた墜落死の真相を見事に解き明かした。

だが、まだ判らない部分がある。特に気掛かりなのは、思いがけず奇妙な墜落事件を演出してしまった小野田緑のことだ。麗子はその点を問いただした。

「緑は、立東ビルの傍に落下した富沢の姿を見て、どう思ったのかしら？」

「富沢のことは、おそらく死んだものと思ったことでしょう。その一方で、彼女は立東ビルの屋上に村山聖治なる人物がいることを知りません。彼女は、上手くすれば富沢の墜落死を立東ビル側の出来事に見せかけることができるのでは――と咄嗟に、そう考えたのでしょう。そのためには、速やかにロープを回収する必要があります」

「ロープはもともと回収しやすいように、輪っかになっていたのよね」

「ええ、輪になったロープは一箇所が切断され、その切れ端は白いビルの屋上の避雷針から壁沿いに垂れ下がった状態にあったはず。そしてもう一方の端は『ハイツ錦町』の四〇二号室のベランダに繋がれています。ならば、そのベランダからロープを手繰れば、それはすべて回収することができます。第一発見者の中年男性は一一〇番通報などに気を取られていたため、自分の背後で事件の後始末がおこなわれていることに気が付かなかったものと思われます」

「結果的に、緑は誰にも悟られることなく、ロープの回収を終えたってわけね」

「はい。そして今日になると緑は、聞き込みにやってきたお嬢様たちの前で、何食わぬ顔を装いながら質問に答え、そして叔父の変死体を自ら《発見》してみせたのでございます」

「うーん、なるほどねえ」思わず感嘆の声を発した麗子は、ふとあることを思いつき、傍らの執事に尋ねた。「ねえ、影山、緑はそのロープを、もう処分してしまったかしら。それとも四〇二号室のどこかに、まだ隠し持っているのかしら?」

「さあ、正確なところは判りかねますが……」

と、あくまで慎重な物言いで、影山はこう答えた。「回収したロープは、おそらく相当かさばる分量であるはず。それをマンションの外に持ち出すためには、かなり大きな荷物を抱えて、例の共同玄関を通らねばなりません。だとするなら、そのような彼女の姿は……」

「きっと防犯カメラに映るはず！」麗子は影山の台詞を奪うようにいった。「だけど、わたしたちが確認した防犯カメラの映像に、緑のそんな不自然な姿は映っていなかったわ。てことは、問題のロープは、まだ彼女の部屋にある可能性が高い。たぶん彼女は、事件のほとぼりが冷めるのを待って、密かにそれを処分するつもりなのね」

「さすが、お嬢様、実に鋭くていらっしゃいます」歯の浮くような台詞を口にして、さらに影山は続けた。「となれば、話は簡単。緑の行動を見張り、彼女がロープを処分する場面を取り押さえることができれば、それが何よりの証拠となることでございましょう」

「そうね、判ったわ。それじゃあ影山、推理を終えたばかりで悪いんだけど……」

といって麗子は、自らの忠実な執事に、また新たな命令を下した。「今夜の極秘捜査は、もうしばらく延長よ。このまま『ハイツ錦町』を見張るの。だって今夜にも、大きな荷物を抱えた小野田緑が、あの共同玄関から出てくるかもしれないじゃない」

「はあ、その可能性は確かにございますが……」渋々と頷いた執事は、眼鏡の奥で両目をパチクリさせながら、自分の胸に手を当てた。「えーっと、お嬢様、わたくしも一緒に見張るのでございますか。あのマンションを？　このまま朝まで？　この場所で？」

「そうよ、何か不満でも？」麗子はジロリと睨むような視線を、傍らの執事に向ける。そして明るい声でいってのけた。「いいじゃないの。ほら、車だってあるし！」

漆黒のボディを持つポルシェは、考えようによっては、夜の張り込みにピッタリだ。

すっかり前向きな麗子をよそに、影山は苦い顔つきで左右に首を振った。

「ああ、実に残念でございます。今宵はお嬢様のためのお夜食として、特製フォアグラ茶漬けをご用意しておりましたのに……」

「いらないわ」――ていうか何よ、《フォアグラ茶漬け》って⁉　それ美味《おい》しいの⁉

ちょっと食べてみたい気もするが、それはまた次の機会にしよう。麗子は有無をいわさぬ口調で一方的にいった。「いいわね、今夜は徹夜になるわよ。いや、ひょっとしたら、深夜の大捕り物になるかも。――ふふッ、楽しみね、影山」

妙な期待に胸を膨らませて、笑みを漏らす麗子。一方の影山は僅かに両肩を落とすと、すっかり降参といった表情。やれやれ、とばかりに溜め息まじりの声でいった。

「承知いたしました。喜んでお付き合いさせていただきますよ、お嬢様――」

第四話

五つの目覚まし時計

1

立川《たちかわ》市での夜勤を終えた泉田龍二《いずみだりゅうじ》が、同僚である寺川護《てらかわまもる》とともにＪＲ国立《くにたち》駅に降り立ったのは、火曜日の朝九時前のことだった。都心に出勤していく会社員たちが群れをなしてホームへと向かう中、激流に抗《あらが》うようにして進む。やがて二人は駅前のロータリーに出た。目の前に延びるのは、国立市のシンボルである大学通り。四月には満開の花を咲かせていた桜並木が、七月になったいまは緑の葉を揺らし、道路脇《わき》に涼しげな木陰を作り出している。

泉田はその道を真《ま》っ直《す》ぐ進みながら、隣の同僚にいった。

「おい、寺川、せっかくだから俺《おれ》ん家《ち》に寄っていかないか。この近くなんだ」

「そうなのか」寺川は駅へ向かう人通りを避《よ》けながら、「けど、このあたりだと家賃が高いんじゃないのか。なにせ国立はセレブが暮らす街。有名芸能人の家もあるし、大変だろ」

そういう寺川は、ここからさらに徒歩十五分ほどのアパートに暮らしているという。最寄り駅は国立駅だが、行政区分上は完全に国分寺《こくぶんじ》市だ。本当は国立に住みたかったのだが、家賃と相談した結果、そこに落ち着いたのだとか。それなのに同じ職場で同じ仕事をしている泉田が、なぜ国立の駅近に部屋を借りることができるのか。それが寺川には随分と不思議に思えるらしい。泉田はニヤリと笑みを浮かべてタネ明かしをした。

「俺ん家といってもアパートやマンションじゃない。実はシェアハウスなんだ。だから地方公務員の安月給でも楽に借りられたって訳さ」

「なるほど。その手があったか」パチンと指を弾《はじ》いた寺川は、さっそく興味深げな視線を泉田に向けた。「で、そのシェアハウスって、女の子はいるのか」

「もちろんだとも。いまは二人いる。ひとりは女子大生だろ。それとナース……」

「ナース！」寺川は何かに優勝したかのごとく声を弾ませる。「最高じゃないか！」

「………」最高なのか⁉　ふーん、こいつ、女子大生よりもそっち系なんだな。「ちなみに男性は俺の他にあと二人いる。ひとりは無職で、もうひとりはフリーライター……」

「いや、男子の話など聞いていない」と寺川はキッパリと泉田の話を遮って、実に男らしい、というかオスらしい一面を際立たせた。「それよりナースの話を聞かせろ。その娘《こ》、美人か？　何歳だ？美人か？　美人なのか……？」

どうやら見た目と年齢にしか興味はないようだ。これまた実にオスらしい。

泉田は大学通りから脇道へと歩を進めながら、「そうだな、年齢は俺たちと同じく二十代後半。美人かどうかは、見る人の主観によるだろ」と当たり障りのない答え。

だが客観的に見ても、シェアハウスに暮らす女性看護師、松本雪乃《まつもとゆきの》は充分に美人の部類に入るだろう。泉田はこの《ナース大好き男》に、彼女を直接会わせていいものか否《いな》か、少し不安になった。

だがまあ、べつに問題ないか、とすぐさま思いなおす。

記憶をたどってみると、昨夜《ゆうべ》、これから夜勤に出掛けようとする泉田は、同じく外出しようとする松本雪乃とハウスの共同玄関でバッタリ遭遇したのだ。聞けば、何やら急な呼び出しで、これから勤務先の病院へ出掛けるのだとか、そんな話だった。『今夜は徹夜になるかも……』と暗い表情を浮かべる彼女に対して、泉田は『頑張れよ』と無責任な励ましの言葉。そして彼はひと足先に玄関を出て自《みずか》らの職場へと向かったのだ。

あれは確か午後八時過ぎのことだった。ということは――

「ふははッ、残念だったな寺川。昨夜の様子から察するに、ナースの彼女は、まだ部屋に戻っていない。あるいは戻っていたとしても徹夜明けのはずだから、いまごろはベッドで熟睡中ってところだろうな」

「そうなのか。だったら俺、自分《じぶ》ん家《ち》に帰るわ。じゃあな、また明日……」

「まあまあ、待て待て！　ほら、もう着いたぞ。見ろ、この建物だ」場所は大学通りから路地を数本入ったあたり。一見すると共同住宅とは思えない、大きな一軒家のごとき外観の建物が二人の前に聳《そび》えている。門柱には『日暮荘《ひぐらしそう》』と書かれた銀のプレート。泉田は敷地内へと足を踏み入れながら、同僚を手招きした。「せっかくここまできたんだから寄っていけよ。ビールくらいは出すぞ」

「そうか。そこまでいうなら飲ませ……いや、寄らせてもらうとするか」

同僚の現金な態度に苦笑いしつつ、泉田は自分の鍵《かぎ》を取り出して、共同玄関の扉を開ける。靴を脱いで上がると、寺川もそれに続いた。とりあえず一階の共同リビングを覗《のぞ》いてみるが、そこには誰《だれ》の姿もない。

「住人の部屋は、すべて二階にあるんだ」

そういって泉田は同僚を連れて二階へ向かう。だが階段を上っていく途中、ふいに寺川の口から「むッ」という声が漏れた。「何なんだ、この音は？」

確かに耳を澄ますまでもなく、どこからか妙な音が聞こえる。カンカンカンといった感じの金属的な音と、ルルルルというような電子音。その二種類の音色が混ざり合いながら、この階段まで届いているのだ。泉田は「ふふーん」と鼻を鳴らしてから口を開いた。「誰かの部屋で目覚まし時計が鳴ってるんだな。しかも二つ同時に」

やがて二階にたどり着くと、二種類の音色はより鮮明になった。どうやら階段を上がったところから、廊下を少し進んだ二つ目の部屋、二号室から聞こえているらしい。

寺川は〈2〉と数字の書かれた扉を指差しながら、呆《あき》れた声を発した。

「おいおい、こんな大音量で目覚めない猛者《もさ》がいるのか。いったいどんな野郎だよ？」

「野郎じゃない。松本雪乃さんだ。ここは例のナースの部屋だぞ」

「ほう、こういうことって、よくあるのか」寺川は声を潜めて聞いてきた。「目覚ましが二つも鳴りながら、ナースが起きてこないってことが」

「ああ、彼女、朝は弱いらしいから、ときどきあることだ。しかし変だな。松本さんって、昨夜は病院で徹夜するはずじゃなかったのかな……」泉田は首を傾《かし》げながら扉の前に立つと、拳《こぶし》で軽めのノック。そして扉の向こうに呼び掛けた。「松本さーん、ちょっと目覚ましの音がうるさいんですけどー」

だが扉の向こうから返事はない。瞬間、寺川の目がキラリと輝きを帯びた。

「おい、泉田、この扉を開けてみろ。これは異常事態だ。事は一刻を争うかもしれん」

「そんなことといって、おまえ、本当はナースの私的空間を覗きたいだけじゃないのか」

「そうだ」アッサリ頷《うなず》いた寺川は次の瞬間、「いや、そうだけれど、それだけじゃないッ」と猛スピードで首を横に振った。「ひょっとすると、部屋の中でナースが身動きできない状況に陥っているかもしれないだろ。急病で倒れているとか何とか。――判《わか》った、おまえが尻込《しりご》みするなら、この俺が見てやる！」

「ちょっと待て、寺川。赤の他人であるおまえが、若い女性の部屋の扉を開けて、中を覗き見るのか？　それはいかにも犯罪的だぞ。ホントに大丈夫なのか？」

「なーに、問題はない。他《ほか》の連中がやれば犯罪的かもしれないが、俺たちがやれば、それは仕事の内だ。任せろ」自分の胸を拳で叩《たた》いた寺川は、夜勤明けとは思えないようなキリッとした表情を装う。そして張りのある声を扉の向こう側へと響かせた。「立川駅西口交番勤務、寺川護、緊急の用件により扉を開けさせていただきます。――では失礼！」

ドアノブを摑《つか》んだ寺川の右手が、勢い良く手前に引かれる。扉は施錠されていなかったらしい。それは思いがけずアッサリと開いた。同時に二種類のアラーム音が、より騒がしく二階の廊下に響き渡る。臆《おく》することなく中を覗き込む寺川。瞬間、彼の口から飛び出したのは「わあッ」という驚きの声だ。その声に導かれるように、泉田も扉の向こう側へと首を伸ばす。そんな彼の目に飛び込んできたのは、実に意外な光景だった。

部屋の奥にあるベッド。そこから身体《からだ》半分ずり落ちるような不自然な体勢で、Tシャツ姿の女性が倒れていた。カッと見開かれた両目は意思の輝きを持たないまま、虚空に向けられている。首には細長いタオルが邪悪な蛇のごとく巻きついていた。

「――ま、松本さん！」

泉田は寺川を押し退《の》けるようにして室内に飛び込む。そのとき三つ目の目覚まし時計が、新たな時を告げた。カンカンカンでもルルルルでもなくて、今度はメロディのある音色だ。時刻は九時十分ちょうど。室内に満ちるアラーム音は、これで三種類になった。

それでも松本雪乃は目を覚まさない。泉田は彼女の呼吸の有無を確認し、左胸に耳を当てる。だが反応はない。すでに心肺停止の状態にあるのだ。だが身体に触れると、白い肌にはぬくもりがある。まだ凶行に遭ってから間がないのだ。

一縷《いちる》の望みを託すように、泉田は同僚に向かって叫んだ。

「おいッ、寺川、救急車だ、早くしろッ!」

2

国立署の遥《はる》か手前の交差点。リムジンの後部座席から素早く降り立った宝生麗子《ほうしょうれいこ》は、運転手兼執事である影山《かげやま》の「ご活躍をお祈りいたします」という畏《かしこ》まった声に後押しされながら、今日もまた自らの職場へと向かった。宝生財閥の総帥《そうすい》、宝生清太郎《せいたろう》のひとり娘である麗子は、その事実を同僚たちにさえヒタ隠しにしながら、一介の女性刑事として激務に励む毎日だ。この面倒くさい秘密があるため、麗子はいつも国立署の遥か手前で車を降りる。全長七メートルのリムジンがいきなり国立署に横付けされたら、たちまち秘密が秘密でなくなってしまうからだ。

「しっかし、今日も暑いわねえ……」麗子は恨むような視線を夏空へと向けた。

まだ朝の九時台だというのに七月の太陽は意地悪なくらいに強烈で、たちまち麗子は仕事用のスーツの上着を脱ぎ捨てたくなる。黒縁のダテ眼鏡が汗でずり落ちそうだ。

するとそのとき前方に、同じく国立署へと向かうグレーのパンツスーツ姿を発見。さっそく麗子は後ろから駆け寄って、彼女の肩をポンと叩いた。「おはよう、愛里《あいり》ちゃん」

勤務中ではない場面に限って、麗子は可愛《かわい》い後輩ちゃんのことを、このように下の名前で呼んでいる。勤務中ならば先輩らしく『若宮《わかみや》さん』もしくは『若宮刑事』だ。

すると名前を呼ばれた若宮愛里刑事は「あ、先輩、おはようございます」と笑顔で挨拶《あいさつ》。そんな彼女に麗子は顔を寄せながら、「ねえ、見た、昨日?」と意味深に囁《ささや》きかける。すると若宮刑事も密《ひそ》かな笑みを覗かせて、「ええ、先輩も見ましたか?」と、やはり意味深な問いを返した。

「見たわよ、見た見た」

「あたしも見ましたー」

そんな謎《なぞ》めいた会話を交わしつつ、二人は互いに「ふふふッ」「くくくッ」と共犯者のような笑みを浮かべあった。「まさか白木《しらき》クンがユリナちゃんに告白するなんてねえ」「しかもユリナちゃんは黒崎《くろさき》クンのことが好きなのにですよー」「でも黒崎クンはアスカさんにお熱だし……」「そのアスカさんは白木クンひと筋ってことは……」「ふふふッ、これは来週も目が離せないわね」「くくくッ、あたし、もう録画の予約しちゃいましたー」

職場へと向かう道すがら、束《つか》の間《ま》ガールズトークを繰り広げる二人。話題になっているのは昨夜に見たテレビドラマ『終わらない恋の話』の話だ。通称『終恋《おわこい》』。どこのテレビ局かは敢《あ》えて伏せるが、月曜九時に地上波で放送中の人気番組である。ストーリーは男女四人の医師と看護師が織りなす典型的な四角関係の恋愛モノ。そのベタすぎる設定と、昭和のドラマかと思わせるような波乱万丈の展開。そこに主人公の出生の秘密やライバルたちの嫉妬《しっと》や悪だくみ、さらには密室殺人の謎まで豪華にトッピングされて、ドラマは予想外の大ヒット。恋愛小説好きの女子から本格ミステリマニアまで幅広い視聴者を巻き込んでの、一大センセーションを巻き起こしている。

麗子と若宮刑事もご多分に漏れず、そのあざとすぎる展開にすっかりやられて、『終恋』の深い沼へとズルズル引きずり込まれた口である。

とはいえ、そういつまでもドラマの話に現《うつつ》を抜かしてもいられない。まだまだ話し足りない二人だったが、白木クンと黒崎クン、ユリナちゃんとアスカさんの複雑な関係はいったん脇に置いて、国立署の正面玄関から中へと足を踏み入れる。

すると聞こえてきたのは、階段を駆け下りてくる騒々しい靴音。やがて現れたのは他ならぬ二人の上司、白い高級スーツに身を包む風祭《かざまつり》警部その人だ。普段と変わらぬキザったらしい装いに思えるが、よくよく見れば、いかにも夏らしくスーツの素材が麻に変更されている。キザったらしさも夏バージョンというわけだ。

そんな風祭警部は二人の姿を認めるなり、「やあ、ちょうど良かった、君たち」と大袈裟《おおげさ》に両手を広げて、美しい部下たちを纏《まと》めて迎え入れる体勢。さりげないボディタッチの危険を察した麗子と若宮刑事は、慌ててセクハラ上司から距離を取る。すると警部は離れた距離を、もう一度詰めなおしてから、なぜか声を潜めて聞いてきた。「君たち、見たかい、昨夜の『終恋』を――？」

意外すぎる問い掛けに、麗子たちは揃《そろ》って目をパチクリ。そして咄嗟《とっさ》に答えた。

「あの、いえ、わたしは見てませんけど……」

「あたしもです。あたしも見てませぇん……」

「あん、そうなのか⁉」アテが外れたとばかりに、警部は二枚目顔に渋い表情を浮かべながら、「そうか。いやまあ、僕も毎週見ているわけではないんだがね、ははは」

風祭警部、どうやら毎週欠かさず視聴中らしい。相手がこの上司でなければ、そしてここが警察署の正面玄関でないならば、『終恋』の話題でひと盛り上がりするところだが、この状況ではそうもいかない。麗子は真剣な表情を繕って上司に尋ねた。

「それより、どうしたんです、警部？　随分と慌ててらっしゃったようでしたが」

「そう、そうだった！」風祭警部は何事か思い出した様子で声を張った。「大学通り付近の住宅街にあるシェアハウスで事件だ。看護師の女性が何者かに首を絞められて、病院に運ばれたそうだ」

「なんですって！」しかし警部、よくその状況でドラマの話題を口にできましたね！

「警部ぅ、よくその状況でドラマの話題を口にぃ……」

「愛里ちゃ……若宮さん！」あなたも余計なことは口にしないでいいから！

焦る麗子をよそに、後輩刑事は涼しい顔だ。

一瞬苦い表情を見せた風祭警部は、あらためて緊迫した声を発した。「とにかく現場に急ごう。――ああ、宝生君は僕のジャガーに乗りたまえ。そのほうが早い」

どさくさ紛れに麗子を愛車の助手席に誘い込もうとする風祭警部。すかさず麗子は、

「いいえ、結構です！」

と強い拒絶の言葉で上司の誘いを一蹴《いっしゅう》。代わりに後輩ちゃんの肩を抱きながらいった。

「わたしは若宮刑事のミニパトで参ります。では警部、また現場で落ち合いましょうね」

3

そんなこんなで数分後。若宮刑事が運転するミニパトは、助手席に麗子を乗せながら大学通りを疾走。途中、サイレンを鳴らして爆走する銀色のジャガーにコンマ五秒で追い抜かれながらも、健気《けなげ》に現場への道を急ぐ。やがて国立駅が遠くに見えてきたところで、車はいきなり狭い路地に進入。すると目の前に騒然とした一角が現れた。大きな一軒家のごとき建物。その周囲に数台のパトカーが停《と》まり、野次馬たちが群がっている。

「ここが問題のシェアハウスみたいですねぇ」そういって若宮刑事は車を停めた。

さっそく二人は車を降りて、『日暮荘』と書かれたプレートを横目に見ながら建物の中へ。階段を上って二階の二号室に向かうと、そこにはひと足先に到着済みの上司の姿があった。

「申し訳ありません、警部。遅くなりました――」麗子がいちおう詫《わ》びると、

「当たり前だッ。ミニパトが僕のジャガーより速いなんてこと、あるわけないだろ！」

不満そうに叫ぶ警部は、「まあいい」といって現場の様子を手で示した。「見たまえ、君たち。ここが看護師、松本雪乃さんが被害に遭った現場だ」

いわれるまでもなく、麗子は室内の様子を見回した。清潔感のあるフローリングの部屋だ。壁際に小型のテレビがあり、その正面にローテーブルと座椅子《ざいす》がある。テレビ台の隣に本棚。並んだ書

籍の中には、看護師らしく医療関係の専門書もあれば漫画や小説もある。部屋の角《すみ》に置かれた白いクローゼットが、いかにも女性の部屋っぽい印象だ。

そんな中、問題のベッドは窓辺に寄せる形で置かれていた。被害者は病院に搬送されているため、ベッドの上はもぬけの殻。ただし、枕許《まくらもと》には二つの時計が並ぶように置いてある。そして、なぜかベッドの下の床にも時計が二つ。さらに少し離れたローテーブルの上にも、もうひとつ時計があった。合計すると五つの時計だ。この部屋はやけに時計が多い。

「ふぅん、松本雪乃さんという方は、時計好きだったのでしょうかぁ？」

「そうじゃないわよ、若宮さん」後輩の天然発言をやんわり否定してから、麗子は手袋を嵌《は》めた手で五つの時計を確認。やがて納得した表情を浮かべて頷いた。「五つの時計はアナログもあればデジタルもあって形もバラバラ。だけど全部アラーム機能付き。要するに、すべて目覚まし時計ね。きっと被害者は朝起きるのが苦手なタイプだったんだわ」

「時計のことが、そんなに気になるかい、君たち？」風祭警部は少しも気にならない様子で呟《つぶや》くと、「そんなことより、まずは事件発覚当時の状況を知るのが先決だろう。では、さっそく事件の第一発見者をここに呼んでもらおうか」

若宮刑事が「はーい」と応じて部屋を出ていく。やがて彼女は二人の青年を引き連れながら、麗子たちの前へと戻ってきた。彼らの名は泉田龍二と寺川護。聞けば、二人とも立川駅西口の交番に勤務する警官であるとのこと。そんな二人は風祭警部を前にして、明らかに表情が強張《こわば》っている。

その様子を見て取ったのだろう、警部は穏やかな口調でいった。

「まあまあ、君たち、そう緊張しなくてもよろしい。たとえ、この僕が《国立署が誇る伝説のエリート捜査官》だとしても、いまの我々は警部と巡査の関係ではない。あくまでも君たちは事件の第一発見者。そして僕は《国立署が誇る伝説のエリート捜査官》だ。――そうだろ？」

「…………」自分の立ち位置だけは、一ミリも変わりがないのですね、警部？

麗子は呆れて物がいえない。一方、巡査である青年二人は、「は、はい、警部殿のおっしゃるとおり」と余計に声を震わせる。風祭警部は満足そうに頷くと、ようやく本題に移った。

「では聞かせてもらおうか。君たちが事件の第一発見者となった経緯を――」

「……というわけなんです……いえ、というわけであります、警部殿！」

瀕死《ひんし》の状態の松本雪乃を発見して救急車を呼ぶ場面まで、ひととおり語り終えた泉田龍二は、畏まった口調で風祭警部に尋ねた。「何かご不明な点など、ございますでしょうか」

「ふむ、気になる点といえば、まずは被害者の行動だな。いまの泉田君の話によると、松本雪乃さんは昨夜の八時過ぎに急な呼び出しを受けて病院へと出掛けたらしい。『今夜は徹夜になるかも……』とボヤきながらだ。にもかかわらず今朝の彼女は、自分の部屋のベッドで五つの目覚まし時計をセットした状態で寝ていたわけだ。これは矛盾ではないだろうか。いつの間に彼女は自分の部屋に戻ったのかな？」

「その点は、わたくしも不思議に思うところであります」泉田は直立不動のまま、真っ直ぐに警部を見据えた。「しかしながら、わたくしも夜勤に出ておりましたため、松本さんがどのタイミングで帰宅したのかは判りかねます。果たして深夜なのか、早朝なのか……」

「ふむ、ならば、こっちの彼に聞こう」といって警部は寺川護に向きなおると、「いまの泉田君の話は事実かね。君たちはひと晩中、立川の交番に詰めていた。そして今朝になって二人で、この部屋を訪れてベッドの上の被害者を発見した。間違いないかね？」

「はい、もちろんであります。わたくしもずっと泉田と一緒でした」

「そうか、よし判った。——ああ、宝生君、若宮君。ちょっと二人とも、こっちへ」

何を思ったのか、風祭警部は二人の部下を部屋の片隅まで手招き。そして声を潜めながら、彼女たちに意見を求めた。「どう思う、君たち？　あの二人のことを？」

「…………」麗子と若宮刑事は互いに顔を見合わせてキョトンだ。代表するように麗子が小声で問い返す。「あのー、警部は何を気にされているんですか、あの二人について？」

「そりゃあ大いに気になるだろ。なにしろ彼らは事件の第一発見者なのだ。例えば、彼らがグルだったとしたら、どうだ？　夜勤明けの彼らは今朝、二人で『日暮荘』に入り、この二号室で松本雪乃さんの首を絞めて心肺停止の状態へ追い込む。そして何食わぬ顔で第一発見者を装って救急車と警察を呼んだ。そういう可能性だって、いちおう考えられるはずだろ」

「そこ、疑いますかぁ、警部ぅ」

「まるで鬼ですね。捜査の鬼！」

若宮刑事と麗子がいっせいに非難めいた視線を上司に浴びせる。第一発見者を疑うのは捜査の基本だが、まさか警部があの二人組をそのような目で見ていたとは驚きである。

「警部、ここは同じ警官のよしみで、あの二人の話は信じてあげるべきかと。そうしなければ今後の捜査が一歩も進みませんよ」

麗子が囁くように訴えると、疑《うたぐ》り深い警部もどうやら納得した表情。「判った」と小声で頷くと、くるりと彼らのほうに向きなおる。そして満面の作り笑みを浮かべた。「やあ、ありがとう、君たち。第一発見者が君たちのような優秀な警官だったお陰で、どうやら今後の捜査に明るい展望が開けそうだよ。――とりあえず第一発見者を疑う手間が省けた」

「はあー!?」と男性二人の間抜けな声がピッタリ揃う。

風祭警部は彼らの困惑など気にする様子もなく、いきなり話題を転じた。

「さて、他に気になる点といえば、もうひとつ。やはり時計のことだな。事件発覚当時この部屋で鳴り続けていたという二つの目覚まし時計。いや、最終的には三つ鳴ったわけか。――確かそういう話だったね、泉田君?」

「はい、そのとおりであります、警部殿」泉田は畏まった口調で答えた。「午前九時十分ちょうどに、三つ目の時計が鳴りはじめました。間違いありません」

「その三つの時計のアラームを止めたのは、あなたなの?」と、これは麗子の質問だ。

泉田はやはり畏まった口調で、「そうであります。被害者の救命と現場保存を第一に考えましたが、三つの目覚まし時計を延々と鳴らしておくのもどうかと思い、寺川とも相談した上でアラームを解除いたしました」

「その三つの目覚まし時計って、どれか判りますか」と今度は若宮刑事が問い掛ける。

するとと泉田は隣の寺川と顔を見合わせる。そしてベッドを指差しながら、

「ああ、もちろん判るさ。ほら、ベッドの下の床に置かれたデジタル時計が二つだろ」

「そう、それとローテーブルの上に置かれたアナログ時計がひとつ。合わせて三つだ」

判ったかい、といわんばかりの表情で小柄な女性刑事を見下ろす泉田と寺川。見下ろされた若宮

刑事は、たちまち泣きそうな表情を麗子へと向けながら、「な、なんで……なんで彼ら、あたしにだけタメ口なのでしょうか……べつに友達でも何でもないのに……」

「あら、そうなのね」年齢的にも近そうだから、ひょっとして警察学校の同期かと思ったが、そうではないらしい。――要するに、軽く見られがちなのよねえ、この娘は！

同情を禁じ得ないところだが、とりあえず麗子は問題となっている三つの目覚まし時計を確認してみる。

フローリングの床に直接置かれた二つの時計は、どちらも小型のデジタル時計。ベッドの上から手を伸ばせば届く位置にある。アラームの設定時刻は午前九時五分と午前九時十分だ。一方、少し離れたローテーブルに置かれた時計は、いかにも古めかしいアナログ時計。アラームの設定時刻を示す短い針は、文字盤の〈9〉の数字を真っ直ぐ指している。

麗子はその文字盤を眺めながら口を開いた。

「どうやら三つの目覚まし時計は、アラームの設定時刻がわざと五分刻みにずらしてあるみたいですね。九時、九時五分、九時十分というふうに」

「なるほど。朝起きるのが苦手な人間が、よくやるやつだな。よくやるわりに結局、全然起きられないというパターンが多い」そう決め付ける風祭警部は、もうひとりの部下へと顔を向けた。「そうだ、若宮君、ベッドの枕許にある残りの二つも確認してみたまえ。アラームの設定時刻は何時何分になっているかね。――いいやッ、見なくとも判るッ！」

唐突に声を張る上司にビックリしたのだろう。ベッドに向かう若宮刑事は「きゃッ」と悲鳴をあげて、頭からベッドに倒れ込む。しかし警部はいっさい気にする様子もなく、自分の思い付きを語った。「そう、僕には見なくても判る。アラームの設定時刻は、午前八時五十分と八時五十五分だ。——そうだよな、若宮君?」

「はあ、確かに警部のおっしゃるとおりのようですねぇ」

若宮刑事はベッドの上からむっくり起き上がると、枕許に置かれた二つの時計を手にして、それを警部たちに示した。

ひとつはアナログ時計で、アラーム設定の針は〈9〉の文字盤のひと目盛り手前を示している。すなわち八時五十分だ。もうひとつの時計はデジタルで、アラーム設定は確かに八時五十五分となっている。警部の思い付きは、いちおう正しかったようだ。

「二つの時計はどちらもアラームがオフになっています。——ということは、どういうことなのでしょう、警部?」

麗子がおおよそ答えの判りきった質問を上司に向けると、

「あッ、それはですねえ、先輩……」

と若宮刑事が余計な口を開こうとするので、麗子はキッと彼女を睨《にら》みつけて、後輩の無駄なお喋《しゃべ》りを封じた。——何度も同じ過ちを犯さないで、愛里ちゃん! ここは警部に気持ちよく語らせときゃ、それでいいんだから!

すると若宮刑事もここ数ヶ月で多少は学習したらしい。「あ、いえ、あたしもよく判りませぇん」といって、おとなしく口を噤《つぐ》む。代わって見せ場を与えられた風祭警部が、ここぞとばかり得意げに口を開いた。

「おやおや、こんなことも判らないのかい、君たち? この五つの目覚まし時計は、松本雪乃さんが被害に遭った、そのおおよその時刻を示しているのだよ。いいかい。泉田君と寺川君の二人がこの部屋に飛び込んだとき、八時五十分と八時五十五分にアラーム設定された二つの時計はすでに鳴っていなかった。つまり、その時点でアラームが解除されていたわけだ。それを解除したのが犯人なのか、それとも被害者なのか、正直それは判らない。だが、いずれにせよ同じことだ。少なくとも八時五十五分の時点で犯人か、もしくは凶行に遭う前の被害者が、この部屋に存在したことは間違いない。すなわち八時五十五分の時点では、まだ犯行はおこなわれていなかった、あるいは犯行の真《ま》っ只中《ただなか》、もしくはその直後だったというわけだ」

「なるほど」と麗子は頷いた。「確かにそうなりますね」

「だが午前九時になると、もう犯行は完全に済んでいたんだな。すでに犯人はこの部屋から立ち去っている。一方、被害者は瀕死の状態だ。そうなると午前九時以降にアラーム設定された三つの目覚まし時計は、そのアラームを解除する人間がいない。だから三つの時計は順番に鳴り出したというわけだ。午前九時、九時五分、九時十分というふうにね」

風祭警部の推理は、麗子にとっては判りきったものだったので、べつに驚きはない。若宮刑事に至っては、なんだか眠たそうな目だ。一方、交番勤務の二人は本気か冗談か知らないが、「なるほど、さすが警部殿！」「これが噂《うわさ》に聞く風祭マジックか！」と手放しで絶賛する態度である。ひょっとすると交番勤務から刑事課勤務に移りたいのかもしれない。

いずれにせよ、そんな彼らの態度に気を良くしたのだろう。風祭警部は切る必要のない大見得を切って結論を口にした。

「そういうことだから、間違いはない。この事件の犯行時刻は、午前八時五十五分ごろから午前九時になる直前までのごく短い時間帯、そこに限定されるというわけなのだよ」

警部の断定に異議を唱える者はいなかった。そこで麗子はすぐさま泉田に確認した。

「このシェアハウスでは何人が共同生活を送っているのかしら?」

泉田は「五人です」と答えた。そのうちのひとりが被害者の松本雪乃であり、もうひとりが第一発見者の泉田である。ということは、残る住人はたった三人。しかもさらに話を聞いたところによると、シェアハウスの玄関扉はオートロック。住人は自分の鍵を使って、そこを出入りするとのことだ。ということは――「鍵を持たない外部の人間がハウス内に侵入して犯行に及ぶことは、かなり困難であると考えていいですね、警部」

「うむ、当然のことだよ、宝生君」

重々しく頷いた風祭警部は、あらためて二人の部下へと向きなおる。そして自信満々の表情で今後の捜査方針を語った。

「つまり今回の事件、容疑者はシェアハウス内の三人に絞られるということだな。ならば話は簡単。その三人に直接会ってアリバイを問いただすまでだ。犯行時刻である午前九時前のアリバイをな!」

4

それから、しばらく後。風祭警部は宝生麗子と若宮刑事を引き連れながら、二号室を出た。これから彼らは被害者、松本雪乃のシェアハウス仲間たちと面談し、詳しい話を聞くのだ。もちろん《シェアハウス仲間》とは、この場合、《容疑者》と同義である。

ちなみに『日暮荘』の二階の間取りは単純明快だ。階段を上がると、そこから真っ直ぐ廊下が延びている。その廊下に面して五つの扉がある。階段に近いほうが一号室で、もっとも離れた部屋が五号室だ。風祭警部がまず足を運んだのは一号室。その木製の扉の前に立ちながら、若宮刑事が手帳片手に説明を加えた。

「泉田龍二さんから伺ったところによると、一号室の住人は山下彩《やましたあや》さん。近隣の大学の経済学部に通う二十歳《はたち》の大学生だそうです」

「ほほう、女子大生か。だったら犯人である確率は低そうだな——などと思ったら大間違いだよ、若宮君！」といって風祭警部は新米刑事に対して一方的に注意喚起。芝居がかった仕草で指を左右に振りながら、「か弱い女子大生でも、その気になればタオルでもって隣人の首を絞めるぐらいのことは、当然できるはず。予断は禁物だよ」

「はい、知ってます」と後輩刑事は率直過ぎる返事。

それを耳にするなり、麗子は思わずギョッとなった。——違うわよ、愛里ちゃん！　そこは『知ってます』じゃなくて、『判りました』でしょ！

微妙な空気が流れる中、麗子はゴホンと咳払《せきばら》いすると、目の前の扉を自らノックした。現れた女子大生、山下彩はピンクのTシャツに白い短パン姿の小柄な女性。愛嬌《あいきょう》のある丸顔にショートボブの髪型が似合っている。彼女は「どうぞ」といって刑事たちを室内へと招き入れた。

そこはいかにも若い女性の部屋らしく華やいだ空間だ。

床にはピンクのラグが敷かれ、その上に白いローテーブルが置かれている。ベッドの布団の色もピンクだ。大学生とはいいつつも、本棚やデスクの類《たぐい》は見当たらない。代わりにアニメのイケメンキャラに纏《まつ》わるグッズなどが、やたらと目に付く。そんな彼女をベッドの端に座らせると、風祭警部がさっそく質問の矢を放った。「——ええっと、君、この部屋のどこで勉強するんだい？」

「一発目に聞きたいこと、それですか、刑事さん？」

不思議そうに首を傾げる山下彩。確かに警部の質問の矢は的外れ、というより全然違う的を目掛けて放たれたものに思える。彼女はいちおう警部の問いに答えていった。

「勉強するときは、共用リビングのテーブルを使います。そんなことより刑事さん、雪乃ちゃんが首を絞められて病院に運ばれたって話、ホントなんですか。わたし、大学にいる最中に、泉田さんからラインでその報《しら》せを受けたんです。それで慌てて大学を飛び出して、ここに戻ってきたんですけど、何がなんだかサッパリ判らなくて……」

「ああ、事実だよ。残念ながらね」重々しく頷いて警部はようやく本題に移行した。「そこで君に尋ねたいことがある。山下彩さん、君は松本雪乃さんが何者かに襲撃される理由について、何か心当たりがあるかね？　彼女を憎んでいる人物とか、トラブルになっていた相手など、もしいるのなら教えてほしいんだが」

「いいえ、そんな人、見当も付きません。雪乃ちゃんは誰からも愛されるお姉さんタイプでしたから。少なくとも、このハウスの住人とは仲良くやっていましたよ」

「ふむ、そうか。だが、そんな彼女がこのハウス内で何者かに襲撃されたことも、また事実だからね」といって警部は単刀直入に問い掛けた。「山下彩さん、君は今朝の午前九時ごろ、どこで何をしていたのかな？　このシェアハウス内にいたのかい？」

警部の質問がアリバイを問うものだということは、山下彩にも充分に理解できただろう。彼女はキッパリと首を左右に振って答えた。

「いいえ、午前九時なら、わたしはもうハウスを出て、徒歩で学校へと向かっていました。玄関を出たのが、午前八時四十五分ごろだったはずですから、午前九時といえば大学の門前に差し掛かったあたりでしょうか。──え、講義が始まる時刻？　それは九時ちょうどですけど、べつに関係ないと思いますよ。だってわたし、今日は講義に出席するために大学に出掛けたのではなくて、サークル活動が目当てですから。実はこう見えても、わたし、大学の『イケメン研究会』の会長なんです。泉田さんからの事件の報せも、『イケメン研究会』の部室で受けました」

「…………」ちゃんと部室があるの？　その妙ちくりんな研究会のために？

そんな疑問がたちまち麗子の脳裏に浮かんだが、いまここで話題にすることではないだろう。麗子は自ら山下彩に問い掛けた。「あなたが『日暮荘』の玄関を出たのが午前八時四十五分。そのことを証明してくれる人って、誰かいますか」

「たぶん、いませんね。この一号室を出て階段を下りて玄関から外に出るまで、ハウスの住人には、まったく会いませんでしたから」

「学校へ向かう途中、誰か知り合いと一緒だったとか、そういうことは？」

「それもないですね。ずっとひとりで歩いていました」

「ではサークルの部室で、他の部員と顔を合わせたとか？」

「まさか。だって『イケメン研究会』に、わたし以外の会員は誰もいないんですよ！」

「………」じゃあ何で部室があるのよ！　ホント不思議な大学ね！

麗子は本気で理由を尋ねてみたい衝動に駆られたが、その問いを口にするより先に、風祭警部が横から口を挟んだ。「では君が『日暮荘』の玄関を出るとき、何か普段と違った点など、なかったかね？　何か妙な音を聞いたとか……？」

「いいえ、特に何も。普段にも増して建物はシンと静まり返っていたと思います」

午前八時四十五分の時点では、おそらくまだ事件は起きていない。五つの目覚まし時計も、ひとつとして鳴ってはいないはずだ。ならば、シェアハウスが静まり返っていたという彼女の証言に矛盾はない。だが、いずれにせよ午前九時前後における彼女の行動について、それを証明する第三者は存在しないらしい。つまり今朝の山下彩には確かなアリバイが認められないということだ。そこで警部が話題を変えた。

「では昨夜のことについて聞こう。君、昨夜は松本雪乃さんを見たかね？」

「ええ、見ましたよ。昨日の夜、一階の共用リビングで……」

「ほう、それは正確に何時ごろのこと？」

「ええっと、そのときわたしは、ちょうど夕食から戻ったところでした。午後八時半ごろに近所のファミレスに入って食事して、それからドリンクバーの珈琲《コーヒー》を飲みながらスマホを眺めていましたから、たぶん夜の十時近くまで店にいたはず。てことは『日暮荘』で雪乃ちゃんに会ったのは、午後十時過ぎでしょう」

「なにッ、本当かね⁉　午後十時過ぎに、被害者が『日暮荘』にいたというのは……」

「ええ、間違いないですよ。雪乃ちゃん、共用リビングでひとり珈琲を飲んでいました」

「そのとき君は松本さんと何か話したかね？　彼女は何かいってなかったかい？」

「雪乃ちゃん、そのときなぜか出勤時に着るようなパンツルックだったんです。それでわたし、不思議に思って『どこか出掛けるの？』って尋ねました。そしたら彼女、首を振って『違うの、いま戻ったところ』って妙に不満げな口調でした。聞けば、急な呼び出しを喰《く》らって勤務先の病院に駆けつけたのだとか。ところが、それは単なる病院側の連絡ミス。結局、何もないままとんぼ返りさせられたらしくて、雪乃ちゃん、ぷりぷり怒っていました。わたしはただ『ふぅん、災難だったねえ』とか何とかいって、そのまま自分の部屋に戻ったんです。それ以降、彼女と顔を合わせる機会はありませんでした」

「なるほど、そういうことだったのか……」

山下彩の意外な証言を聞き、風祭警部はひとつ腑《ふ》に落ちた様子で頷くのだった。


続いて麗子たちが向かったのは三号室だ。若宮刑事が再び手帳を見ながら説明する。

「三号室の住人は杉浦明人《すぎうらあきひと》さん二十八歳。職業はフリーライター。主に企業のPR誌やミニコミ誌などにインタビュー記事などを載せているのだとか。小説家志望だそうですよ」

「ふぅん、小説家志望のアラサー男か。実に怪しいな……」

それ、偏見ですよ、警部――内心でそう呟きながら麗子は三号室の扉をノック。やがて扉を開けて姿を現したのは、意外にも目鼻立ちの整った長身の美男子だ。

予想外の展開に麗子は少し慌てた。小説家志望のアラサー男だというから、てっきり地味な風貌《ふうぼう》をした、うだつの上がらない、分厚い眼鏡を掛けた、むさくるしい男性が登場するものと高を括《くく》っていたのだ。——これって偏見かしら？

もちろん酷《ひど》い偏見である。だが警部と麗子は自らの偏見を胸の奥に仕舞い込み、にこやかな態度で目の前の男性に対応する。杉浦明人は特に不審を抱《いだ》く様子もなく、「どうぞ」といって刑事たちを自室へと招き入れた。

室内の様子はシンプルで、目立つ家具といえばベッドとデスクと本棚ぐらい。テレビはなく、その代わりなのか、本棚の上には立派過ぎるミニコンポ。その傍《かたわ》らにはクラシック音楽らしいＣＤが数枚、無造作に積まれている。

目ざとくそれを見つけた風祭警部は、たちまち獲物をロックオンした猟犬の目つき。それらのＣＤを手に取りながら、「ほう、ウィーン・フィルハーモニー管弦楽団ですか。そういえば、僕も以前、彼らの生演奏を聴きにいったことがありますよ。そう、あれは確か、ブリュッセルの古びた劇場での演奏会でしたか……」と巧妙過ぎる自慢話。もちろん警部にとっての自慢ポイントは《ウィーン・フィル》ではなく《古びた劇場》でもなくて、《ブリュッセル》という地名にこそあるのだろう。

そのことをよく知る麗子は、ウンザリした顔で上司の話を聞き流す。

だが、よく判っていない隣の天然ちゃんは心底驚いた表情で「凄《すご》ぉーい、警部。ブリュッセルにいかれたんですかぁ⁉」と本気のリアクション。さらに続けて「あたしも一度いってみたいですぅ、スペイン！」と想像の斜め上をいく感想を口にする。これには得意の笑みを浮かべていた警部もたちまち絶句。麗子も思わず唖然《あぜん》となった。——べ、ベルギーよ、愛里ちゃん！　ブリュッセルはベルギーの首都だからね！

「ま、まあいいさ。ブリュッセルだろうがマドリードだろうが、べつに……」

気を取りなおすようにいって、ようやく警部は小説家志望の男に向きなおった。まずは先ほど山下彩におこなったのと同様に、「被害者が襲撃される理由に心当たりは？」と動機に関する質問を投げる。だが杉浦明人は当然のごとく首を横に振った。

「いいえ、松本さんは誰からも好かれる女性でしたから……」

そこで警部はズバリと彼に問い掛けた。「今朝の九時ごろ、あなたはどこで何を？」

「ん、ひょっとしてアリバイ調べですか、刑事さん？」

「なーに、形式的なものです。お答えいただけますよね、杉浦さん？」

「ええ、もちろんです。といっても確かなアリバイなどは何もありません。今朝の僕はずっとこの部屋にいて、ベッドでぐうぐう寝ていましたからね。目を覚ましたのは突然、大声が聞こえたからです。『救急車を、早く！』っていう男の声がね。それと壁越しに目覚ましの音も複数聞こえていましたっけ。で、ベッドから飛び起きた僕は、すぐさま部屋を出て隣の二号室の様子を窺《うかが》ったんです。そこには泉田さんがいて、同僚らしい男性がスマホで一一九番に通報している様子でした。ベッドの上には力なく横たわった松本さんの姿がありました。だけど僕が知っているのは、それだけです。なにしろ犯行があったはずの時間、僕はこの部屋で夢の中だったんですから」

「ふーむ、それは残念。もしあなたが午前九時前に目覚めていたなら、二号室で凶行があった際の物音か何かを、多少なりとも耳にすることができたでしょうに……」

「実際そうでしょうね。でも僕は仕事柄、昼夜が逆転したような生活リズムなんですよ。だから朝の九時といっても、僕にとっては真夜中みたいなものなんです」

「なるほど。真夜中ならば、アリバイなんてなくて当然というわけですね」

「まあ、そういうことです。でも刑事さん、まさかアリバイがないからといって、僕のことを犯人だなんて、そんな無茶はおっしゃいませんよね?」

「もちろんですとも。いまはまだ何も決め付ける段階ではありません」

そういって警部は質問の矛先を変えた。「ちなみに杉浦さん、あなたは昨夜、松本雪乃さんをどこかで見かけるなどしましたか」

「いや、そういえば昨夜は一度も会っていませんね。確か昨夜の彼女は、午後八時過ぎに急な用事で病院へと出掛けていったのでは?」

「ほう、よくご存じですね。彼女に会っていないのに、なぜ?」

「ええ、直接顔を合わせてはいませんが、これから出掛けようとする松本さんが泉田さんに愚痴をこぼしているのを、たまたま耳にしたんです。僕はそのとき一階の共用リビングにいて、晩飯のカップ麺《めん》を啜《すす》っていました。それが確か午後八時過ぎだったと記憶しています。――え、それ以降ですか? 食事を済ませて以降、僕はしばらく部屋にこもって仕事に集中していましたね。ミニコミ誌に依頼された記事を纏める作業です。午後十時過ぎまで仕事に没頭していましたよ」

「ん、午後十時過ぎ⁉」その時刻を聞いて風祭警部の眸《ひとみ》が光った。「ちょうどそのころ、松本さんは病院からこのハウスにとんぼ返りしたらしい。そういう証言があるのですがね。あなたは何かお気付きになりませんでしたか」

「え⁉ どうだったかなあ。そういえば、そのころ二号室に人が出入りする気配を感じたような気もします。でも正確なところは判りません。なにせ僕、仕事中はずっとBGMを流しているんですよ。ええ、好きなクラシック音楽を、そのミニコンポでね」

「ふむ、ウィーン・フィル管弦楽団ですね。僕も好きですよ。ブリュッセルの劇場で彼らの生の音色を耳にした際は、それこそ心が震えるような感動を……」

――ちょっと、警部ッ、自慢話がリピート再生されてますよ！

心の中でツッコミを入れながら、麗子はまたウンザリ顔だ。正直、事実か否かさえ定かではない警部の思い出話など、いまはどうだっていい。そこで麗子は上司の無駄話を遮るがごとく、「要するに！」と勢いよく口を挟んだ。「BGMを聞きながら仕事に集中していたため、お隣の様子など耳に入らなかった。そういうことですね、杉浦さん？」

「ええ、まさしく、そういうことです」

そういって小説家志望の男は、白い歯を覗かせながら笑顔を見せるのだった。


三号室を辞去した刑事たちは、その足で隣の四号室へと向かった。ちなみに五号室は第一発見者である泉田龍二の部屋なので、いまさら訪れる意味はない。『日暮荘』において容疑者たり得る住人としては、これが最後のひとりとなる。その人物について、またまた若宮刑事が手帳片手に簡潔な説明を加えた。

「四号室の住人は、木田京平《きだきょうへい》さん二十三歳。この春まで大学生でしたが、就職活動に失敗。その後はこれといった定職に就かず、かといってアルバイトも長続きせずで、ここ最近は自室にこもって自堕落な暮らしぶりを続ける身だそうです。――実に怪しいですね、警部」

「ほう、君もそう思うかい、若宮君？　僕もまさに君と同じことを思っていたよ」

——駄目よ、愛里ちゃん！　警部と同じ思考に陥ったら、刑事としてはお仕舞いよ！

複雑な思いで後輩を見やりながら、麗子は四号室の扉をノック。やがて姿を現したのは、今度こそ分厚い眼鏡を掛けた地味な風貌のむさくるしい男だ。グレーのハーフパンツに迷彩柄のTシャツ。太い首になぜかヘッドフォンを掛けている。「なんか用っすか」

眠そうな目で問い掛けてくる木田京平に対して、風祭警部は警察手帳を示しながら、

「少しお話を伺いたい」

と来意を告げる。すると彼は刑事たちを室内に招き入れることはせずに、「だったら、ここで……」といって、開いた扉の向こうで通せんぼするように両腕を組んだ。「さあ、聞きたいことがあるなら、いいっすよ、何でもどうぞ」

やれやれ、仕方がないな——といった表情で、警部は質問の言葉を口にした。「被害者は誰からも愛される女性だったから、他人の恨みを買うようなことはなく、したがって何者かに襲撃を受ける理由など見当も付かないといったところだろうね。——そうだろ、君？」

「なんすか、刑事さん、その投げやりな質問は！」木田京平は呆れた声を発すると、「でもまあ実際、松本雪乃さんは他人の恨みを買うタイプではなかったと思いますよ。彼女が襲われた理由については、俺にも判らないっすねえ。——それで？」

「うむ、それで君に聞きたいのは、今朝の九時ごろのことだ。そのころ君はどこで何をしていたのか、明らかにできるかね？」

「はあ、午前九時っすか。そのころ俺は、この部屋でずっとゲームしてたっすね。『逃げ出せ殺戮《さつりく》の森』っていう最近出たばかりのＲＰＧっす」

「ほう、朝からゲームってかい？」

「いいえ、昨夜からゲームっす！」

いったい何が自慢なのか、男はTシャツの胸をぐっと張る。警部はますます彼に対する疑惑を深めたような顔つきで、「君が今朝この部屋でゲームに興じていたことを、証明してくれる人物などはいるかね？」

「いませんね。ずっと俺ひとりっすから」

「ではゲームの最中、二号室で人が争うような物音などを聞かなかったかい？」

「いいえ、聞かなかったっす」と木田京平は考える素振りも見せずに即答する。

麗子は思わず横から口を挟んだ。「ねえ、もう少しよく考えてもらえないかしら？　二号室と四号室といったって、それほど離れているわけじゃないわよね。争う音や悲鳴がここまで届いた可能性はあるはず。——そうでしょう？」

「その可能性はあるけど、俺がそれを耳にすることはないっすよ、刑事さん」そういって彼は自らの首に掛けたヘッドフォンを指差した。「俺、ゲームするときは必ずヘッドフォンしてますから。そうしないとお隣さんの迷惑になるらしいんっすよね。だから二号室で少しぐらい大きな音がしたって、気付きゃしません。ちなみに、俺が二号室の事件に気付いたのは、泉田さんが直接この部屋の扉をノックして、事件のことを教えてくれたからっす。その瞬間まで俺、いっさい何も気付かずにゲームに集中していましたから」

「ああ、そういうことなのね……」麗子は納得せざるを得なかった。

確かに、耳許《みみもと》でゲーム音楽や電子音が鳴り響いている状況では、離れた部屋の物音など彼の耳には届かないだろう。黙り込む麗子に代わって、再び風祭警部が質問した。

「昨夜からゲームというが、いったい何時ごろから始めたのかね？」

「ええっと、そう、昨夜の九時ちょっと前からっすね」

「はぁ、九時前だって⁉」警部は端整な顔を激しく強張らせながら、「てことは君、昨夜の九時前から今朝の九時過ぎまで、十二時間以上もぶっ続けでゲームしていたのか⁉　おいおい、大丈夫か。死ぬぞ、君！」

「なーに、死にゃしませんよ、刑事さん。俺の連続ゲーム記録は十六時間っすから」

まるで武勇伝を語るかのごとく、再び男はTシャツの胸を張る。警部は呆れた表情で、

「念のため聞くが、君、昨夜は松本雪乃さんに会ったかね？」

だが問われた彼は、またしても即座に首を横に振った。

「いいえ、昨夜は一度も顔を合わせていないっすね。――え、彼女、午後八時過ぎに出掛けて、午後十時過ぎにはとんぼ返りしていたって？　はあ、そうっすか。でも俺は知らないっすね。そもそも昨夜の出来事が、今朝の事件に何か関係あるんっすか」

木田京平は心底不思議そうな顔で問い返す。風祭警部は「いや、それはまだ何ともいえないところさ……」と曖昧《あいまい》に答えるしかなかった。

5

そんなこんなで容疑者たちの聞き取り調査を終えた刑事たちは、再び被害者の部屋である二号室へと舞い戻る。次の瞬間、風祭警部の口から漏れ出したのは、大いなる不満と落胆の言葉だった。

「くそッ、なんだなんだ！　結局、容疑者たちは誰ひとり確かなアリバイを持っていない。これじゃあ苦労してアリバイを尋ねて回った甲斐《かい》がないじゃないか。三人のうち二人に完璧《かんぺき》なアリバイがあって、残りの奴《やつ》が『ひとりで部屋にいました』って、そういってくれたなら、迷わず『貴様が犯人だーッ』って断定できたのにいッ」

——なにが『できたのにいッ』ですか！　さては警部、ラクしたいだけですね！

心の中で鋭くツッコミを入れる麗子。そうとは知らない警部は大袈裟に両手を広げながら、

「やれやれ、これで捜査は振り出しに戻ったというわけか」

と嘆きの声だ。一方、若宮刑事は何を思ったのかローテーブルに歩み寄って、腰をかがめるポーズ。そこに置かれたアナログ時計をシゲシゲと眺める。気になった麗子は後輩刑事の背後から同じ時計を覗きながら、「どうしたの、若宮さん？　その時計、何か気になる点でも？」

「あッ、はい……いえ、その……なんでもないですぅ……」

——いいなさいよ！　いっていいのよ、愛里ちゃん、もっと自信を持って！

麗子が視線で訴えると、頼りない新米刑事も多少は前向きな気持ちになったらしい。テーブルの上の時計を手に取ると、「いま気付いたんですけど」といって文字盤を麗子へと向けた。「見てください、先輩。この時計って、ちょっとだけ狂っていませんか」

「ん、そうなの？」麗子は自分の腕時計を確認しようとして、左腕を前に突き出す。

だが、それより一瞬早く、風祭警部が自らの左腕を麗子の眼前に差し出しながら、

「だったら僕の時計で確認したまえ、宝生君！　僕の腕時計はロレックスだ。万が一にも狂うことのない最高級品だからね！」

「そ、そーなんですかー。す、凄ぉーい」と空虚な感想を口にする麗子。——でも、わたしの腕時計だってティファニーの高級品ですよ。たぶん警部のに負けてませんからね！

しかし腕時計の高級さを上司と競い合ったところで意味はない。麗子は自らの左腕をそっと隠して、警部のロレックスへと視線を落とす。

偶然ながら時計の針は、長針短針ともに真上を向いていた。

「あ、ちょうど昼の十二時ですね。で、こっちのアナログ時計は十二時二分。なるほど、確かに若宮刑事のいうとおり、この時計、ちょっとだけ狂っているみたいですね」

正確には二分ほど進んでいるのだ。念のため麗子は他の四つの時計についても確認してみたが、それらはいずれも正しい時刻を示している。——じゃあなぜ、この時計だけ？

若干の疑問を抱いて首を傾げる麗子。だが、その一方で風祭警部は、いっさい何の疑問も感じないかのようにいった。「なーに、その時計は見たところ安物のアナログ時計で、しかも随分と古びているようだ。きっと使い続けるうちに少しずつ狂いが生じたんだろう。そこへいくと僕の愛用す

るロレックスは、使い続けて五年になるが過去に一度も……」

というわけで警部の自慢話は、まだまだ続きそうな気配だったが、もはやその言葉に耳を傾ける部下はいない。麗子は後輩刑事が持つアナログ時計に再び目をやる。アラーム設定を示す針は、真っ直ぐ文字盤の〈9〉を指している。そのことを確認して、麗子は後輩刑事に囁いた。「てことは、どうなるのかしら、愛里ちゃ……いえ、若宮さん？」

「はあ、時計自体が二分ほど進んでいたってことは、つまりこのアラームが鳴りはじめた時刻は、午前九時ではなくて、正確には午前八時五十八分ってことになるのでは？」

「そうね。確かに、そうなるわね……」

だが、そのたった二分のズレに果たして意味があるだろうか。

しきりに考えを巡らせる麗子だったが、結局、何も思い浮かぶものはない。

若宮刑事も「べつに意味ないですかねぇ」と小声でいって時計をローテーブルに戻す。

そんな中、風祭警部のロレックス自慢は、半ば意図的にリピート再生されながら、もうしばらくは継続する様子だった――

6

「――ちなみに、お伺いいたしますが、お嬢様」と丁寧に前置きして、タキシード姿の執事は洒落《しゃれ》た眼鏡の縁《ふち》にそっと指を当てる。そして安定感のある低音で聞いてきた。「被害に遭われた松本雪乃嬢は、結局のところ助からなかった。救急車で病院に運ばれたものの、息を吹き返すことはなかった。そのように考えて、よろしゅうございますね？」

「ええ、残念ながら、そのとおりよ」

麗子はソファの上で苦い表情を浮かべると、手にしたワイングラスを傾けて赤い液体をひと口飲む。そして傍らに控える執事、影山の姿を横目で見やった。「だから、こうしてあなたの知恵を借りようとしているんでしょ。そもそも被害者が助かったのなら話は簡単だわ。『あなたの首を絞めたのは誰？』って直接本人に尋ねればいいんだもの。それができないから困ってるんじゃないの！」

と、八つ当たり気味に不満を口にする麗子。一方の影山は眉《まゆ》ひとつ動かすことなく、「おっしゃるとおりでございます、お嬢様」といって恭《うやうや》しく頭を下げるばかりである。

時刻はすでに夜の十一時。刑事としての激務を終えて宝生邸に帰還を果たした麗子は、仕事用の黒いパンツスーツ姿から一転、いかにもお嬢様然としたピンクのワンピース姿となって、豪勢なリビングにて束の間の寛《くつろ》ぎタイムだ。しかし、そんな中でも彼女の頭から、今朝の事件の記憶が去ることはない。そこで何かしら解決の糸口を求める麗子は、事件についての詳細を影山に聞いてもらった——いや、聞かせてやったところである。お嬢様のほうから執事に頭を下げて話を聞いてもらうことなど、立場上あり得ないのだ。

ちなみに影山は宝生家に仕える一介の執事。それでいて探偵としての優れた資質を持つ彼は、過去に幾度となく——というか国立署管内にて難事件が起こるたびに——その類稀《たぐいまれ》な推理力でもって縺《もつ》れた謎を解き明かしてきた。その推理は影山から麗子へ、さらに麗子から風祭警部へと伝えられ、最終的には警部ひとりの手柄になるのが常である（それで過去には、警部が本庁に栄転を果たすといった《間違い人事》が引き起こされたりしたのだ）。

影山は穏やかな口調で事件の要点を語った。

「五つの目覚まし時計から推測される犯行時刻は、午前九時になる少し前。いや、午前九時にアラーム設定されていたアナログ時計は、実際の時刻よりも二分ほど進んでいたのですから、厳密にいうと犯行時刻は午前八時五十八分になる少し前。そのように考えられます。が、いずれにせよ三人の容疑者の中には、その時間に確かなアリバイを主張する者はひとりもいなかった。それでお嬢様は、すっかり途方に暮れて……」

「いいえ、違うわッ」麗子はグラスを目の前のガラステーブルに叩きつけるように置いて、ピシャリといった。「べつに途方に暮れてなんかいないわ。ただ捜査が壁にぶち当たっているだけよ！」

「どちらも似たようなものでございますよ、お嬢様」

苦笑する影山をよそに、麗子はプイッと横を向きながら、

「そ、それは、まあ、そうかもしれないけど。――とにかく容疑者は三人までに絞れている。でも、そこから先に進めないのよ。疑おうと思えば、三人すべて疑える状況だわ」

「人間関係から絞り込むことはできないのでございますか。被害者のスマートフォンなどを調べれば、彼女の交友関係が浮かび上がってくるように思うのですが」

「それが駄目なの。被害者のスマホを捜したけれど、結局どこからも見つからなかった。きっと犯人が奪い去ったんだわ。自分と被害者の関係を知られたくなかったのね」

「なるほど、そうでございますか……被害者のスマホは盗まれておりましたか……」

何やら引っ掛かりを覚える様子で、黒服の執事は沈黙。咄嗟に麗子は彼を見やって、

「何よ、どうしたの、影山⁉ 何か閃《ひらめ》いたことでも……」

「いいえ、まだ何とも申し上げられません」

と慎重に首を振る影山は、すぐさま別の質問を口にした。「実はお嬢様のお話しになった中で、判りづらい点がひとつございました。例の二分ほど進んだアナログ時計のことでございます。お話によれば、その時計はローテーブルの上に置かれていたとのこと。しかしながら、その時計とローテーブルとベッドとの正確な位置関係が、お話を聞いただけではよく判らないのでございます」

「無理もないわね」と麗子は頷いた。実際の現場を見ていない影山が、ピンとこないのは当然だ。そこで麗子は懇切丁寧な説明を加えることにした。「いい、影山？ 仮に、わたしの座るソファが松本雪乃のベッドだとするわね。すると現場のローテーブルは、このガラステーブルとほぼ同じ位置。で、問題のアナログ時計は……」そういって麗子はワイングラスを手に取ると、それをガラステーブルのいちばん端——彼女の座る位置から最も遠いあたり——に置きなおした。「そう、だいたい、このあたりね」

「おや、意外とベッドから離れているのでございますね」影山はソファとワイングラスの位置を交互に見やりながら、「これだけ離れておりますと、枕許から手を伸ばして目覚まし時計のアラームを解除するという動作は、不可能であるように思われますが……」

「そうね。でも、べつにおかしくないはずよ」

ここぞとばかりに麗子は、かねてからの持論を展開した。「そもそも目覚まし時計を枕許に置くことのほうが、むしろ問題だと思う。だって、そうでしょ。手を伸ばせば簡単にアラームが止めら

れるんだもの。それじゃあ目覚ましにならないわ。まるで二度寝するために目覚ましをセットするようなものじゃないの。まさに愚の骨頂だわ」

「なるほど、さすがの見識でございます」感じ入った様子の執事はその直後、ニヤリとした笑みを麗子へ向けると、「ちなみに、お嬢様の目覚まし時計は寝室のどのあたりに？」

「はあ⁉　そそ、そんなこと、ああ、あなたには、かか、関係ない話でしょ……」

と、いきなり恥ずかしいほどの動揺を示す麗子。敢えて説明するまでもないことだが、麗子の寝室の目覚まし時計は、彼女が手を伸ばせばすぐ届く――あるいは伸ばさなくたって届く――ぐらいの枕許に置かれている。したがってピピピッと鳴り出したアラームを三秒と待たずに麗子自らが止めて、そのまま二度目の睡眠に陥るという展開は、宝生家においてまるでＶＴＲのように繰り返される日常的光景なのだった。

ちなみに二度寝した麗子を強めのノックで起こすのは、使用人の仕事なのだから、これは影山にとっても全然『関係ない話』ではないのだが、それはともかく――「これは出すぎた真似《まね》をいたしました。申し訳ございません、お嬢様」

影山は神妙な態度で頭を下げる。麗子はぎこちない笑みを浮かべながら、

「ま、まあ、べつに、どうだっていいわよ。目覚まし時計の位置なんて……」

「そうかもしれません。が、現場における被害者のベッドと五つの目覚まし時計の位置関係につきましては、わたくし、若干の不自然さを感じずにはいられません」

「ん、不自然って、どのあたりが？」

「おや、お判りになりませんか、お嬢様？」

「判らないから聞いてるんでしょ。——あ、だからといって！」咄嗟に身の危険を感じた麗子は、目の前から飛んでくる言葉の弾丸を避けようとするかのごとく、両手を突き出しながら、「だからといって、わたしの目が節穴だとか、頭が悪いとか、そういうことは絶対いわないように！　いったら即クビにするわよ！」

「いいえ、その心配はご無用でございます」影山は小さく肩をすくめながら、「このわたくしがお嬢様に対して『頭が悪い』などと申し上げるはずがございません」

「そう？　でも『目が節穴』とは、随分前にいったわよね？」

「確かにそれは申し上げました。ですが、それもご安心を——いまのお嬢様の目は、けっして節穴などではございません」

「そう、それならいいけど」——って、いいや、全然良くない！　麗子は自分の目を指差して叫んだ。「いまも昔も、わたしの目が節穴だったことなんか、一度もないわよッ」

「ああ、そうでございましたね。——ふふふッ」

「なにが『ふふふッ』よ！」

憤懣《ふんまん》やるかたない麗子は、ガラステーブルの端に置かれたワイングラスを再び手にしてグイッとひと口飲むと、「まあ、いいわ。話を元に戻しましょ。確か、松本雪乃のベッドと目覚まし時計の位置関係の話だったはずよね。それのどこに不自然さがあるっていうわけ？」

「お嬢様の話によりますと、現場には五つの目覚まし時計があったとのこと。八時五十分と八時五十五分にアラーム設定された二つの時計が、ベッドの枕許に。そして九時五分と九時十分にアラーム設定された別の二つは、ベッドの下の床に——」

「ええ、そうよ」

「で、九時ちょうどにアラーム設定された時計だけがローテーブルに置かれていた。そういうことでございますね？」

「ええ、間違いないけど……何がいいたいわけ、影山？」

「思いますに、お嬢様が先ほど語られた《二度寝防止理論》には、確かに一理ございます。実際、二度寝を防ぐため、敢えて目覚まし時計を手が届かない場所に置くという人は、大勢いることでしょう。かくいうわたくしも、そのひとりでございます」

「確かに影山は朝寝坊しないわねー。偉ぁーい！」

「べつに偉くはありません。自らの理論を少しも実践なさらないお嬢様のほうに、むしろ問題が……いえ、いまはその話ではありませんでした」影山はゴホンと咳払いして、無理やり話題を時計に戻した。「九時にアラーム設定されたアナログ時計がベッドから離れた位置にあるだけなら、べつに良いのです。しかし、それならば九時五分と九時十分にアラーム設定された二つの時計は、なぜベッドのすぐ傍《そば》にあるのか。その点が疑問に思われます。むしろ、この二つの時計は、九時にアラーム設定された時計よりも、さらに遠い場所に置かれているべきでは？　そう思われませんか、お嬢様？」

「なるほどね。時間が過ぎれば過ぎるほど、より遠くの時計が鳴りはじめる。結果、どんな寝坊助《ねぼすけ》もベッドから起き出さざるを得ない。そういう配置こそが有効ってことね。でも実際はそうなっていない。九時にアラーム設定された時計だけが、ひとつポツンとローテーブルに置かれている。そこに影山は違和感を覚える――そういうわけね？」

「まさに、お嬢様のおっしゃるとおり。現場の状況は実に奇妙に思われます」

我が意を得たり、とばかりに影山は満足げな表情。それを横目で見やりつつ、麗子はアッサリと首を傾げた。「そうかしら？　考えすぎなんじゃないの、影山？」

「はあ……？」瞬間、執事の顔に浮かぶ深い落胆の色。そして影山は鼻先の眼鏡を指先で押し上げると、「いいえ、考えすぎではありません。むしろ、お嬢様のほうこそ、考えなさすぎでございます。——失礼ながら、お嬢様！」

そういって影山はソファに座る麗子の耳許に顔を寄せると、明晰《めいせき》な口調でいった。

「頭は帽子を被《かぶ》るためにあるのではございませんよ」

7

——ん、何をいってるのよ、影山？　頭って素敵な帽子を被るためにあるものでしょ？　そんなの当然じゃない？　だって頭以外のどこで帽子を被るっていうのよ？

咄嗟にいくつもの疑問符が脳裏に浮かんで、麗子は一瞬キョトン。だがその直後、ようやく自分が馬鹿にされていることに気付いた彼女は、再びワイングラスをテーブルに置いてから、激しく声を震わせた。「ななな、何ですって、影山⁉　あなた、このあたしに『もっと脳ミソを使え！』って、そういいたいわけ⁉」

「はあ、そのとおりでございますが……随分とお時間を要されましたね、お嬢様。わたくしが皮肉を申し上げてから、お嬢様がお怒りになられるまでに、かなりの間《ま》が……」

「んなことないッ、間なんかないっつーの！　聞いた瞬間に理解したっつーの！」

「そうでございますか。それを伺ってホッといたしました」

「ホッとするな、馬鹿ぁ――ッ！」

いまさらながら怒りのパワーを全開にする麗子。その絶叫が宝生邸のリビングを揺るがす。だがタキシード姿の執事は涼しい顔。眼鏡の縁に軽く指を当てただけで、彼女の叫びを余裕で聞き流す。

そんな彼の態度に、麗子はますます憤りを募らせながら問い返した。

「どういうことよ、影山⁉　このあたしが考えなさすぎるって……」

「なに、申し上げているとおりの意味でございますよ、お嬢様」

事も無げにそう断言した暴言執事は、啞然とする麗子を前にして自ら説明に移行した。

「お嬢様もおっしゃったとおり、わたくしは九時にアラーム設定されたアナログ時計に違和感を覚えるのでございます。ただし、単にそれがベッドから離れた場所にポツンとあるから、というだけの話ではございません。――そもそも、お嬢様は松本雪乃嬢が、今日の朝、いったい何時に起床するつもりで目覚ましをセットしたものと、お考えでございますか」

「そりゃあ九時でしょ。違うの？」

「いえ、違いません。わたくしも同様の考えでございます」

「そうでしょうとも。当たり前だわ」麗子は確信を持って頷いた。「松本雪乃さんが想定していた起床時刻は今朝の九時。でも朝が苦手な彼女は、念のためその時刻の前後にも五分刻みでアラーム設定をずらした時計を四つ用意した。九時になる前に鳴る時計が二つ。九時を過ぎた後に鳴る時計が二つ——ていう具合にね。朝寝坊な人が、よくやることだわ」

「ええ、おっしゃるとおり。ではお尋ねしますが、お嬢様、それら五つの目覚まし時計の中で、被害者にとって最も大切な時計は、どの時計だったと思われますか」

「そんなの知らないわよ。わたしは雪乃さんじゃないもの。だけど、枕許にあった二つの時計が比較的新しい機種みたいだったから、そのどちらかなんじゃないの？」

「ああ、お嬢様……」影山は黒服の肩をガックリと落としながら、「どの時計が最も値打ちモノであるかを、お尋ねしているのではありません。わたくし、五つの時計の重要度のことを、お尋ねしているのでございます。頓珍漢《とんちんかん》な答えは、ご遠慮くださいませ」

「ととと、頓珍漢とは何よ、頓珍漢とは！」麗子は気色ばむ表情を見せながら、内心では自らの勘違いに赤面した。「ああ、そう、そういう質問の意図ね。だったら答えは簡単、いちばん大切な時計は、ローテーブルに置かれたアナログ時計よ。だってズバリ九時ちょうどにアラームが鳴るように設定されているんだから」

「つまりポツンと離れた場所に置かれた時計でございますね？」

「そうね」

「その時計は実際の時刻よりも、二分ほど針が進んでおりました。つまり正確な時刻を示す時計ではありませんが、問題ございませんか」

「そ、そりゃ多少は問題あるけど……」

「しかも、それは古びた時計であると、お嬢様のお話しになった中にありましたが……」

「ええ、確かに古い時計だったわ。見るからに年季の入った時計よ。――確かに変ね」

麗子はいまさらながら腕組みして考え込んだ。「被害者は今朝の九時に起床する気だった。当然、九時にアラーム設定した時計が、最も重要度が高いはず。だったら、もっと正確で性能のいい目覚まし時計を使うべきよね。少なくとも、わざわざ不正確な古い時計を使う必要はない。もっと新しくて正確な時計が他にあるんだから」

「はい。これがもし目覚まし時計がひとつしかないというケースならば、わざと時計の針を少しだけ進めておくということも、あり得る話でしょう。九時に目覚めても、実際にはまだ八時五十五分である――といった具合に」

「いわゆる《五分前行動》を心掛ける人が、よくやるやつね。でも今朝の状況は、それには当て嵌《は》まらないわ。他の四つの時計はすべて正確な時刻を示していた。そんな中で、ひとつの時計――しかも最も重要度が高いはずの時計――それだけが間違った時刻を示している。これは確かに、ちょっと変かも。五つの目覚まし時計の中に、ひとつだけ仲間外れの時計が紛れ込んでいるみたいな印象だわ」

「おっしゃるとおりでございます」恭しく一礼して影山は推理を続けた。「では、この仲間外れの時計の正体は、いったい何か。そのように考えたところ、わたくしの脳裏に、ひとつの閃きが舞い降りたのでございます。――ひょっとして、その時計は午前九時にアラーム設定された目覚まし時計ではないのではないか、と」

「はあ⁉　どういうことよ。『午前九時にアラーム設定された目覚まし時計ではない』ですって⁉　だったら、いったい何なのよ。――あ、判った。つまり、午前八時五十八分にアラーム設定された目覚まし時計ってことね。その時計の針は二分ほど進んでいるわけだから、厳密にはそういうことになるはず。そうでしょ、影山？」

「いえ、惜しいですけど少し違います」

影山は静かに首を左右に振ると、意外な言葉を口にした。

「おそらく、その時計は午前八時五十八分を告げるための時計ではなく、実際は午後八時五十八分を告げるための時計なのでございます」

「え、えッ……なになに⁉」麗子は思わず耳に手を当てて聞き返した。「午前八時五十八分ではなくて、午後八時五十八分……え、《午前》じゃなくて《午後》ですって⁉」

「さようでございます。その時計は午後八時五十八分、つまり夜の九時になる寸前にアラームが鳴るように設定された、そういう時計なのではないか。そのように考えた瞬間、わたくし、ふと思い出したのでございます。お嬢様が最近アホみたいに嵌まっていらっしゃる人気の連続ドラマ。あれは確か月曜日の夜九時スタート。しかもドラマの主人公は松本雪乃嬢と同じく女性看護師ではなかったか——と」

「…………」あまりにも意外すぎる執事の言葉に、麗子はしばし絶句した。

今日の午前九時にアラーム設定されたかに見えた古いアナログ時計。だがそれは昨日の午後九時のドラマを見逃さないためのものだったと、そう影山は指摘しているのだ。

確かにデジタル時計と異なり、アナログ時計のアラーム設定に午前と午後の区別はない。そして目覚まし時計という道具が、朝の起床のためにのみ用いられるものでないことも、また事実だ。外出や他人と会う約束などといった大事な時刻を失念しないために、それを利用することは多い。見逃せないテレビ番組のスタート時刻も、その《大事な時刻》のひとつだろう。もちろん録画という手もあるが、それでもリアルタイムでの視聴にこだわるドラマ好きは少なくない。波乱万丈の展開が売りである『終わらない恋の話』ならば、なおさらのことだ。他ならぬ麗子自身も、その熱心な視聴者のひとりである。だからこそ、麗子は大きな声をあげずにはいられなかった。

「――ななな、なんですって！　このあたしがアホのように嵌まってるですって！　冗談じゃないわ。あたしは『終恋』を心から愛する理想的なファンのひとりよ！」

「やあ、これは失礼いたしました」影山はほんの形ばかり頭を下げると、「しかしながら、お嬢様、ツッコミを入れるポイントは、そこでございますか？」

「いや、何か違う気がするわね」麗子はちょっと考えてから、別の点を指摘した。「それじゃあ何よ、影山は現場にあった五つの時計のうち、目覚ましのための時計は四つだけ。離れたローテーブルにあった古いアナログ時計は、昨夜のドラマのためにセットされた時計だったというわけね。でも、そんなの変よ。だって、それじゃあ肝心の午前九時を報せてくれる目覚まし時計が、ひとつも存在しなかったという話になるじゃないの」

「いいえ、もちろん午前九時を報せるための目覚まし時計は存在いたしました。ですが、その時計は午前九時を告げるより前に、現場から盗み出されてしまったのでございます。もちろん松本雪乃嬢を殺害した犯人の手によって……」

「盗み出されたって……時計が……？」そう呟いた瞬間、麗子はハッとなった。現場から盗まれた《時計》が、確かにひとつあったではないか。「影山がいってるのは、ひょっとしてスマートフォンのこと⁉ 雪乃さんは自分のスマホの目覚まし機能を午前九時に設定して、それを枕許に置いて寝ていたってことなの？」

「おっしゃるとおりでございます、お嬢様。そのスマートフォンこそが、被害者にとって最も重要な目覚まし時計。それを含めた五つの目覚まし時計は、もともとすべて被害者のベッドから手が届く範囲に置いてあったのでございます」

そういって影山は、昨夜の出来事について自らの推理を語った。

「看護師である松本雪乃嬢は、おそらくお嬢様と同様、『終恋』の熱心な視聴者だったのでしょう。あるいは裏番組のファンだったとしても話は同じことですが、とにかく彼女は午後九時から見逃せないテレビ番組があった。そこで彼女は昨日、仕事から帰ると、ローテーブルの上のアナログ時計を九時にアラーム設定。そうして準備万端整えた彼女は、後はもう安心して自室にて過ごしたはず。ところが、そんな彼女に予想外のアクシデント。勤務先の病院から突然の電話で呼び出された彼女は、午後八時過ぎに急遽《きゅうきょ》出掛けることになったのでございます。が、あまりに急な呼び出しだったため、彼女はこのとき小さなミスを犯しました。九時のアラーム設定を解除することなく、そのまま『日暮荘』から出ていってしまったのでございます」

「ありがちなミスね。まさに《目覚まし時計あるある》だわ」

「さあ、《目覚まし時計あるある》かどうかは存じませんが、とにかく松本雪乃嬢は出掛けてしまいました。そうして迎えた午後九時――正確には午後八時五十八分ですが――誰もいない二号室で目覚まし時計のアラーム音が鳴り響きます。が、アラームを解除する住人が不在のため、それは無人の室内で延々と鳴り続けたものと思われます」

「アラームをオフにしない限り、アナログの目覚まし時計って意外と長時間鳴り続けるものね」

「はい。とはいっても、午後十時過ぎに松本雪乃嬢がとんぼ返りして自室に戻ったころには、時計の針も進み、アラーム音もすでに鳴り止《や》んでいたはず。お陰で彼女は帰宅後も自分の犯したミスに気付かなかったものと思われます。したがってローテーブルに置かれたアナログ時計のアラームは、九時に設定されたまま解除されることがなかった。アラームはずっとオンの状態にあったわけです。そのことに気付かないまま、彼女は翌朝九時の起床に備えて、五つの目覚まし時計――そのうちのひとつは彼女のスマートフォンですが――それらをセットして眠りについたのでございます」

「ふーん、結果的にだけど、昨夜の二号室では合計六つの目覚まし時計のアラームがオンになってたわけね」麗子は腕組みしながら深々と頷いた。「で、迎えた今日の朝、午前九時になる直前に事件は起こった。雪乃さんは何者かによってタオルで首を絞められて殺害された。――これは、いったい誰の仕業なの？」

「正確なところは判りません。三人の容疑者たちに今朝のアリバイはなく、いずれの者たちにも犯行は可能だったものと思われます」

「なによ」麗子は憤然としていった。「それじゃあ結局、いままでと何も変わらないじゃない。捜査は壁にぶち当たったままだわ」

「ええ、容疑者たちの今朝の行動を眺める限りにおいては、おっしゃるとおり。ですが、彼らの昨夜の行動に目を移しますと、別の事実が見えてくるものと思われます」

「ん、どういうこと？」

「おや、まだお判りになりませんか、お嬢様？　昨夜『日暮荘』の二号室では、午後九時ごろから長時間にわたってアラーム音が鳴り響いておりました。ならば、この音は同じ建物の二階に暮らす容疑者たちの耳にも、当然聞こえていたはずではありませんか」

「そっか」と手を叩いた麗子は、しかし直後には首を傾げながら、「ん、でも変ね。容疑者の三人からは、そんな話、いっさい出てこなかったわよ。なぜかしら？」

「では、ひとりずつ検討してまいりましょう。まず一号室の住人、山下彩はどうか。昨夜の彼女は午後八時半ごろにファミレスに入り、午後十時近くまでその店で過ごしたとのこと。だとするなら、午後九時ごろから二号室で鳴り出したアラーム音を耳にする機会は、まったくなかったはず。彼女の証言に矛盾はございません」

「そうね。じゃあ三号室の杉浦明人はどうかしら？」

「それより先に、四号室の住人、木田京平について検討いたしましょう」

「えー、なんでよー？　なんで三号室を飛ばして、いきなり四号室なのよー？」

「な、なんでって……す、少しは空気をお読みくださいませ、お嬢様！」

珍しく動揺の色を露《あらわ》にする影山は、麗子の疑問に答えることなく、三号室の住人を後回し。そして無理やりのごとく四号室の住人について語った。「そもそも四号室は二号室から多少距離があります。おまけに木田京平は昨夜の九時前から今朝の九時過ぎまで、十二時間以上にわたってゲームに興じていたとのこと。それもヘッドフォンを使用しながらです。これならば、二号室で鳴り響くアラーム音はまったく耳に入らなかったことでしょう。木田京平の証言にも矛盾はございません。

──となると、問題は三号室の住人です」

「だから杉浦明人でしょ。もったいぶってないで、さっさと説明しなさいよ」

「はい。杉浦明人の証言によれば、彼は午後八時過ぎに食事をとった後、午後十時過ぎまで三号室にてライターとしての仕事に没頭していたとのこと。しかもクラシック音楽をBGMとしながらです。しかしお嬢様も、もうお気付きでございましょう。彼が仕事の真っ最中だったころ、すぐ隣の二号室では、放置された目覚まし時計のアラーム音が延々と鳴り響いていたはず。そのような中で優雅に管弦楽の音色を聴きながら、物書きの仕事に集中できるとは、いったいどのような精神力でございましょう。お嬢様は、ご想像になれますか」

「いいえ、無理ね。きっと隣から聞こえるアラーム音が気になって、まったく仕事にならないはずよ。仮にわたしが三号室の住人なら、そうねえ――すぐさま二号室に怒鳴り込んで、あの音をなんとかしてちょうだい――って、影山に命じるところだわ」

「え、ええ、そうでしょうとも……お嬢様ならば、きっとそうなさるはず……」

シェアハウスに暮らすお嬢様のお傍に、わたくしが仕えていればの話ですが――と小声で付け加えて、影山はそっと苦笑い。それをよそに麗子は自ら結論を語った。

「判ったわ。要するに杉浦明人の証言には矛盾がある。つまり彼の語ったことは、いかにももっともらしい作り話ね。実際のところ、昨夜の彼は三号室で仕事なんかしていなかったのよ。たぶん部屋にもいなかったんじゃないかしら。実際はいなかったのに、いたかのように嘘《うそ》をつく。それはなぜか。――杉浦明人こそが、今回の事件の真犯人だからよ！」

「はあ……そう決め付けるほどの根拠は、正直わたくしにもございません。ただ三人の容疑者の中で、ひとり彼だけが真っ赤な嘘を口にしている。そこには何らかの疚《やま》しさを孕《はら》んだ秘密があるに違いありません。わたくしにいえるのは、それだけでございます」

影山は恭しく一礼して、今宵《こよい》の控えめな推理を語り終えたのだった。

8

執事探偵の示した推理はズバリ真犯人を言い当てるものではなかった。だが、その推理に信憑性《しんぴょうせい》を感じた麗子の中で、杉浦明人に対する容疑が濃くなったことは間違いない。

そこで麗子はさっそく杉浦に対して国立署への任意同行を求め、取調室にて過酷なまでの取り調べをおこなって、いっさいの罪を自白させることで、今回の事件の幕引きにしたいものだわねえ——などと都合のいい展開を考えたりしたのだが、実際にはそんな安易な捜査は許されない。

そこで次善の策を考えた麗子は、後輩の若宮刑事とともに杉浦明人にピッタリ張り付き、その行動を見張ることにした。そんな彼女たちの地道な作戦が功を奏したのは、張り込みを開始して数日後のことだった。

「今日の昼間、杉浦明人はひとり『日暮荘』を出ると、電車に乗ってすぐ隣の西国分寺駅に降り立ったの——」先日と同様、リビングのソファに腰を下ろす麗子は、ワイングラス片手に悠然と当時の状況を語った。「駅を出た杉浦は、その足で近くにある雑木林に向かったわ。そこには灰色に澱《よど》んだ池があってね。彼はその畔《ほとり》に立って周囲を窺う素振り。そしてポケットを探ると、黒くて平たい物体を取り出したの。——何だか判る、影山？」

「ひょっとしてスマー……あ、いえ……さあ、何でございましょうか。わたくしには想像もつきません……」空気を読むのも仕事のうち、と心得る影山は懸命に首を捻《ひね》るポーズ。

するとと麗子は得意の鼻を高くしながら、「スマートフォンよ！　被害者の部屋から奪われたスマートフォン！　杉浦はそれを池に投げ捨てようとしたの。つまり証拠隠滅を図ろうという魂胆ね。当然、わたしたちは黙っていないわ。すぐさま彼のもとに駆け寄ると、間一髪のところで彼の手からスマホを奪い取った。そして逃走しようとする彼を灰色の池へと叩き落としてやったわ。泥水まみれになった彼の姿は、実に見ものだったわね」

「さすが、お嬢様、悪党に対しては一ミリも情け容赦がございません」

「あら、悪党を池に叩き落としたのは愛里ちゃんよ。わたしは乱暴な真似はしないもの」

「その言い方ですと、若宮刑事が随分と乱暴であるように聞こえますが……まあ、いいでしょう。それで、杉浦明人はすっかり罪を認めたのでございますね？」

「ええ、取調室ですべて喋ってくれたわ」麗子はグラスの赤い液体をひと口飲んでから続けた。「まず意外だったのは、杉浦明人と松本雪乃さんが、実は深い仲だったということね」

「ほう、二人はそういう関係だったわけですか」

「ええ、そうよ。で、事件の前日のことだけど、やはり影山が推理したとおりだったわ。その夜、杉浦は三号室で仕事なんかしていなかった。それどころか『日暮荘』にもいなかった。なんと彼は他の女性の家にこっそりお邪魔していたの。彼は雪乃さんが急遽、病院に出掛けていくのを見て、彼女が当分は部屋に戻ってこないものと、そう考えたのね」

「なるほど、それで杉浦は安心して別の恋人に会いに出掛けた——」

「そうよ。ところがひと晩経《た》って、翌朝の九時前に『日暮荘』に帰還してみると、意外にも雪乃さんはすでに二号室に戻っていた。しかも、そんな日に限って、彼女はすでに目覚めていて、二階へと上がってくる杉浦の足音を聞いていたの。杉浦は自室に戻る寸前で雪乃さんにつかまってしまい、二号室へと引っ張り込まれた。当然、彼女は彼に尋ねるわよね、『わたしが出掛けている間、どこで何してたの?』って――」

「しかし杉浦は答えられない。結果、二号室は修羅場と化したのでございますね」

「まあ、そういうことね。でも言い合いは長くは続かなかった。というのも杉浦の浮気は過去にも何度かあって、その相手が誰であるか、雪乃さんも薄々気付いていた。そこで彼女は杉浦を一瞬で黙らせる、とっておきの脅し文句を口にしたの。『相手の女性に自分たちの関係をバラしてやる!』ってね。ところが、それを聞いて杉浦は青くなった。なぜなら彼の浮気相手――というより彼にとっては、そっちが本命だったようだけど――その女性は良家のお嬢さんでね、杉浦としては絶対に逃したくない相手だったから」

「それで焦った杉浦は、殺意を抱いて彼女に襲い掛かった、というわけでございますね」

「どうやら、そういうことね。ちなみに犯行時刻は午前八時五十五分。二つ目の目覚まし時計が鳴りはじめたのを、雪乃さんが止めた直後に、杉浦は彼女に襲いかかった。凶器のタオルはベッドの枕許に偶然あったそうよ。首を絞められた雪乃さんは、たちまち意識を失って、ベッドの上でぐったりとなった。そこでハッと我に返った杉浦は、慌ててタオルから手を離した。そして同じく枕許にあった彼女のスマホだけを奪って、密かに二号室から立ち去った。部屋を出る寸前に、彼の背後で三つ目の目覚まし時計が鳴りはじめたっていうから、実際の犯行時間は、ほんの三分弱だったということになるわね」

「なるほど、午前八時五十八分に鳴り出したアナログ時計。杉浦はそれを単なる目覚まし時計だと思った。まさか前の晩の九時前にも、同じ時計が同じように鳴り響いていたとは、夢にも思わなかった。だから、あのような嘘をついてしまったのでございますね」

「ええ、まさしくそういうことよ」べつに自分で謎を解いたわけでもないのに、麗子はすっかり上機嫌。悠々とリラックスした態度で、ひとり祝杯を挙げる。

影山はそんな麗子のグラスに、また新たなワインを注《つ》ぎながら、

「さすがお嬢様、見事なご活躍でございました」

そういって静かに微笑《ほほえ》むのだった。

第五話

煙草二本分のアリバイ

1

『よお、山川《やまかわ》か。どうだ最近？　夏休みを満喫してるか』

スマートフォン越しに聞こえてきたのは、大学のサークル仲間、塚本祐樹《つかもとゆうき》の皮肉めいた声だ。

『まあ、おまえのことだ。どうせ、やることもなくて退屈してんだろ。判《わか》る判る』

「…………」畜生、勝手に判るな！　べつに退屈なんかしてねーよ。毎日毎日、彼女と映画見たり食事したり、友達と海で泳いだり、バイト仲間と多摩川《たまがわ》でＢＢＱ大会やったりで、結構楽しくやってるよ――って言い返せたなら、さぞかし痛快だろうなぁ、畜生！

　だが嘘《うそ》の苦手な山川純平《じゅんぺい》はムッとしつつも、「まあ、ボチボチやってるよ」と玉虫色の返事。実際はバイト先と自宅とを地味に往復するだけの毎日なのだ。「そういう塚本はどうなんだよ？」

『俺《おれ》か？　俺はバイトに追われる日々さ。いまも立川《たちかわ》のバイト先からの帰りでな、さっきバスから降りたところ。バスの中は帰宅するサラリーマンで満員だ。もう汗だくだよ』

「ふぅん、そうかそうか」――へへッ、コイツも案外、地味な毎日らしいな！

　そう思って山川は内心で邪悪な笑み。大汗を掻《か》きながらスマホ片手に夜道を歩く塚本の姿が、容易に頭に浮かぶ。そこで「お互い大変だな」と水を向けてみると、塚本は『そうだな。だけど今度の日曜日には、彼女と一緒にライブにいく予定なんだ。人気沸騰中の〈多摩蘭坂《たまらんざか》46〉のライブだぜ。

いまから凄《すげ》ぇ、楽しみ！』と無邪気すぎるリア充アピールで山川を大いに憤慨させた。

——畜生、そういうところだぞ、おまえの嫌なとこ！

塚本祐樹は大学の映画研究部に所属するサークル仲間。爽《さわ》やかなイケメンで、しかも頭脳明晰《めいせき》で行動力があり努力家。したがって先輩からの信頼も厚くて女性部員からも慕われる彼は、二年生ながらサークル内ではリーダー的存在。山川はそんな彼のことが大嫌いだった。いや、違う。べつに嫌いではない。好きとか嫌いとかではなくて、ただ『ちょっと目ざわり……』と感じているだけ。どこかへ消えてほしいと願っているだけである。

「で、何の用なんだ、塚本？　俺はいま猛烈に忙しいんだがな」

実際のところ猛烈に忙しいのは、団扇《うちわ》を持った右手だけ。山川は自宅の居間で、ひとりテレビの前に座りながらスマホを耳に押し当てているのだ。

『ああ、すまん。じゃあ簡潔に用件を。実はな、今度サークルの仲間たちで暑気払いをしようって話になってるんだ。山川も当然くるよな。どうせ暇だろ』

「………」ひと言、多いんだよ、この野郎。「ああ、いくよ。暇じゃないけど、いく」

『じゃあ、都合のいい日を教えろよ。お盆明け、できれば二十日以降がいいんだがな』

山川は壁に掛けられたカレンダーに視線をやる。そしてバイトの日程以外はすべて空欄になっている予定表を眺めながら、「うーん」と考え込むフリ。充分に間《ま》を取ってから口を開いた。「ええっと、大丈夫なのは、二十日、二十一日、二十二、二十三……あー、いやいや、二十三日は友達と約束があったんだっけ……」

実際には約束などない。そもそも『友達』などいないのだから、約束のしようがない。

『……はあ、友達ぃ⁉　本当かよ、友達なんて……』

と、塚本は余計なところで察しがいい。山川は下手な嘘を続けるしかなかった。

「本当だよ！　とにかく二十三日は駄目だ。で二十四、二十五はＯＫ。これでいいか」

『ああ、充分だ。とりあえず調整してみる』

「悪いな、面倒かけて」山川はいちおう礼をいうと、それからしばらくはサークル仲間同士の情報交換めいた雑談が続く。それが一段落した頃合《ころあい》を見て、山川は尋ねた。「ところで塚本、さっきおまえがチラリといった『彼女』って、ひょっとして水澤優佳《みずさわゆうか》のことか。おまえ、水澤優佳とアイドルのライブにいくのか。え、おまえ、彼女と付き合ってんの？」

『はぁ、そんな話、どうでもいいだろ。聞き流せよ』

そういわれても、聞き流すわけにはいかない。水澤優佳もまた、彼らと同じ映画研究部に所属する仲間。塚本を除いて、ほぼむさくるしい男子ばかりが集うサークル内にあっては、《掃き溜《だ》めに鶴《つる》》か、もしくは《オタサーの姫》といった存在である。密《ひそ》かに心を寄せている部員も、ひとり二人ではないはず。他《ほか》ならぬ山川自身も、そのひとりなのだ。

そんな彼の耳に、塚本の勝ち誇るような声が響いた。

『ああ、確かに水澤さんと付き合ってるぜ。べつに隠してない。サークルの仲間たちも、もう大半が知ってるはずだ。――あ、だけど、その件については、また今度な。もう部屋の前に着いた。日程が決まったら、また連絡する。じゃあな』

そういって塚本は一方的に電話を切る。沈黙したスマホを見詰めながら山川は、

「ふん、リア充野郎め！　豆腐の角に、いや、鈍器の角に頭ぶつけて死にやがれ！」

と精一杯の恨み言を呟《つぶや》く。スマホの時刻表示はちょうど午後八時を示していた。

塚本祐樹が、まさしく鈍器の角で額を強打されて死亡しているのが見つかったのは、その翌朝のことである——

2

国立《くにたち》市西二丁目のアパート『呉竹荘《くれたけそう》』にて、若い男性の変死体が発見された。どうやら殺人事件の模様——

そんな報《しら》せが国立署管内を駆け巡ったのは、お盆休みを前にした月曜の早朝のことだ。

そのとき麗子《れいこ》は国立市内の某所にある宝生《ほうしょう》邸の寝室にて、まどろみの真《ま》っ只中《ただなか》。寝ぼけ眼《まなこ》で携帯を耳に押し当ててその一報を耳にすると、次の瞬間には布団を撥《は》ね退《の》けた。天蓋《てんがい》付きのベッドを飛び出して、一二〇秒で外出の支度を調える。そして麗子は階段を駆け下りながら運転手兼執事の男に命令を下した。

「影山《かげやま》ッ、事件よ！　ゆっくり朝食をとっている暇はないわ。すぐに車を用意して！」

すると何をどう勘違いしたのか、影山が用意したのは、全長七メートルのリムジンカーだ。宝生家のお嬢様である麗子が乗るには、実に相応《ふさわ》しい高級車。だが国立署の現職刑事が現場に駆けつけるには、まったく相応しくない乗り物である。しかし文句をいっている暇はない。後部のラウンジシートに乗り込んだ麗子は、仕事用の黒いサマースーツに袖《そで》を通しながら、運転席の影山に行き先を告げた。「にひにひょうめの『ふれたへそう』っていうアハートよ。いほいでちょうらい」

これには、さすがの影山も困惑の表情。後ろに首を回すと、「あのー、お嬢様」といって麗子に進言した。「トーストをくわえながら、お話しになるのは、いかがなものかと……。旦那《だんな》様がご覧になりましたら、きっとお嘆きになることでしょう。まるで漫画やアニメに出てくる《転校初日に遅刻しそうになって食パン一枚、口にくわえて通学路を駆け出す、あわてんぼうの女子高生》のようでございますよ」

「む……」麗子は口にくわえたトーストをひと口かじって手に取ると、「はぁ、《転校初日に遅刻しそうになって……》って何よ⁉ 誰《だれ》が可愛《かわい》いＪＫですって⁉」

「いえ、わたくし、そのようには申しておりませんが……」バックミラー越しに垣間見《かいまみ》える執事は、やれやれ、といった表情で話を元に戻した。「それで、お嬢様、『ふれたへそう』というアハートは何町にあるのでございますか」

「『呉竹荘』よ。アハートじゃなくてアパート！　西二丁目よ。急いで！」

麗子が命じると、影山は「承知いたしました」といって前を向く。そして次の瞬間、二人を乗せたリムジンは急発進。そして急加速。法定速度ギリギリの安全運転で、現場への道のりをゆっくり急ぐ。やがて麗子がトーストの残りを胃袋に収め切ったところで、車は早くも目的地付近に到着した。だがリムジンを現場のアパートに横付けすることはできない。麗子は目的の住所よりも少し手前で車を降りた。「じゃあ、いってくるわね」

そういって麗子は仕事用のダテ眼鏡を装着。影山は恭《うやうや》しく一礼しながら、

「ご活躍をお祈りいたします、お嬢様」

「ええ、任せときなさい」と力強く応《こた》えてから、麗子は現場へと駆け出した。

到着してみると、ブロック塀に囲まれた敷地に建つ『呉竹荘』は、かなり年代を感じさせる建物。周囲にはパトカーや多くの制服警官の姿が目立つ。小さな門を通って敷地の中へ。錆《さ》びた外階段を上がると、二階の廊下の先に捜査員たちが大勢たむろしていた。

そんな中、目ざとく麗子を見つけて、駆け寄ってくる若い女性の姿。国立署刑事課の期待の新人、若宮愛里《わかみやあいり》刑事である。「――おはようございます、先輩」

初々《ういうい》しく頭を下げる後輩刑事は、これから就職面接に臨もうとするかのようなグレーのパンツスーツ。ハイブランドの黒いスーツでバッチリ決めた麗子とは、まさに対照的だ。

麗子は可能な限り《美しく颯爽《さっそう》とした先輩刑事》の雰囲気を醸し出しつつ、

「おはよう、若宮さん。――さっそくだけど、どういう状況かしら？」

先輩らしく凜《りん》とした口調で問い掛けると、何を思ったのか、後輩刑事は声を潜めて麗子に耳打ち。

「安心してください、先輩。風祭《かざまつり》警部はまだ到着されていません」

「ホッ……」いやいや、『ホッ』じゃない！　違うでしょ、愛里ちゃん――「警部の状況じゃなくて、事件の状況を聞いてるのよ、愛里ちゃ……いえ、若宮さん！」

まあ、警部の状況も正直、気にはなるのだが、とりあえず聞きたいのは事件の話だ。

すると若宮刑事は「なーんだ、そっちですかー」と意外そうな声。麗子には何が意外なのかサッパリなのだが、とにかく早朝から天然っぽさ全開の後輩ちゃんは、慌てて手帳を取り出す。そして目の前の扉を指差しながら事件の概況を伝えた。

「被害者はこの二〇五号室に暮らす塚本祐樹さん。私立七ツ橋《ななつばし》大学に通う二十歳《はたち》の大学生だそうです。今朝の六時半ごろ、キッチンで頭から血を流して倒れているところを、お隣の二〇六号室に住む男性が発見。警察に通報したのも、その男性です」

「そう、判ったわ。まずは遺体を見てみましょ」

そういって麗子は二〇五号室の玄関に足を踏み入れた。キッチンは玄関を入ってすぐのところにあり、その床の上に遺体は仰向《あおむ》けの状態で転がっていた。麗子は室内に上がり込むと、ダテ眼鏡のフレームに指を当てながら、その変死体をじっくりと観察した。

なかなか目鼻立ちの整った男性だ。身体《からだ》つきは中肉中背といったところか。男性にしては色白なほうだろう。白いTシャツの上に黒い長袖パーカーを羽織っている。最近は日焼け予防と冷房対策を兼ねて、夏でも薄手の長袖を羽織る人は多いので、べつに珍しいファッションではない。下は濃紺のデニムパンツを穿《は》いており、全体としてお洒落《しゃれ》な印象だ。

そんな男性の額には何かで殴打されたような傷。流れ出た血はキッチンの床にも広がっている。麗子は遺体の肘《ひじ》や肩に手を当てて、関節の動きを確認。やがて、すっくと立ち上がると、目の前の遺体を指差しながら声を張った。

「愛里ちゃ……いえ、若宮さん、これを見てちょうだい！」

「はい、見てますけど……？」

「だったら、そのままでいいから、わたしの話をよく聞いてね」

そういって麗子は強引に話を進めた。「まず被害者はお洒落な長袖を羽織っている。どう見ても外出する際の服装よ。では被害者は今朝、外出しようとするところを襲撃されたのかしら。いいえ、違うわ。遺体から流れた血はカラカラに乾いている。遺体の関節部分は死後硬直が進んでいる。犯行は今朝ではなくて昨夜《ゆうべ》のことだと考えられる。それも外出先から戻ってきた直後よ。つまり被害者は昨夜の帰宅直後、部屋着に着替える暇もないまま、何者かの襲撃を受けて命を落としたってわけね。間違いないわ」

「なるほど、確かに。さっすが、宝生先輩」若宮刑事は眸《ひとみ》を輝かせて、先輩刑事に賞賛の言葉を送った。「まるで風祭警部ばりの名推理ですねー」

「え、そ、そう？」――そう聞こえた？　でもね、愛里ちゃん、『風祭警部ばりの』って、それ全然褒め言葉になってないから！　むしろ、わたしにとっては悪口だから！

思わず脱力して肩を落とす麗子。その耳に遥《はる》か彼方《かなた》から聞こえてくるエンジン音。どこか聞き覚えのあるその音は、確実にこちらへと接近中だ。やがてそれが爆音と呼べるレベルにまで達した直後、エンジン音は魔法のようにピタリと止《や》んだ。もはや間違いはない。

噂《うわさ》の男、風祭警部が愛車のジャガーでもって、この現場に到着したらしい――

外階段を軽快に駆け上がる靴音が響いたかと思うと、玄関扉の向こう側で大勢の男性捜査員たちがいっせいに敬礼。直立不動の部下たちに迎えられて二〇五号室にその特徴的な姿を現したのは、やはり風祭警部その人だった。

ハリウッドのギャングスターかと見紛《みまが》う純白のスーツは、夏仕様の麻製。黒いシャツに真っ赤なネクタイは、どんな酷暑でも絶対に手離すことのない彼の必須《ひっす》アイテムだ。

そんな風祭警部は部下たちの姿を目の当たりにするなり、得意げに捲《まく》し立てた。

「やあ、待たせてすまないね、君たち。実は僕のジャガーが運悪く渋滞に巻き込まれたんだ。いくら僕のジャガーが最高級の英国車だといっても、渋滞の中を突っ走ることはできないだろ。僕のジャガーがパトカー仕様なら話は別だが、なにせ僕のジャガーは……」

「………」ええい、アンタのじゃがぁーの話なんて、どーだっていいっての！

苛立《いらだ》ちを抑えられない麗子は、心の中で上司を『アンタ』呼ばわり（ついでに英国の名車を『じゃがぁー』呼ばわり）。だが表情にはいっさい出さず、淡々と警部を現場へと迎え入れる。あらためて若宮刑事が被害者のプロフィールを上司に伝えた。

その言葉を聞きながら、警部は先ほど麗子がやったのと同じように遺体の傍《そば》にしゃがみ込む。そして服装や傷の様子などを念入りにチェック。それから遺体の肘や肩の関節の動きを確認。やがて、すっくと立ち上がった警部は目の前の遺体を指差して声を張った。

「見たまえ、宝生君、そして若宮君！　被害者は長袖を着ている。これは外出する際の服装だ。では被害者は今朝、外出する直前を襲撃されたのか。いや、違う――（中略）――つまり被害者は昨夜の帰宅直後、部屋着に着替える暇もないまま、何者かの襲撃を受けて絶命したってわけだ。間違いない！」

嬉々《きき》として語られる上司の推理を、若宮刑事は再放送のアニメでも見るような目で眺めている。そして麗子に顔を向けると、囁《ささや》くような声で、「――ほら、ね、先輩！」

勝ち誇るような後輩の笑顔に、もはや麗子は何も言い返すことができなかった。

やがて塚本祐樹の遺体は、担架に乗せられて二〇五号室から搬出されていった。キッチンの床には遺体の位置を示す白線と乾いた血痕《けっこん》だけが残された。

「では若宮君、まずは第一発見者をここへ連れてきたまえ。遺体発見時の状況について、詳しく聞かせてもらおうじゃないか」

警部が命令すると、新米刑事は、「はーい」と元気よく答えて玄関を出ていく。その姿を見送った警部は、麗子にわざと聞こえるような声で、「ふん、こんな朝早くから変死体を発見？　しかも隣の部屋のキッチンで？　いかにも怪しいじゃないか。——なあ、宝生君？」

「はあ……」確かに怪しいのかもしれない。だが麗子の経験則からいうならば、過去に風祭警部が怪しいと睨《にら》んだ容疑者たちは、ことごとく犯人ではなかった。——どうせ今回もそのパターンじゃないんですか、警部？

そう思う麗子の前に、若宮刑事が連れてきたのは痩《や》せた中年男性だ。

「井上勝夫《いのうえかつお》、四十二歳」と名乗った彼は、国立駅前にある深夜営業の居酒屋で働いているらしい。被害者との関係を問われると、面倒くさそうに首を左右に振りながら、「関係といってもべつに。単なる隣人ってだけですよ、刑事さん」

「そうですか。では単なる隣人に過ぎないあなたが、どうして二〇五号室のキッチンに倒れている被害者を発見することができたのか。その点を説明していただきたいですね」

訝《いぶか》しげな視線を向ける警部。だが井上勝夫は薄い胸板を誇示するように胸を張った。

「扉が開いていたんですよ。深夜勤務を終えて、このアパートに戻ってきた午前六時半ごろに、お隣の玄関扉が。ええ、ほぼ全開でした。不自然ですよね、そんな早朝から玄関が開けっ放しだなんて。実際そんなこと、過去に一度もなかったですし。それで不思議に思ったわたしは、扉の前を通り過ぎる際にチラリと中を覗《のぞ》いたんです。そしたら――」

「キッチンの床に倒れている被害者の姿が見えた、というわけですか」

「ええ、わたしは慌てて中に入って声を掛けました。しかし塚本さんは額に傷を負って、すでに冷たくなっています。それで、わたしは急いで一一〇番に通報したのです」

「なるほど、判りました。では、もう結構です」といって風祭警部は、いったん第一発見者を解放する素振り。だが彼が現場を去ろうと背中を向けた直後に、「あ、そうそう、もうひとつだけ……」と指を一本立てると、狙《ねら》い澄ました質問を投げた。「念のためにお尋ねしますが、あなた、昨夜はどこで何をしていましたか」

「ア、アリバイ調べですか⁉　わ、わたしは何も関係ありませんよ……」

「なーに、単なる形式的な質問に過ぎません。お答えいただけますか」

「えーっと、昨日は夕方から午後七時台にかけては、ひとりで部屋にいました。それから部屋を出ると、『日《ひ》の出《で》食堂』へ。ここから歩いてすぐのところにある定食屋です。その店に着いたのが、ちょうど午後八時でした。そこで一時間ほど過ごしてから、その足で駅前にある仕事先へ。それ以降、今朝になるまで『武蔵亭《むさしてい》』の仕事仲間と一緒でした。嘘だと思うなら調べてみてくださいよ、刑事さん」

「そうですか。――いや、調べるまでもないでしょう。信じますよ、あなたの話を」

そういって警部はナイスガイを印象付けるような極上のスマイルを披露《ひろう》。井上勝夫はホッとした表情で、ひとり二〇五号室を後にする。そんな彼の背中が見えなくなるや否《いな》や、警部はスマイルを引っ込めると一転、冷酷無比な表情になって部下に命じた。

「若宮君、『日の出食堂』と『武蔵亭』へいってくれ。彼の昨夜の行動を調べるんだ」

あまりの変わり身に若宮刑事は呆《あき》れ顔だ。「思いっきり疑ってますねー、警部」

「当然だろ。玄関扉がたまたま全開だったとか、どうも嘘っぽい。それに第一発見者を疑うのは捜査の鉄則だからな。頼んだぞ、若宮君。――ああ、待て待て、宝生君！　君は一緒にいかなくていい。宝生君はここに残りたまえ」

「え⁉　しかし警部ッ、第一発見者を疑うのは捜査の鉄則……」

「そのとおりだが、疑うべきは第一発見者ばかりではないだろ」と、こういうときに限って、警部の口から珍しくマトモな発言。そして彼は落胆する麗子に命じた。「宝生君は僕と一緒に近隣の聞き込みに回るように。――いいね？」

上司の命令に、麗子は嫌々ながらも「はい」と答えるしかなかった。

3

こうして麗子は渋々ながら風祭警部とコンビを組んでの聞き込み捜査。『呉竹荘』の各部屋をノックしては、現れた住人に対して、『昨夜、不審な物音を聞きませんでしたか』『怪しい人物を見かけませんでしたか』と尋ねて回る。だが多くの人は怪訝《けげん》そうな顔で、首を傾《かし》げるばかりだ。そんな中、有益な情報を提供してくれた住人が一名だけ存在した。

それは二〇二号室に住む女子大生だった。北原理奈《きたはらりな》と名乗る彼女は、昨夜、塚本祐樹の帰宅する際の姿を、その目で見たのだという。重要な目撃証言を前に、刑事たちの間に緊張が走る。さっそく麗子が質問を投げた。

「それは何時ごろのことでしたか」

「午後八時ちょうどです」と女子大生は妙にキッパリと断言。

麗子は逆に不審を覚えた。「なぜ、そんなにハッキリと憶《おぼ》えているのですか」

「うち、玄関に時計があるんですよ。――ほら」といって北原理奈は下駄箱の上を指差す。見ると、そこにあるのはデジタルの置時計。すると次の瞬間、ここぞとばかりに風祭警部が自慢のロレックスを巻いた左腕を麗子の眼前に差し出す。置時計が正確か否か、この高級腕時計と比較してみろ、といいたいらしい。麗子は上司の差し出すクソ邪魔な腕を、やんわりと押し退けて、自分の腕に巻いたティファニーの腕時計を確認。比較したところ、どうやら置時計のデジタル表示は、正確な時刻を示している。納得して頷《うなず》く麗子の隣で、警部は不満げな表情だ。

そんな二人に、北原理奈は昨夜の出来事を説明した。

「昨夜、わたし、この玄関扉を一瞬だけ開けたんです。べつに大した用事があったわけではありません。ただ外のドアノブに数日前から引っ掛けていた傘を取り込んでおこうと思っただけです。盗まれたら、嫌ですからね。それで玄関扉を開けようとしたら、ちょうどそのとき扉越しに、外の廊下を歩く男性の声が聞こえてきたんです。男性は誰かと携帯で喋《しゃべ》っている様子でした。『もう部屋の前に着いた』とか『また連絡する』とか、そんな言葉が耳に残っています。それで、わたしは彼の声が部屋の前を通り過ぎるのを待ってから、ゆっくりと扉を開けました」

「そのときに塚本さんの姿を見たのですね」麗子が尋ねると、

「ええ、はい……いいえ……」と、いきなり北原理奈が口ごもる。

「はい……いいえ⁉ どちらでしょうか」

「正確には塚本さんの姿をハッキリ見たわけではありません。わたしが見たのは二〇五号室に消えていくリュックの背中だけです。わたしと塚本さんは、ときどき廊下や階段で擦れ違いますし、顔を合わせれば会話を交わす程度の仲です。彼が茶色いリュックを背負って歩く姿は何度も見ています。だからリュックの背中が二〇五号室に消えていくのを見て、『ああ、塚本さん、いま帰宅したんだな……』って、そう思いました」

「なるほど。そのとき玄関の置時計が午後八時を示していた。そういうわけですね」

「ええ、間違いありません」

するとと風祭警部が横から質問を挟む。「被害者が携帯で喋っていた相手が誰なのか、判りませんか。会話の中に相手の名前など出てきたりしませんでしたか」

聞かれて北原理奈は、しばし腕組み。やがて残念そうに首を振った。

「ごめんなさい。ちょっと思い出せません」

これ以上問い詰めても仕方がない。刑事たちは礼をいって引き下がるしかなかった。

こうして近隣での聞き込みを終えた麗子と風祭警部は、いったん二〇五号室に舞い戻る。そして被害者のリュックを、あらためて調べた。それはキッチンの隣の居間にあった。入口を入ってすぐの床の上に無造作に転がっている。北原理奈の証言したとおり、色は茶色。だがハイセンスなビジネスマンが出勤時に用いるようなスタイリッシュなものではない。このまま高尾山《たかおさん》あたりに出掛けたとしても違和感がないような、いかにもリュックサックといった代物。まあ、大学生が鞄《かばん》代わりに用いるには、うってつけのものだろう。

何が詰め込まれているのか、それは結構な膨らみ具合。確認してみると、リュックの中身は雑多なものだ。ノートパソコン、ゲーム機、紙の書類、筆記具、いちおう学生らしく参考書や文庫本もある。だが、それらの品々を見やりながら、警部は不満げな声をあげた。

「おいおい、携帯がないじゃないか。スマートフォンもガラケーもいっさいないぞ」

「遺体のポケットにも携帯の類《たぐい》は見当たりませんでしたね」

「犯人の奴《やつ》が奪っていったのだな。そういえば、あの被害者は財布も所持していなかったようだ。さては物盗《ものと》り目当ての犯行か？」

「あるいは物盗りに見せかけた犯行かも……」

慎重に答えながら麗子は、なおも問題のリュックを検《あらた》める。すると、リュックの内側のポケットに被害者の手帳を発見。小さな手帳には小さなボールペンが備わっており、メモやらスケジュールやらが几帳面《きちょうめん》な文字で書き込まれている。とりあえず今日の日付のページを開いてみると、たちまち麗子の視線がメモ欄に留まった。

何やら意味ありげな数字が整然と書き並べてある。20、21、22、23――ただし、この23という数字は斜線で乱雑に消してあって――さらに24、25と記されている。麗子は問題のページを指で押し開いたまま、その手帳を警部に手渡した。

「これ、何の数字でしょう？　日付ですかね」

「ふむ、そうかもしれないな。しかしまあ、事件とは関係ないだろ」

興味なげにいって、警部は自分の手の中で小さな手帳をパタンと閉じる。

途端に麗子は、それらの数字が事件解決の重要な鍵《かぎ》を握っているのではないかと、そのように思えて仕方がない。――これって、もはや職業病かしら？　風祭警部の部下なら誰もがみんな罹《かか》るやつとか？

内心で不安を覚えながら、ゆるゆると首を左右に振る麗子。と、そのとき男性捜査員が居間にやってきて、風祭警部に何事か耳打ち。瞬間、警部の表情が引き締まった。

「なんだと！　昨夜このアパートに不審な男が……よーし、判った！」

叫ぶや否や、警部は手帳を放《ほう》り出し、矢のような勢いで部屋を飛び出していく。あまりの剣幕に麗子は一瞬キョトン。そして我に返ると、慌てて上司の後に続くのだった。

4

二〇五号室を飛び出した風祭警部は、外階段を駆け下りる。すると小さな門の手前に二人の制服警官。それに挟まれる恰好《かっこう》で若い男性の姿があった。

「この男だな」といって男性に駆け寄った警部は、彼の外見を嘗《な》め回すように見詰めた。ツルツルに剃《そ》り上げた頭。髑髏《どくろ》がプリントされた悪趣味なTシャツ。半袖から伸びた二の腕には拙《つたな》い刺青《いれずみ》が見える。「ふむ、実に怪しい。まさに怪しさのバーゲンセールだ……」

するとスキンヘッドの男はムッとした表情。目の前の警部を真っ直《ます》ぐ睨みつけながら、

「おいおい、刑事さん、何か勘違いしてねーか⁉ 俺、べつに怪しくねーぜ。そうじゃなくって、俺が怪しい男の姿を見たっていってんだよ」

「はあ、怪しい男の姿を⁉ 怪しい君が⁉ え、君より怪しい奴を、怪しい君が……」

「俺は怪しくねーっての！」

「そうか……」風祭警部は困惑の表情を麗子へと向けながら、真顔で尋ねた。「おい、宝生君、こいつ何をいってるんだ？」

「いってるとおりの意味ですよ、警部」麗子は嘆息しつつ答えた。「彼は怪しい男の姿を見たんでしょう、昨夜、この付近で。――そうですよね？」

「ああ、そういうことだぜ。どうやら、あんたのほうが、全然話が判るらしいな」

そりゃまあ、風祭警部に比べたらねえ――と思わず苦笑いの麗子は、スキンヘッドの男に自ら歩み寄って尋ねた。「あなたは、このアパートの住人ですか」

「いや、そうじゃねーんだ」といって男性は説明した。彼の名前は岡部浩輔《おかべこうすけ》。近所のマンション建設現場で働く作業員だという。そんな彼は昨夜このアパートの門前に、たまたま居合わせたらしいのだ。麗子は若干の違和感を覚えて彼に尋ねた。

「アパートの住人でもないあなたが、なぜこの門の傍にいたんです？」

「いや、べつにどこでも良かったんだが……実はニコチン補給をと思ってよ……」

どうやら路上喫煙らしい。麗子は話の続きを促した。

「あなたが、ここで喫煙したのは何時ごろ？」

「たぶん昨夜の八時ごろだったはずだぜ」

その言葉に風祭警部が素早く反応した。「なに、昨夜の八時ごろだと⁉　そのとき君は怪しい男を見たというんだな。――どんな男だ？　どう怪しかったんだ？　君より怪しい男なんだな？」

「俺は怪しくないってーの！」岡部は警部を一喝して黙らせると、昨夜の出来事について順を追って説明した。「昨夜の八時ごろ――といっても、時計を見たわけじゃないから八時の前だか後だか、正確なところは判らねーけど――そのとき仕事帰りだった俺は、このあたりでちょっと一服したくなった。それで、このアパートのブロック塀に背中を預けてしゃがみ込むと、煙草《タバコ》に火をつけた。すると五分ぐらい経《た》って、ひとりの男が夜道の向こう側からやってきて、アパートの門を入っていったんだ」

「ん、ちょっと待て。なぜ五分ぐらいだと判るんだ？　君、時計は見ていないんだろ？」

「ああ、時計は見ていない。だけど、時計なんか見なくても判るんだよ。俺みたいに毎日、煙草を吸っているとな」

得意げな彼の言葉に、麗子はピンときた。「そういえば煙草一本を吸う時間は、だいたい四分程度だって聞いたことがあるわ。当然、吸う人によって個人差があるでしょうけど」

「そう、俺の場合は、およそ五分だ。煙草に火をつけてから吸い口ギリギリ――あぁッ、危ない！もうあとひと息でも吸ったら指先を火傷《やけど》しちまうぅーッ――ってところまで完璧《かんぺき》に吸い切ったところが五分だ。ああ、間違いねーぜ」

「頭の悪い吸い方だな……」と、さすがの警部も呆れ顔。

「身体にも悪い吸い方です……」麗子も啞然《あぜん》として呟く。

だが不健康だろうと不見識だろうと関係ない。とにかく彼の喫煙方式では一本吸い切るまで約五分の時間が掛かるということらしい。納得した麗子は話を元に戻した。

「では、あなたが煙草を吸いはじめてから五分、つまり一本吸い終わったころに、男が門を通ってアパートの敷地に入ったってことですね。それは、どんな男でした？」

「太った男だ。といっても俺のしゃがんだ場所から門まで四、五メートルはあったし、あたりは暗かったし、そもそも、ほんの短い時間のことだから、顔までは判らなかったな」

「そうですか。しかし、ただ門を入っていくだけなら、べつに怪しく見えないのでは？」

「そうさ。俺だって最初は気にも留めなかった。だが問題はその後だ。太った男を見た直後、俺は二本目の煙草に火をつけた。そして吸い口ギリギリまで吸い切ったころ……」

「つまり、また五分程度が経過したころですね。何が起きたんです？」

「その太った男が門から飛び出してきた。しかも今度は俺のいる方へ向かって走ってきやがる。男は随分と慌てているらしく、塀際でしゃがんでる俺のことなんて全然目に入ってねえ。俺はその男に危うく蹴《け》っ飛《と》ばされそうになるところを慌てて避《よ》けた。そして逃げ去っていく男に向かって、『ばっきゃろー、てめー、危ねーじゃねーか』って……」

「えッ、叫んだんですか⁉」

「いや、叫ぼうかと思ったんだが、夜だしな。それに住宅街だし、近所迷惑になっちゃ悪いと思ったんで、叫ぶのは遠慮してやったぜ」

「なんだよ、叫べよ、もう！」と身をよじって声をあげたのは風祭警部だ。彼は目の前の男に摑《つか》みかかるような勢いで捲し立てた。「なに、こんなときに限って他人の迷惑とか気にしてんだ。いっそ大声で叫んでりゃ良かったんだよ。そうすりゃ、それが何時何分の出来事か、正確な時刻が判ったかもしれないだろ！」

「まあまあ、警部、そんなに興奮しないで……」麗子は上司をなだめつつ、その一方で、彼の言葉にも一理あると感じた。確かに岡部浩輔が大声を発していれば、それを近隣住民の誰かが耳にしただろう。結果として、より正確な時刻が判明した可能性は高いのだ。

だが、いずれにしても――「だいたいの時間帯からいって、その慌てて逃げていった男が、塚本さんを殺害した犯人。そう考えていいようですね、警部？」

「うむ、そうらしいな」深々と頷いた警部は、再びスキンヘッドの男に視線を向けると、「おい、君、その怪しい男だが、体形以外に何か目立つ特徴などなかったかね？」

「うーん、俺はしゃがんだ恰好で、擦れ違いざまに奴のことを見上げる感じだったからな。顔は全然見えなかったし、服装も憶えてねえ。黒っぽい服だったとは思うけどよ」

つまり昨夜の八時ごろ、顔も服装も判らない太った男がひとりで『呉竹荘』の門を入っていき、五分ほどして大慌てで飛び出してきた。岡部浩輔の目撃した光景は、要約するとそういうことらしい。重要な証言であることは疑いようもないが、なんだかもどかしい印象の残る目撃談である。

そこで麗子は、ふと思い付いた質問を口にした。

「その太った男ですが、手に何か持っていませんでしたか」

犯人は被害者の財布やスマホを奪っている。しかも現場に凶器らしいものが見当たらなかった以上、それもまた犯人が持ち去ったものと考えるべきだ。ならば、犯人はその手に鞄か何か持っていたのではないか。そう考えた上での質問だったのだが、それに対して岡部はハッとした顔で、こう答えた。

「そういや、あの男、袋を持ってたな。門を入っていくときは手ぶらだったはずが、出てきたときには、片手にレジ袋みたいなものを握り締めていた。ああ、間違いないぜ」

そんなこんなで岡部浩輔からの聞き取りを終えたころ、彼と入れ違いになる恰好で若宮刑事が出先から無事に帰還を果たした。興奮冷めやらぬ様子の新米刑事は、

「いってまいりました、警部ッ。『日の出食堂』と、それから『武蔵亭』にもッ」

といって、さっそく手帳を取り出す。そして上司や先輩の前で仕事の成果を披露するべく、意気揚々と口を開いた。「どうやら井上勝夫の話は事実のようです。確かに彼は昨夜の八時に『日の出食堂』に姿を現し、そこでカツ丼《どん》とノンアルコールの……」

「ああ、そうか。うん、判った」風祭警部は無慈悲にも部下の報告を中途で遮る。そして自《みずか》らの口で単純極まる結論を語った。「そう、井上勝夫は犯人ではない。もはやアリバイ以前の問題だ。どう見たって彼は《太った男》ではないからな。――え、全開だった玄関扉？　そんなもの、犯人が慌てて逃げ出す際に閉めそこなったと考えれば、辻褄《つじつま》は合うだろ。ま、そういうわけだ。――ご苦労だったね、若宮君」

形ばかりの労《ねぎら》いの言葉を口にして、白いスーツの背中を向ける風祭警部。

「え、えぇー!?」この状況についていけない若宮刑事はポカンとした表情。直後にはションボリ肩

を落とすと、「あたしがいない間に何があったんですかぁー、先輩ぃー？」

悲しげな眸で問い掛ける後輩ちゃんに、麗子は掛ける言葉がなかった。

5

やがて国立署刑事課の面々による懸命な捜査の末、三人の容疑者が捜査線上に浮かび上がった。三人は七ツ橋大学の映画研究部に所属するか、もしくはそのサークルと関係が深い人物。しかも、現場となった『呉竹荘』から程近い場所に住んでいる。もちろん三人すべて太った男性であることはいうまでもない。

そんな容疑者たちのもとに直接赴いたのは、宝生麗子と若宮愛里刑事である。

ちなみに風祭警部は、地道な調べは部下たちに任せて「僕は最後の美味《おい》しいところだけ、いただくことにするよ」という素敵な考えをお持ちらしい。——だけど、そう思いどおりにいくのかしら？　ていうか『最後の美味しいところ』って、どこの何よ？

首を傾げる麗子をよそに、若宮刑事は元気いっぱいでウキウキとした表情。普段から憧《あこが》れてやまない美人かつ聡明《そうめい》かつ優しい先輩とコンビが組めて心底嬉《うれ》しいのだ——と麗子は勝手にそう思う。実際はどうか知らないが、きっとそうに違いない！

そんな麗子は後輩刑事を引き連れて、最初の容疑者のもとへと足を運んだ。

名前は栗山厚史《くりやまあつし》。七ツ橋大学の映画研究部に所属する三年生。殺された塚本祐樹の一年先輩だ。その住処《すみか》は『呉竹荘』から五百メートルほどのところに建つアパートだった。

部屋の呼び鈴を鳴らすと、間もなく玄関の扉が開く。顔を覗かせたのは、なるほど充分に容疑者の資格アリと思わせる、堂々たる体格の男性だ。その姿を見るなり麗子は、後輩刑事に素早く目配せ。『太ってるわよね?』『ええ、文句なしです!』という口に出したら失礼になりかねない会話が視線と視線で交わされる。だが当の栗山厚史はキョトンだ。

まあ、無理もない。むさくるしい男子学生の部屋にタイプの異なる二名の美女がいきなり現れたのだから、そりゃあ驚いて当然よね――と自信満々でそう思う麗子は、おもむろに警察手帳を示しながら、「国立署刑事課の宝生です」

「えッ、あなた、刑事さん⁉」栗山厚史は目を丸くして麗子を見やる。そして隣に立つもうひとりを太い指で示しながら、「ん、じゃあ、こっちの娘《こ》は何です?」

「し、失礼なッ」たちまち真っ赤になって憤る『こっちの娘』は、自らも警察手帳を示しながら叫んだ。「おッ、同じく刑事課の若宮愛里ですッ」

「へえ、そう、愛里ちゃんね」と栗山厚史は妙に馬鹿《ばか》にした反応。相手にするべきは知的な眼鏡の女性刑事だと踏んだらしく、真っ直ぐ麗子へと視線を向けながら、「で、俺に何が聞きたいんですか、刑事さん?　どうせ塚本祐樹が殺された件ですよね」

「ええ、お察しのとおり。あなたは塚本さんと同じサークルの先輩後輩の仲ですよね」

「ええ、そうです。ただそれだけの関係ですよ」と栗山は素っ気ない反応。

だが実際のところ『それだけの関係』でないことは、いままでの調べで判っている。

栗山には思いを寄せる女性がいた。同じサークルに所属する水澤優佳という学生だ。ところが、この女性が最近になって別の男性と交際を始めた。その交際相手というのが、他ならぬ塚本祐樹なのだ。すなわち栗山は一年後輩の塚本に意中の彼女を奪われた恰好。いや、正確にいうと水澤優佳は栗山の彼女でも何でもなかったらしいから、べつに奪われたわけでもないのだが、本人は勝手に横取りされたと思っているのだ。要するに逆恨みである。しかし、この世の中、逆恨みで犯行に及ぶ殺人者は少なくない。

そのことについて尋ねると栗山は、「ええ、確かに俺は水澤さんの件で塚本を恨んでいました。殺してやりたいほどにね」と素直に殺意を認める発言。瞬間、若宮刑事がムッと呻《うめ》いて、頼りないながらも臨戦態勢を整える。だが、直後に栗山はキッパリと首を左右に振りながら、「でも、俺は殺してませんよ。殺すわけないじゃないですか。だって塚本を殺したからって、水澤さんが俺と付き合ってくれるとは限らない。いや、むしろ俺みたいな男とは付き合ってくれない可能性のほうが断然高い。——そうでしょ、刑事さん？」

「まあ、それはそうでしょうね……」

「たぶん、そうだと思いますぅ……」

「そこ、否定してくださいよ！　腹立つな、もう！」栗山は顔を赤くして地団太《じだんだ》を踏む。

——はぁ、自分でいっといて、なに怒ってんのよ？　どう答えりゃいいわけ？

麗子には、まるで正解が判らない。だがいずれにせよ、この直情的で沸騰しやすい性格さえあれば、もはや動機の正当性など問題ではないのかも。そう感じた麗子は彼に対して、最も重大な質問を口にした。「あなたは事件のあった夜、どこで何をしていましたか」

「事件の夜なら、俺はずっとこの部屋にひとりでいました。だからアリバイと呼べるものはありません。ただ午後八時過ぎに宅配便の人が、うちに荷物を届けてくれましたっけ。確か八時十分ごろです。だから、その時刻に俺がこの部屋にいたことだけは証明できるかも。といっても、その配達員が俺の顔と配達時刻を覚えていれば――って話ですがね」

そういって栗山厚史は自身の中途半端なアリバイを語り終えた。

次に麗子たちが向かった先は、栗山厚史の住処から歩いてすぐのところにある別のアパート。その一階の部屋に住む梶智也《かじともや》という男性が二人目の容疑者だった。彼もまた七ツ橋大学の映画研究部所属。ただし、梶智也は被害者と同じく二年生だという。

部屋の前に立ち呼び鈴を鳴らすと、扉を開けて現れたのは、堂々たる体格の男性。先ほど別れを告げた栗山厚史が、また現れたのかと見紛うほどに、二人の印象は酷似している。

麗子は驚きを顔に出すことなく、淡々と名乗りを上げた。「国立署の宝生です」

すると梶智也は、やはり先ほどの三年生とそっくりなリアクションで、

「えッ、あなたが刑事さん⁉ 見えないですねえ。――で、そっちの娘は何です？」

「もうッ」再び激しい憤りを露《あらわ》にする『そっちの娘』は警察手帳を掲げながら、「若宮愛里です、あたしも刑事課の者ですからッ」

「ああ、あなたも刑事さん⁉ こりゃ失礼……」と形だけ謝罪の意を示した梶は、すぐさまその視線を麗子へと戻す。そして怪訝そうに聞いてきた。「ひょっとして塚本祐樹が殺された件ですか。え、まさか僕が疑われているとか……？」

「いえ、そんなことはありません」と麗子は百点満点の愛想笑い。「これは通常の捜査ですから」と口ではそういいながら、その目はしっかりと彼の突き出た腹部に注がれていた。

梶智也が塚本祐樹に殺意を抱く理由。それは先ほどの栗山厚史の場合と同様のものだ。そのことを問いただすと、彼は興奮で頬《ほお》を赤く染めながら、こう捲し立てた。

「た、確かに僕は水澤優佳さんに好意を寄せていました。しかし、だからといって、塚本を殺したりするわけないじゃありませんか。だって彼を殺したところで、水澤さんが僕みたいな男と付き合ってくれるとは限らない。むしろ付き合ってくれない可能性のほうが、うんと高いはずです。――そうでしょう、刑事さん？」

問われた瞬間、刑事たちの間にピリッとした緊張が走った。

「え、いやいや、そんなことないんじゃないかしら……」

「そうですよぉ、付き合ってもらえるかもですしぃ……」

「気を遣わないで、刑事さん！　自分がモテないってことぐらい自分で判りますから！」

――もう、そっちが気を遣わせてるんでしょ！　難しい質問しないでよね！

内心で悲鳴をあげる麗子は、やはりこの問いに対する正解が判らない。面倒くさいので、麗子はさっそく大事な質問を切り出した。「梶さん、あなたは事件の夜、どこで何を？」

「事件の夜なら、僕はずっとこの部屋にひとりでいましたね。――え、宅配便の配達員が訪れたりしなかったたか？　いや、誰もこなかったですね。あ、だけど、そういえば事件の夜に僕、一瞬だけ外に出ました。アパートの郵便受けを覗きに出たんです。このアパート、階段の下に各部屋の郵便受けが纏《まと》めてあるんですよ。そこで偶然、別の住人と顔を合わせました。二階の角部屋に住んでいる女の子です。ときどき顔を合わせるから、向こうも覚えてくれているはず。確認してもらえれば判りますよ」

「なるほど。ちなみに、その女性と会った時刻というのは、何時ごろですか」

麗子の問いに梶智也はしばし考えて、こう答えた。

「あれは七時台のクイズ番組が終わった直後だから、午後八時になる五分ほど前ですね」


三人目の容疑者は松田博幸《まつだひろゆき》という三十代男性。奥さんとの二人暮らしで、平日は都心の映像製作会社に勤めている会社員だ。その自宅は七ツ橋大学から歩いてすぐの住宅街にあり、『呉竹荘』からもそう遠くない。見るからに幸福感の漂う瀟洒《しょうしゃ》な一戸建ての家だ。

その玄関先に訪れた麗子たちを見るなり、松田博幸は驚いた表情。ドングリのような目をさらに丸くしながら、「え、あなたが国立署の刑事さん⁉　刑事といえば屈強な男性のイメージですが、ふーん、意外ですねえ。——で、こちらの方も刑事さん？」

「もうッ、あたしだって、こう見えても刑事ですからッ」といって若宮刑事は警察手帳を彼の眼前に突きつける。瞬間、奇妙な静寂が玄関前を支配した。「…………」

「…………」松田は意味が判らない様子で両目をパチパチさせながら、「え……ええ、そうでしょうね。わたし、いま、そういいませんでしたか……？」

「すみません。いまのは、こちらの早合点《はやがてん》です。ごめんなさい」若宮刑事は警察手帳を素早く引っ込めると、九十度に腰を折って謝罪した。「本当にごめんなさぁーい！」

間の抜けた光景を目の当たりにして、麗子は思わず苦笑い。とにもかくにもリビングに通された刑事たちは、ダイニングテーブルの椅子《いす》を勧められる。松田は自らお茶を淹《い》れて刑事たちに振る舞った。「こんなものしか用意できなくて、すみません。妻は、まだ戻っていないんです。普段から、わたしより帰りが遅いくらいでして……」

共働きの奥さんは不在らしい。事件の話をするには、むしろ好都合だ。麗子はあらためて目の前の男性を観察した。半袖のルームウェアに身を包む彼の腹部はポッコリと膨らんでいる。まず《太った男》と形容して差し支えない体形だ。麗子はさっそく質問に移った。

「塚本祐樹さんという方をご存じですね？」

「ええ、もちろん」向かいに座る松田は平然と頷くと、さらにこう続けた。「知ってますとも。わたしの妹は、彼のせいで死んだのですからね」

松田の口調は断定的だが、現実はより混沌《こんとん》としたものだ。確かに彼には歳《とし》の離れた妹がいた。松田美波《みなみ》というその女性は、昨年のいまごろに亡くなっている。車に撥《は》ねられて命を落としたのだ。当時の松田美波は七ツ橋大学に通う女子大生。その死は不慮の事故として処理された。だが果たしてこれが単なる事故だったのか否かは、いまだに疑問が残るところらしい。それというのも死の数日前、松田美波は当時交際していた男性から、一方的に別れを告げられ、精神的にかなり落ち込んでいたらしい。だとすれば彼女の死は、ひょっとすると傷心の末の自殺だったのではないか。——そんな疑念が関係者の間に澱《おり》のように残ったのだ。もちろん兄である松田博幸も同様の疑念を抱くひとり。そして、そのとき彼の妹を手酷《てひど》くフッた交際相手というのが、他ならぬ塚本祐樹というわけだ。愛する妹を失った松田博幸が塚本に対して殺意を抱いたとしても不思議ではない。彼の名が捜査線上に浮上した理由は、そこにあるのだ。

「塚本という男、殺されたそうですね。それで刑事さんたちは、わたしのところに話を聞きにきた。まあ、無理もありません。でもね、わたしは妹の復讐《ふくしゅう》なんて馬鹿な真似《まね》はしませんよ。あの男が死んだのは、いわば天罰です。わたしは何もしていない」

キッパリ容疑を否認する松田に、麗子はズバリと尋ねた。

「事件の夜、あなたはどこで何をしていましたか？」

すると松田は困惑の表情。黙って腕組みした後、太い首を左右に振った。

「その日は新宿にある会社を午後七時ごろに出ました。新宿駅から中央線に乗って国立駅に着いたのが午後八時になるちょっと前。そこから徒歩で自宅に戻ったのですが、いずれにしても、あの夜のわたしの行動を証明してくれる人なんて誰も……ああ、でも、ちょっと待ってくださいよ、刑事さん」

突然、何事か思い出した様子で松田は席を立つと、いったん麗子たちの前から姿を消す。やがて再びリビングへと戻ってきた彼の指先には、一枚のレシートがあった。

「あの夜、国立駅から自宅に帰る途中でコンビニに寄ったんです。夕刊紙を買っただけで、一分もしないうちに店を出たんですが、どうやらそれが午後八時五分だったようですね。――ほら、レシートに時刻が印字されているでしょ」

麗子と若宮刑事は示されたレシートに揃《そろ》って顔を近づけ、そこにある日付と時刻を確認。間違いなく、それは事件の夜の八時五分に会計を済ませたことを示すレシートだった。

「でもですよぉ……」と素朴な疑問を口にしたのは若宮刑事だ。「このレシートは、松田さんが事件の日の午後八時五分にコンビニに立ち寄ったことの証明にはなりませんよね。他の誰かから譲り受けたものかもしれないし、拾ったものかも……」

「もちろん、そうでしょうとも」アッサリとその可能性を認めた松田は、「しかし」と続けた。「コンビニには防犯カメラがある。そこには、わたしの姿が映っているはずです。確認してみてください、刑事さん。――もっとも、仮に午後八時五分のアリバイが証明されたところで、その前後について何のアリバイもないことに変わりありませんがね」

松田博幸は自嘲《じちょう》気味に呟くが、そんなことはない。午後八時前後という時間帯は、今回の事件においては重要な意味を持つのだ。これで松田の無実は証明されるのかもしれない。

「これ、お預かりします」といって、麗子は彼の手から慎重にレシートを受け取った。

6

こうして容疑者たちからの聞き取りを終えた宝生麗子と若宮愛里刑事は、その後、それぞれのアリバイの裏取り調査に移行。それを経た後、すべての捜査結果を風祭警部に伝えた。

刑事部屋のデスクにて、部下たちの報告を聞き終えた警部は、「うむ、ご苦労」と芝居がかった仕草で頷くと、すっくと席を立つ。そして彼の着るスーツと同じ色合いのホワイトボードに歩み寄ると、おもむろに黒いペンを手に取った。

ダダダッ、キュキュキュキュ――と耳障りな音を立てながら、黒いペン先が白いボードの上を走る。

やがて警部がペンを置いたとき、ボードにはこのような記述が並んでいた。
①栗山厚史　午後八時十分ごろ、自宅アパートの玄関で宅配便の配達員と対面。
②梶智也　午後七時五十五分ごろ、自宅アパートの郵便受けで住人の女性と遭遇。
③松田博幸　午後八時五分にコンビニで夕刊紙を購入。

「ああ……あんなに馬鹿にされたり、頭を下げたりした結果が、たった三行に……」

ボードの文字を見るなり、思わず嘆きの声を漏らしたのは若宮刑事だ。

——我慢するのよ、愛里ちゃん、これがわたしたち部下の務めなんだから！

心の中で呟きながら、麗子もなんだか微妙な気分だ。どうやら警部のいっていた『美味しいところだけいただく』という発言の真意は、こういうことだったらしい。

一方、警部は周囲に漂う険悪な空気を察することもなく、彼女たちに向きなおった。

「要するに容疑者たちのアリバイを纏めると、こういうことだ。三人とも証言の裏は取れている。確かに彼らは真実を語っているのだろう。ただし、いずれの容疑者たちもピンポイントでのアリバイはあるものの、その前後のアリバイはない。そうだね、君たち？」

麗子と若宮刑事は揃って頷くばかり。すると次の瞬間、警部はホワイトボードを掌《てのひら》でバシンと叩くと、「宝生君、そして若宮君、見たまえ、これを！」

「ええ、見てますが……」

「はい、見てますぅ……」

と二人の声が微妙に揃う。そんな部下たちを前に、警部は「やれやれ」と大袈裟《おおげさ》に首を左右に振る。そして次の瞬間、彼は麗子が耳を疑うような言葉を口にした。「見ているだけじゃなくて、よく考えたまえ。これらの事実を総合すれば、もはや犯人が誰であるか、火を見るより明らかじゃないか。――おやおや、君たちの目は節穴かい？」

風祭警部の口から飛び出した、まさかの『節穴』発言。それは麗子に仕える暴言執事が、かつて彼女に向かって発したものと酷似したものだ。たちまち麗子の中で過去の記憶が呼び覚まされる。当時の屈辱が鮮やかに蘇《よみがえ》り、怒りの炎が彼女の胸に灯《とも》った、そのとき――

「なな、なんですってえ！　誰が節穴ですかッ。いくら警部でも、いっていいことと悪いことがありますッ。謝ってください、警部！　いいから謝ってくださいい、宝生先輩に！」

と目を剝《む》いて抗議の声をあげたのは麗子ではなくて、若宮刑事のほうだった。しかも普段の彼女からは想像もつかない激しい剣幕。大荒れの部下を前に、さすがの風祭警部もタジタジとなった。

「まあまあまあ、落ち着きたまえ、若宮君……」

「まあまあまあ、落ち着いて、愛里ちゃん……」

上司と先輩が両側から懸命になだめて、なんとか新米刑事の怒りの炎を鎮める。やがて冷静さを取り戻した若宮刑事は、自らの言動を深く後悔したのだろう。上司に向かって深々と頭を下げながら、「失礼いたしました、警部。たとえ一瞬とはいえ、我を忘れてしまって、部下にあるまじき振る舞いを……」

「い、いや、いいんだ、若宮君。確かに僕もいいすぎた。いや、しかし……」

警部はふいに麗子の耳許《みみもと》に顔を寄せると、心底不思議そうに聞いてきた。「おい、宝生君。結局この娘は何に怒ってたんだ？」

「さあ、何なんでしょうねえ……」

思わず苦笑いの麗子は、ようやく話を事件へと戻した。「それで警部、いったいどういう意味なのでしょうか。『犯人が誰であるか、火を見るより明らか』とは？」

「なーに、いったとおりの意味だよ。君たちが調べた容疑者たちのアリバイ。そして例の路上喫煙の男。彼らの証言を併《あわ》せて考えれば、犯人は自《おの》ずと明らかだ。いいかい――」

そういって風祭警部は説明を始めた。

「『呉竹荘』二〇二号室に住む北原理奈の話によれば、塚本祐樹が二〇五号室に帰宅したのは、事件の夜の八時ちょうど。一方で、路上喫煙の男、岡部浩輔の目撃談の中には塚本の話はいっさい出てこない。彼は煙草二本を灰にする間に、太った男が『呉竹荘』の門を入り、そして飛び出していく姿を目撃しただけだ。では、これはいったい何時ごろの出来事か。――判るかい、宝生君？」

「はあ、午後八時前後のこと、と岡部自身はいっていましたが」

「そう、確かに彼はそういっていた。だが理論的に考えるならば、もう少し時間帯が絞れるはずだ。いいかい。もしも岡部が八時より前に門前で煙草を吹かしていたなら、彼は帰宅する塚本の姿を、その目でバッチリ目撃したはず。だが彼は塚本のことは見ていない。彼が見たのは太った犯人の姿だけ。ということは――どうなる、若宮君？」

「はい、岡部が門前で煙草を吸い始めたのは、八時よりも……」

「そう、八時よりも後だ！」警部は新米刑事の答えを皆まで聞かずに結論を叫ぶ。「まず塚本祐樹が午後八時にアパートに帰宅した。その直後に岡部浩輔がやってきて、門前で煙草を吸いはじめた。

だから岡部は塚本の姿を見ることがなかった。そう考えるしかない。そして煙草一本を吸い終わったところに、犯人の男がやってきた。では、これは何時何分のことなのか。——判るね、宝生君？」

「ええ、煙草一本を吸い切る時間を五分とするなら、それは……」

「八時五分以降の出来事だッ。間違いないッ」またしても部下の発言を中途で遮って、警部は自らの信じる正解を答える。啞然とする部下たちの前で、警部はさらなる質問。「では、犯人の男が門を飛び出した時刻は何時何分か。——もう、君たちにも判るはずだろ？」

「…………」判っているけど、

「…………」答えてあげない。

無言で抗議の意思を示す麗子と若宮刑事。そんな彼女たちの前で、警部は得意げに叫ぶ。

「おいおい、簡単じゃないか！　岡部が二本目の煙草を吸い終わったころ。すなわち、また五分が経過したころだ。ということは、これは午後八時十分以降の出来事ってわけだ」

「なるほど、確かに……」麗子が渋々頷くと、

「そのようですねぇ……」若宮刑事も頷いた。

「よろしい」部下たちの気も知らず、警部は満面の笑みで続けた。「では、この僕の完璧な推理と、容疑者たちのアリバイを照らし合わせてみようじゃないか。——まずはエントリーナンバー①番、栗山厚史だ」

「べつに、誰もエントリーしたわけでは……」

「なんか、オーディションみたいですね……」

「細かいことは気にするな、君たち。いいかい、栗山厚史だ。さて彼は犯人か。答えはノーだ。午

後八時十分過ぎに『呉竹荘』の門を飛び出していった犯人が、それとほぼ同じころに、僅《わず》か五百メートルとはいえ離れた場所にあるアパートの玄関で、宅配便の荷物を受け取ることは不可能。したがって栗山厚史は犯人ではない。——では次にエントリーナンバー③番、松田博幸だ」

「ん、いきなり③番って……?」

「②番の梶智也ではなく……?」

麗子たちの当然の疑問に対して、警部はうるさそうに手を振った。

「いいんだよ、これで。エントリーナンバー③番、松田博幸だ。彼は犯人か。やはりこれもノーだ。午後八時五分過ぎに『呉竹荘』の門に入っていった犯人が、それと同じころに離れたコンビニで買い物をしているわけがない。松田博幸は犯人ではない——」

「あッ、てことは犯人は……」とウッカリその名を口にしそうになる後輩刑事。その口を麗子は自分の掌で慌てて塞《ふさ》ぐ。たちまち「うぐッ」と苦しげな呻き声をあげる若宮刑事。そんな彼女に麗子は心の中で必死に訴える。

——駄目よ、愛里ちゃん！　その名前は絶対いっちゃ駄目なやつだから！

部下たちのドタバタをよそに、警部はついに自らの推理の最終局面を迎えた。

「ではエントリーナンバー②番、梶智也だ。彼は犯人か。もちろんノーだ……とは残念ながらいえない。彼は午後八時の五分前に自宅のアパートの郵便受けで、同じアパートに住む女性と顔を合わせている。それは事実だろう。だが、彼の自宅と被害者の住む『呉竹荘』とは、そう離れていない。梶智也が午後七時五十五分にアパートの郵便受けの前にいたとしても、その直後、そのアパートを出て午後八時五分過ぎに『呉竹荘』にたどり着くのは容易なことだ。自転車などを使えば、さらに移動時間は短縮されるだろう。そう、この三人の容疑者たちの中で唯一、梶智也だけが犯人たり得る存在なのだ。岡部浩輔が目撃した太った男の正体は、梶智也だったのだよ。——どうだね、宝生君、若宮君、僕の推理は?」

聞かれて麗子は、ようやく後輩の口から手を離しながら、

「なるほど、確かに警部のおっしゃるとおりかも……」

その隣で、若宮刑事は真っ赤な顔。「ぷふぁーッ」と苦しげに息をつくのだった。

7

「ねえ、影山。——煙草一本、火をつけてから吸い終わるまでにかかる時間って、何分くらいだか知ってる?」

宝生麗子がそんな質問を口にしたのは、その日のディナーの終盤。メインディッシュとして出された鴨肉《かもにく》の香草焼きを口にした直後のことだった。場所は宝生邸の広々とした食堂。ボウリングレーンに脚を付けたのかと見紛うような長大なダイニングテーブルに向かうのは、仕事を終えた宝生麗子ただひとり。昼間の地味なパンツスーツ姿から一転、いかにも資産家令嬢らしくピンクのワンピース姿で今宵《こよい》のディナーに舌鼓を打つ。次々に出される料理は、仔羊のテリーヌ、ズワイガニのビスク、オマール海老《えび》のソテー、そしてメインの鴨肉——といった具合で麗子にとっては、ごく普

通のメニューだ。

それらの料理を慣れた手つきで提供するのは、もちろん執事である影山の仕事である。

そんな影山にとって、麗子の質問は虚を衝《つ》くものだったらしい。

一瞬キョトンとした表情を浮かべた影山は、「はぁ⁉　煙草一本……でございますか」と呟くと、しばし考えた後に深々と頭を下げた。「申し訳ございません、お嬢様。わたくし、そのような質問を受ける日がこようとは想像もしておりませんでしたゆえ、即答できかねます。――ああ、ですが少々お時間をいただけますか。わたくし、いまから旦那様に《もらい煙草》をして実験してまいります。しばし、しばしお待ちを――」

「いいわよ、そこまでしなくて！」さっそく食堂を飛び出していこうとするタキシードの背中を、麗子は慌てて呼び止めた。「何よ、《もらい煙草》って……実験なんかしなくても判ってるわ。煙草一本、吸い切るのにかかる時間は四分程度。煙草を持つ指先を火傷しそうになるぐらいに、吸い口ギリギリまで吸った場合は、およそ五分ってところよ」

「おやめくださいませ、お嬢様。そのような頭の悪い吸い方は……」

「してないわよ！　するわけないじゃない、そんな吸い方。そもそもわたし、煙草なんて吸わないから。頭の悪い吸い方をしていたのは、犯人を目撃した男よ」

「ああ、例の大学生殺害事件でございますね。さては、そろそろ事件は袋小路、あるいは迷宮入り寸前であるとか？」

意地悪く尋ねてくる影山は、どこかそれを期待する表情。それもそのはず、影山は宝生家に仕える一介の執事に過ぎないが、複雑に絡み合った謎《なぞ》を解き明かすことにかけては、プロの捜査員たちを凌駕するほどの腕前を持つ。過去には麗子も彼の推理力に頼ることで、数々の事件を解決に導いてきた（結果それらの手柄はすべて風祭警部のものとなった）。影山が難解な事件を欲するのは、名探偵としての本性みたいなものである。しかし麗子は首を真横に振りながら、

「いいえ、大丈夫よ。今回の事件は迷宮入りになんかならないわ」

「おや、自信がおありなのでございますね、お嬢様」

「ええ、もちろんよ。迷宮入りどころか、すでに事件は解決したも同然の状況だもの。たった三人しかいない容疑者の中で、二人にはアリバイが成立している。ならば唯一アリバイを持たないひとりが真犯人。そのはずよ……」

「そのはず……でございますか」

「ええ、そのはずだわ……」

言葉とは裏腹に、麗子の口調に自信の無さが滲《にじ》む。それを見透かしたように、影山は畏《かしこ》まった口調で尋ねた。「ちなみに伺いますが、それはどなたがおっしゃったのでございますか。『唯一アリバイを持たないひとりが真犯人』であると、いったいどなたが？」

「そ、それは……か、風祭警部よ！」不思議なことに、その名を口にした途端、麗子の中でいままで無理やり押さえつけていた不安が爆発。手にしたフォークとナイフをいったん皿の上に置くと、麗子は両手で頭を抱えた。「ああ、やっぱり何か間違っている気がするわ。風祭警部の語った推理は意外にも——っていっちゃ、あの人に失礼だけれど——それなりに筋の通ったものだった。わたしでさえ頷かざるを得ないほどに。でも警部の推理は本当に真犯人を言い当てているのかしら。

——ねえ、どう思う、影山？」

「さあ、『どう思う？』と尋ねられましても、わたくし、警部の語られた推理がどのようなものであるか、いっさい存じ上げませんので……」

「そう、それはそうよね。判ったわ」麗子はキッパリと頷く。そして、あらためて手にしたフォークを皿の上の鴨肉にブスリと突き刺しながら、「じゃあ、これをやっつけたら、あなたに話してあげるわ。事件のことを全部ね」

「畏《おそ》れ入ります。――ちなみにデザートはイチゴのソルベをご用意しておりますが」

まるで誘惑するかのように甘く響く影山の言葉。麗子は迷わず前言を撤回した。

「じゃあ、それもやっつけてからね！」


というわけでメインディッシュに続いてデザートまで綺麗《きれい》に『やっつけた』その直後に、麗子はリビングに移動。ソファに腰を下ろすと、シャンパングラスを片手にしながら、約束どおり執事に対して事件の詳細を語った。

被害者、塚本祐樹の遺体の様子。井上勝夫が死体発見に至った経緯。二〇二号室の北原理奈の証言。路上喫煙者、岡部浩輔の目撃談。そして何より三人の容疑者たちのアリバイ。

影山は執事らしく麗子の傍《かたわ》らに控え、時折、彼女のグラスに極上のシャンパン『アルマン・ド・ブリニャック』を注《つ》ぎながら、彼女の話に耳を傾けている。

最後に、風祭警部の披露した例の推理について説明して、麗子はひと通り事件の話を終えた。グラスのシャンパンで疲れた喉《のど》を潤す。そして、さっそく傍らの執事に尋ねた。

「ねえ、どう思う、影山？　風祭警部の推理は正しい？　犯人は梶智也で間違いないかしら？　わたしは、どうも不安なんだけど……」

「ふむ、率直に申しまして、お嬢様の不安は杞憂《きゆう》に過ぎないのでは？　風祭警部の推理は、まったく理論的であり、どことといって文句を付ける点は、ないように思われます」

「そう、そうかしら？」

「はい。おそらくお嬢様は長期間にわたって風祭警部の部下として酷く虐《しいた》げられてこられた結果、警部の言動や思考に対して必要以上に懐疑的になられているのでしょう。——ま、早い話が一種のノイローゼでございますね、ふふッ」

「何が『ふふッ』よ！　誰がノイローゼですって！」まあ、確かにその傾向はなきにしもあらずだけれど——と心の中で呟きつつ、麗子はまたグラスのシャンパンをひと口。そして再び執事に尋ねた。「じゃあ影山は、警部と同じ見解なのね。犯人は梶智也で間違いないというわけね？」

「さあ、間違いないと太鼓判を押せるほどか否か、正直わたくしも判断しかねます。お嬢様の話されたことが、事件のすべてというわけでもございませんでしょうし——」

「あら、そんなことないわよ。わたしは事件について、ほぼすべてを語ったと思う。言い残したことなんて、何もないはずよ」

「さようでございますか。ならば、お尋ねいたしますが、例の電話の件はどうなったのでしょう。電話の話し相手は判明したのでございますか」

「は、電話って⁉」一瞬首を傾げてから、麗子はピンときた。「ああ、塚本祐樹が部屋に戻る寸前まで携帯で会話していた相手のことね。それなら、とっくに判っているわ。被害者と同じく七ツ橋大学の映画研究部に所属する男子大学生よ。名前は山川純平。事件の夜、午後八時前に塚本のほうから電話してきたんだって。塚本はバイト帰り。ちょうどバスを降りてアパートに歩いて戻ろうとする道すがら、自分から山川に電話したみたいね」

「ちなみに、二人の会話の内容は、どのようなものだったのでしょうか」

「仲間同士で暑気払いをやろうっていう誘いの電話だったそうよ。そうそう、さっき話したでしょ。塚本のリュックの中にあった手帳のこと。そこに書かれていた、20、21、22……っていう数字は、暑気払いの日程を決めるためのメモだったのね。それに二〇二号室の北原理奈が玄関扉越しに耳にした『もう部屋の前に着いた』『また連絡する』みたいな会話。あれも塚本が電話を切る直前、山川に向かっていった言葉に間違いないそうよ」

「なるほど。そうでございますか」

「ええ、特に問題はないでしょ。山川の語った話は、塚本の手帳の記載とも、北原理奈の証言とも合致している。何の矛盾もない。その分、特に役立つ話とも思えないけど」

「いいえ、お嬢様」影山は即座に首を振ると、「お言葉を返すようですが、わたくしの見る限りでは、山川青年の話こそは今回の事件における最大のヒント。謎を解く鍵でございます。このように重要な証言を入手しながら、脇《わき》に放って一顧だになされないとは……」

「そう？　そんなに重要かしら」

麗子には何らピンとくるものがない。その様子を見て影山は、やれやれ、とばかりに首を振る仕草。そして麗子の耳許に顔を寄せると、執事らしく畏まった口調でいった。

「失礼ながら、お嬢様におかれましては、夏場の激務のせいで少しばかり脳ミソがお疲れのご様子。いっぺん顔を洗って出直していらっしゃったら、いかがでございますか？」

8

一瞬、深海の底を思わせる静寂が、宝生邸のリビングを支配した。その直後——

「ななな、なんですってえ！　かかか、顔を洗って出直してこい、ですってえ！」

グラスの中身をぐっと飲み干した麗子は、それを叩きつけるようにテーブルに置く。そして烈火のごとき勢いで立ち上がると、澄まし顔の執事に猛然と食って掛かった。

「どーいうことよ、影山！　このあたしに向かって、顔を洗って出直してこいとは！」

「サッパリいたしますよ。夏場は特に」

「充分サッパリしてるわよ！」麗子は磨き抜かれた肌艶《はだつや》を誇示するように、自らの顔面を指差しながら、「あなたにいわれなくても、顔ぐらい毎朝毎晩、洗ってるんだから！」

「それは単なる美容のための洗顔でございましょう。わたくしが申し上げている『顔を洗って』は、その後に続く『出直してこい』を強調するための常套句《じょうとうく》でございますよ」

「知ってるわよ！　だから、お嬢様に向かって『出直してこい』って命令する執事が、どこの世界にいるかって、そういってるんじゃないの！」

「いえ、わたくし、お嬢様に対して命令などいたしません。ただ『出直していらっしゃったら、いかがでございますか』と、やんわりご提案をさせていただいているだけで……」

「同じだっつーの！　やんわり丁寧にいっても、失礼なことに変わりないっつーの！」

血相変えて怒りを爆発させる麗子。だが影山は冷静な顔と声で、

「まあまあ、お嬢様、どうぞ落ち着いてくださいませ」

そういって影山は洗練された仕草で金色のボトルを手にする。そしてテーブルに置かれた空《から》のグラスに新たなシャンパンを注ぎ、麗子へ勧めた。

「……………」

なんだか誤魔化《ごまか》されている気分だが、確かにいまは執事の暴言を咎《とが》めている場合ではないだろう。麗子は再びソファに座りなおしてグラスを手にすると、話を事件へと戻した。

「山川純平の話って、そんなに重要？　確かに彼は被害者と最後に会話を交わした相手。だからその話は興味深くはあるけど、だからって何よ？　事件が起きたのは、山川が塚本との電話を終えた後のこと。だったら彼らの会話の内容は、事件と関係ないはずよね？」

「ところが、大いに関係あるのでございます」そう断言した影山は、指を一本立てて麗子のほうを向いた。「では、わたくしから、ひとつ質問を。――お嬢様は、塚本青年が帰宅する際、どのような恰好で夜道を歩いていたものと、ご想像になられますか」

「どのような恰好って……ええっと、上は白いTシャツに黒い長袖パーカー、下は濃紺のデニムパンツ。茶色いリュックを背負って、スマートフォンを耳に当てながら……」

「大間違いでございます、お嬢様。そのような姿だったならば、塚本青年は手帳にメモを書き込むことができません。片手がスマホで塞がっているがゆえに」

「う、確かに……」一瞬、動揺を示した麗子は、即座に態勢を立て直して反論した。「だったら、

そのメモは自分の部屋に戻った直後に書いたものかもよ」

「いいえ、おそらくそれも違います。なぜなら、お嬢様の話によれば手帳のメモは、20、21、22、ときて次の23という数字は乱雑に斜線で消してあったとのこと。これは山川青年が口にする日付を、塚本青年が耳で聞きながら同時にメモを取ったからこそ起こること。おそらく山川青年は23という数字を伝えた後で、いいなおしたのでしょう。『やっぱり23は駄目だ……』といった具合に。それを耳にした塚本青年は、いったん書いた23という数字を斜線で消した。これは電話しながらメモを取る際には、よくあること。ですが自分の部屋に戻った後にメモしたなら、こうはなりません」

「うーん、いわれてみれば、そうね」

「するとここで、ひとつの疑問が生じます。塚本青年はスマホで会話する一方、どのようにして手帳を開き、そこにペンを走らせたのか。お嬢様が想像されたような恰好では、これはほとんど不可能。かといって固定電話の受話器のごとく、スマホを肩と頰の間に挟みながらメモを取るということも相当に無理がある。では、いったん歩道に立ち止まって、ポストか何かを机代わりにしてペンを走らせたのか。しかし、やはり片手がスマホで塞がっている状態では、手帳のページを開くだけで精一杯。乱れのない筆跡で数字を書き並べることは難しいでしょう。となると考えられる結論は、ひとつ——」

「判ったわ」麗子は小さく頷き、その結論を口にした。「塚本はスマホを耳に当てて会話していたのではない。彼はスマホのハンズフリー機能を使っていたのね」

「さすがは、お嬢様。お察しのとおりでございます」

影山は歯の浮くような賛辞を麗子に送る。麗子は気分を良くして続けた。

「確かに歩きながらスマホで通話するのなら、むしろハンズフリーのほうが自然かもね。塚本は山川の声をイヤホンで聞き、イヤホンのコードに付属するマイクに向かって喋っていた。これなら手帳を開くこともメモを取ることも簡単にできる。――だけど影山、それが何だっていうわけ？　帰宅中の被害者がスマホのハンズフリー機能で会話しようが何しようが、その後に起こった事件とは、やっぱり関係ないんじゃないかしら？」

「おや、まだお気付きになられませんか、お嬢様。《ハンズフリー》とは日本語でいうところの《手ぶら》の意味でございますよ」

「知ってるわよ、それぐらい。――ん、《手ぶら》って⁉」そういえば今回の事件において、ズバリその言葉を使った者がいたような気がする。いったい誰だったろうか……？

慌てて記憶を手繰《たぐ》ろうとする麗子をよそに、影山は一方的に話を進めた。

「ところで、お嬢様、夜道を歩く塚本青年がスマホのハンズフリー機能を使いつつ、自由な両手でメモを残した。そう考えた場合、またひとつ疑問が湧《わ》いてまいりませんか」

「いいえ、全然、ちっとも」

「湧きませんか。そうでございますか……」ガックリと肩を落とした影山は、自らその疑問を口にした。「塚本青年の手帳はリュックの内側のポケットにあったとのこと。いったいなぜ彼は、そんな場所に手帳を仕舞い込んだのでございましょう？」

「いってる意味が判らないわ。リュックの内側のポケットなんて、むしろ手帳やノートを仕舞うためのものでしょ。そこに手帳があるからって、何が不思議だっていうの？」

「不思議というより不自然でございます。メモを取り終わった手帳なら、パーカーかズボンのポケットあたりに突っ込んでおけば良いはず。それを、わざわざ背負ったリュックの中に仕舞うというのは、かなり面倒なことだとは思われませんか」

「それは……」

「もちろん、リュックの中から手帳を取り出す際も同様の手間が掛かったはず……」

「それは何ともいえないんじゃないかしら。もともと手帳は服のポケットの中にあったのかもしれないわけだから」

「それならば、なおさら使い終わった手帳は元どおり服のポケットに仕舞うはず。しかし実際には、手帳はリュックの中にあったのでございます。これは、なぜなのか」

「さあ、判らない……」

「ポイントは塚本青年がバスを降りた直後に山川青年に自ら電話した、という点でございます。夕刻過ぎのバスならば、帰宅中の会社員なども大勢乗っていて、車内はかなり混雑しているものと思われるのですが……」

「ええ、実際そんなことを塚本は電話越しにボヤいていたらしいわ」

「では、お尋ねいたしますが、仮にお嬢様が大きなリュックを持って帰宅ラッシュ時のバスに乗り込むとして、お嬢様はその邪魔なリュックを、どのようになさいますか」

「どのようにって……邪魔なリュックは影山に持たせるわ。当然でしょ？」

「…………」黙り込んだ影山は、次の瞬間ハァと溜《た》め息《いき》を漏らした。「なるほど、確かにお嬢様ならば、きっと確実に間違いなく、そのようになさるはず――しかしながら、お嬢様！」

影山は珍しく語気を強めると、冷ややかな視線をソファの上の麗子に浴びせながら、

「塚本青年には重たい荷物を持ってくれる便利なお付の人などおりません。そんな彼が自分のリュックをどのように持つかと、わたくしはそうお尋ねしているのでございます！」

「わ、判ったわよ。判ったから、そんなに怖い顔しないでよね、もう……」麗子はソファの上で慌てて背筋を伸ばす。そして脳裏に浮かんだ答えを告げた。「そうそう、混雑した電車やバスの中ではリュックは身体の前に抱えて持つ。確か、それが庶民のマナーよね」

「お金持ちのマナーも同様でございますよ、お嬢様！」影山は麗子の物言いを咎めると、さらに続けた。「そう、塚本青年はバスの中でリュックを身体の前に抱えていたはず。そしてバスから降りた後も彼はやはり、その恰好のままだったのでしょう。その状態で彼は山川青年に電話を掛けたのでございます」

「ハンズフリーでね。確かに、その恰好だとリュックの内側のポケットから手帳を出し入れすることも簡単ね。スマホ本体もリュックの中に入れておけるし……なるほどね」

麗子は影山の推理に、目を見開かされる思いがした。当初、麗子は茶色いリュックを背負ってスマホ片手に夜道を歩く被害者の姿を、脳裏に思い描いていたのだ。だが影山の指摘によって、いまや麗子の脳内に描かれる被害者の姿は、大幅な修正を余儀なくされた。塚本祐樹は大きなリュックを身体の前に抱え、スマホのハンズフリー機能を使って手ぶらで夜道を歩いていたのだ。――ん⁉

「大きなリュックを身体の前に抱えて、しかも手ぶら……塚本はそういう恰好でアパートに到着したのよね。そして、その恰好のまま門を入っていった。てことは……」

「はい。そのシルエットは、何も知らない目撃者の目には、お腹《なか》の突き出た男が手ぶらで門を入っていく――そんな光景に見えたに違いありません」

「え、えッ!?　てことは……嘘ッ」麗子は思わずソファから立ち上がって、影山に問い掛けた。「岡部浩輔が目撃した《太った男》の正体は、塚本祐樹だったってこと!?」

「おっしゃるとおりでございます、お嬢様」影山は恭しく頭を下げると、確信を持った口調で断言した。「それは犯人の姿ではなく、被害者の姿だったのでございます」

9

影山の語った意外な推理に、麗子はしばし呆然《ぼうぜん》となった。門を入っていったのは、アパートに侵入する犯人の姿ではなかった。帰宅する被害者の姿だったのだ。

「でも待ってよ、影山」麗子は冷静さを取り戻すと、再びソファに座りなおす。そして執事に対して指を二本立てた。「二つほど質問があるわ。——まず、ひとつ目。二〇二号室の北原理奈の証言、あれは何だったわけ？　彼女は二〇五号室に消えていく塚本の《リュックの背中》を見たと、ハッキリそう話してくれたのよ。あれは嘘だったの？」

「いえ、べつに北原理奈嬢が悪意を持って虚偽の証言をしたわけではありますまい。おそらく塚本青年は玄関扉を開けて二〇五号室に入った直後、くるりと身体を反転させた。そして扉のほうに向きなおった状態で、ゆっくりと扉を閉めたのでしょう。この体勢ならば、彼が身体の前に抱えたリュックは、外廊下からよく見えるはず。そして実際、北原嬢は閉まりかけた扉の向こうに茶色いリユックを見た。――ええ、リュックだけを見たのです。塚本青年の背中など、本当はいっさい見ていないはず。しかし北原嬢の頭の中には――そして我々の頭の中にも――《リュックは背中に担《かつ》ぐもの》という先入観がある。ゆえに彼女は、その光景について問われた際、《リュックの背中》を見たと、誤った証言をしてしまった。そしてお嬢様たちも、その証言に何ら疑問を覚えなかったのでございます」

「なるほど。まあ、そんなところかもね。――じゃあ、二つ目の質問」

麗子は淡々とした口調で尋ねた。「あなたの推理したとおり、門を入っていった男は塚本祐樹だったかもしれない。だとしても、その後で門から逃げ出していったのは、間違いなく《太った男》よね？　だって岡部浩輔はその男に危うく蹴っ飛ばされそうになった。つまり至近距離で相手の姿を見ているんだから」

「おっしゃるとおりでございます、お嬢様。門を入っていったのは塚本青年。ですが門を出ていったのは正真正銘の《太った男》。その人物こそが犯人でございましょう」

「そうよね。確かに、そういうことになるわ……あれ!?」麗子はさらなる疑問に突き当たり、思わず首を傾げた。「じゃあ、どうなるわけ？　その太った犯人は、どのタイミングでアパートに侵入を果たしたの？　岡部浩輔は門を入っていく塚本の姿を目撃した。けれど、それ以外の人物は見ていない。てことは太った犯人が門を入っていったのは、岡部が門前で煙草を吸いはじめるより、もっと前ってこと？」

「当然そうなります。それは塚本青年の帰宅する十分前だったかもしれませんし、一時間も前のことだったのかも。正確な時刻は犯人のみが知るところでございます」

「いずれにせよ、風祭警部の推理は大ハズレだったわけね。警部は、まず塚本祐樹が二〇五号室に帰宅して、その直後に岡部浩輔が門前で煙草を吸いはじめ、そこへ太った犯人が現れた。そういう順序だと考えて推理を展開した。けれど実際は真逆だったのね」

「さようでございます、お嬢様。『呉竹荘』の門を最初に入ったのは、太った犯人。彼は階段を上がり、合鍵などを用いて誰もいない二〇五号室への侵入を果たしたのでしょう。侵入の目的は正確には判りません。最初から殺人目当てで被害者の帰宅を待ち伏せしたのか。あるいは、物盗りなどといった別の目的があったのかもしれません。いずれにせよ、太った犯人が侵入した後に、岡部浩輔がやってきて門前で煙草を吸いはじめた。塚本青年が帰宅したのは、その後でございます」

「そして塚本が帰宅した直後、ついに事件は起こったのね」

「はい。すでに室内にいた犯人は、帰宅した塚本を鈍器で殴打して殺害。被害者の財布やスマホを奪うと、凶器と一緒にレジ袋の中に放り込んだ。それを手にしながら犯人はアパートの門を飛び出していったのでございます。では、これらの出来事は果たして何時ごろに起こったことなのか。およその時刻は、岡部浩輔の吸った二本の煙草を時計代わりにして、導き出すことができます。まず北原理奈嬢の証言から、塚本青年が帰宅したのは午後八時ちょうど。ならば彼が門を入っていったのも、ほぼ同じ時刻といって差し支えないと思うのですが……」

「ええ、結構よ。塚本が門を入っていったのは午後八時ちょうど。――それで？」

「この午後八時ちょうどに、岡部浩輔は一本目の煙草を吸い終わり、すぐさま二本目の煙草に火をつけています。ならば岡部が一本目の煙草を吸いはじめた時刻は、午後八時の五分ほど前、午後七時五十五分ごろのことだと考えられます。一方、犯人が門から飛び出した時刻は、岡部が二本目の煙草を吸い切ったころですから、午後八時五分ごろということになるでしょう。——間違いございませんね、お嬢様？」

「ええ、やはり間違っていたのは風祭警部の推理のほうみたいね」

影山が導き出した時刻は、警部が導き出したそれより、全体的に前にズレている。だが、そのズレはほんの五分程度だ。この僅かな時間のズレが、果たして推理の結末にどのような違いをもたらすのか。固唾《かたず》を呑《の》んで見守る麗子の前で、影山は自らの推理を進めた。

「では、これらの時刻を元に、あらためて三人の容疑者のアリバイを検証してみることにいたしましょう。まずはエントリーナンバー②番、梶智也から……」

「ふーん、①番、栗山厚史からじゃないのね。まあ、理由は聞かないでおいてあげるけれど。——で、梶智也のアリバイはどうなの？　成立するのかしら」

「はい。梶智也はまさしく午後七時五十五分に、自分のアパートの郵便受けで、同じアパートに住む女性と顔を合わせております。一方、犯人は七時五十五分よりもっと前に、すでに『呉竹荘』の二〇五号室に侵入していたはず。ならば、この犯人は梶智也ではあり得ない。したがって彼は無実でございます」

「そう、じゃあ次こそエントリーナンバー①番、栗山厚史ね」

「いえ、③番、松田博幸でお願いいたします」

影山は強引にいって検証を続けた。「松田は午後八時五分にコンビニで買い物をし、その姿は防犯カメラの映像にも映っております。一方、犯人はまさしくこの八時五分という時刻に、『呉竹荘』の門から逃走する姿を岡部浩輔によって目撃されているわけですから、これが松田であるはずがない。彼もやはり無実でございます」

「あら、まあ、そうなの？　じゃあ、いったい犯人は誰なのかしらねえ？」

皮肉っぽい笑みを浮かべる麗子。その顔を覗き込むようにして、影山がいった。

「どうやらお嬢様は、最後に残ったひとりが自動的に犯人であると、そう信じ込んで完全に油断なさっているご様子。ですが、容疑者の三人全員に完璧なアリバイが成立して、捜査は振り出しへ戻る。——そういった可能性も充分に考えられるのでございますよ」

「ちょ、ちょっと待ってよ。そんなの困るわ！」急に不安になった麗子は、前のめりになって影山に尋ねた。「で、どうなのよ？　エントリーナンバー①番、栗山厚史は？」

「栗山は午後八時十分には自分のアパートにいて、宅配便の配達員と顔を合わせています。が、『呉竹荘』から栗山のアパートまでは五百メートル程度の距離。男の足なら歩いても約五分。走ればもっと早くたどり着けます。ということは、午後八時五分に『呉竹荘』の門を飛び出していった栗山が、八時十分より前に自分のアパートに帰り着き、何食わぬ顔で宅配の荷物を受け取ることは充分に可能。——というわけですので、お喜びくださいませ、お嬢様。捜査は振り出しに戻ることはございません」

「ホッ、良かった。犯人は栗山厚史ってわけね！」

胸を撫《な》で下ろす麗子の前で、影山は油断のない口ぶりでいった。

「いえ、お嬢様、わたくしが申し上げているのは、三人の容疑者の中で栗山厚史だけが唯一アリバイを持たない人物である、というだけのこと。そして、お嬢様にこのようなことを申し上げるのは、釈迦《しゃか》に説法でございますが、当然ながら《アリバイのない人物＝犯人》というわけではございません。ですからもしも、お嬢様が栗山厚史を逮捕なさる場合は、どうか慎重に。仮にこれが冤罪《えんざい》事件となったとしても、わたくし、いっさい責任は負いかねますゆえに……」

「判ってるわよ。そんな軽率な真似はしないわ。大丈夫、きっと探せば何か出てくるはずよ。彼が間違いなく犯人であるという動かぬ証拠がね……」

　確信を胸に秘めつつ、麗子はグラスに残るシャンパンを一気に飲み干すのだった。

10

　そんなこんなで迎えた日曜日。夜も深まり、車や人の姿も少なくなったころ――

　国立署の正面玄関には、意気揚々とした足取りで建物を出ていく宝生麗子の姿があった。すると、どこからともなく現れたのは真っ黒な車。それは要人誘拐を企《たくら》むかのごとく、ゆっくりと麗子の背後に忍び寄る。やがて車は彼女のいる歩道に綺麗に幅寄せしてピタリと停車。運転席から飛び出してきた黒服の男が、恭しく一礼して後部ドアを開け放つと、麗子は「あー、もー、疲れたー」といって全長七メートルのリムジンカーに転がり込んだ。

　間もなく車はスタート。さっそく麗子はハンドルを握る運転手兼執事に呼び掛けた。

「影山、喜びなさい！　例の事件、すべて解決したわよ。栗山厚史が逮捕されたの！」

「え⁉」瞬間、バックミラー越しの執事の表情が不安げに歪《ゆが》んだ。「まさか、お嬢様、わたくしの推理を鵜呑《うの》みにして、無理やり栗山をしょっぴかれたりなど、なさっておられませんよね？」

「なさっておられませんわよ！　するわけないでしょ、そんな荒っぽい真似。ちゃんと動かぬ証拠を摑んだのよ。――ねえ、聞きたい、この話？　じゃあ、話してあげる！」

影山は『聞きたい』とも『話して』ともいっていないのだが、彼の言葉を待つことなく、麗子は一方的に口を開いた。「まず動機の問題を説明するわね。栗山厚史は水澤優佳に好意を寄せていた。その水澤と塚本祐樹が交際を始めたことで、栗山は塚本に恨みを抱いた。それが殺害の動機である――って、確か影山もそういっていたわよね？」

「いえ、べつに、わたくしは……」

「でも残念でしたぁーッ。動機は恋愛感情の縺《もつ》れではありませんでしたぁーッ」

「………」影山はハァと小さく息を吐く。そしてテンション高めの麗子に話を合わせるように、

「おや、そうでございましたか。とすると、本当の動機はいったい……？」

影山に問われて、麗子は得意げに説明を続けた――

意外な動機が明らかになったキッカケ。それは水澤優佳によって偶然もたらされた。自ら国立署を訪れた彼女は麗子たちに対して、おずおずとこんなことを申し出たのだ。

「あのー、塚本君の部屋に『多摩蘭坂46』のライブのチケットが二枚ありませんでしたか。もし、あったなら一枚はわたしの分なので、いただけないでしょうか。こんな状況ですけど、このまま無駄にするのも癪《しゃく》なので……」

この申し出を受けて、麗子はもちろん若宮刑事も風祭警部も全員キョトンだ。

聞けば、水澤と塚本は次の日曜日に『立川ピット』というライブハウスでおこなわれるアイドルのイベントに、揃って参加する予定だったらしい。

だが塚本の部屋はすでに多くの捜査員の手で捜索済み。にもかかわらずライブチケットのことなど話題になったことさえない。——これはいったいどういうことなのか？

顔を見合わせる女性陣をよそに、そのとき突然「判ったぁーッ」と大声を発したのは、やはりというべきか風祭警部だった。「チケットは犯人が奪っていったのだよ。事のついでに——ではない。犯人の目的は最初からチケットだった。犯人が塚本の留守を狙って二〇五号室に侵入した真の理由は、そこにあったのだよ。だが、ちょうどそこに塚本が帰宅した。犯人は塚本と部屋の中で鉢合わせだ。結果、単なるチケット泥棒だったはずの犯人は、咄嗟《とっさ》に塚本を殴り殺してしまったというわけだ。うむ、今度こそ間違いない」

「え、そんな、まさか！」——たかがライブチケットごときで？

麗子は正直そう感じたが、意外にも警部の見解を支持したのは、若宮刑事だった。

「確かに『多摩蘭坂46』といえば、多摩地区では絶大な人気を誇るアイドルグループ。なんでも、メンバーのずば抜けた素人《しろうと》っぽさが、最近の洗練されたアイドルに飽き飽きしたファンにとっては、そりゃもう『たまらん！』らしいですよ」

「…………」いったい、どういうグループ⁉　どんなファンなの⁉

麗子には全然ピンとこなかったが、それはともかく——「要するに、そのライブチケットはファンなら盗んでも手に入れたいプラチナチケットってことね」

「うむ、そういうことだ、宝生君。ならば、そのライブ会場を見張れば、そこにチケットを奪った犯人が現れるはず。それは宝生君の推理したとおり栗山厚史かもしれない」

「………」すみません、警部。それ、わたしじゃなくて影山の推理です！

「あるいは、現れるのは他の二人なのかもしれない。ひょっとすると、まったく別の誰かという可能性もあるだろう。いずれにせよ、真実は日曜日の『立川ピット』で明らかになるってわけだ。

――ふふッ、面白くなってきたじゃないか、宝生君」

「しかし警部、いまどきのチケットには購入者の名前が印字されていますよ。盗まれたチケットには、おそらく『塚本祐樹』という名前が入っているはず。そんなものを持って、殺人犯がノコノコとライブ会場に現れるでしょうか」

「確かに、普通の殺人犯ならば現れないだろうな。だが犯人が『多摩蘭坂46』の熱狂的なファンならば、意外と判らんぞ。自分の手にあるお宝チケットを、みすみすフイにするかどうか。とにかく、勝算はゼロではない。やってみるだけの価値はある。――よーし、次の日曜日、みんなで『立川ピット』に張り込むぞ。いいな、君たち！」

「しかし警部、張り込むって……？」麗子が眉根《まゆね》を寄せると、

「いったい、どんなふうにぃ……？」若宮刑事が首を傾げる。

すると風祭警部は普段にも増して自信ありげな表情。白いスーツの胸を拳《こぶし》で叩くと、

「心配するな、宝生君、そして若宮君。この僕にいい考えがある。君たちは上手《うま》く変装してアレになりたまえ。ほら、ライブ会場には必ずいるだろ。アレだよ、アレ……」

警部の意味不明な指図に、二人の女性刑事は揃って首を傾げるばかりだった。

「……で、風祭警部のいう『アレ』とは結局、何だったのでございますか、お嬢様？」

夜の国道を疾走《しっそう》するリムジンの車内。運転席の影山が見当も付かない様子で尋ねてくる。

麗子は含み笑いで答えた。「何だと思う？　もぎりよ、もぎり。わたしと愛里ちゃんで会場の入口に立って、《もぎりのお姉さん》を演じたの！」

それは意外にも大変な仕事だった。麗子の前に次から次に差し出されるチケット。そこに記載された購入者の名前を逐一チェックしながら、半券をもぎるという単純作業だ。ところが麗子の視界をよぎるのは、田中《たなか》さんや鈴木《すずき》さんや佐藤《さとう》さんばかり。いっこうにお目当ての名前は現れない。だが、そろそろ麗子の集中力にも限界が訪れようかという、ちょうどそのとき、突然それは目の前に現れた。――『塚本祐樹』

差し出されたチケットに記されているのは、間違いなく被害者の名前だ。ハッとなって顔を上げる麗子。その正面に立つのは、どこか見覚えのある太った男性だった――

「向こうは向こうで、マスクと眼鏡とハッピと鉢巻で変装していたけれど、わたしには一発で判ったわ。栗山厚史に間違いないいってね」

「はぁ、ハッピと鉢巻は変装とは違うような気がいたしますが――それで？」

「わたしと彼は一瞬、互いに顔を見合わせた。次の瞬間、彼もわたしに気が付いたのね。『あッ』と叫んだかと思うと、いきなりわたしを突き飛ばして逃げ出したわ。けれど、そのとき彼はすでに袋の鼠《ねずみ》。たちまち大勢の捜査員たちに取り囲まれた。そんな中、最後に登場したのは、もちろん風祭警部よ。警部が栗山に手錠を打つと、会場に詰めかけたアイドルファンは、もう騒然。だけど、多くの人たちがスマホのレンズを向ける中、警部はまんざらでもない様子だったみたい。ピースサインで笑顔を振りまいていたわ――」

「なるほど。さすがは風祭警部、見事なご活躍でございます。――もちろん、お嬢様も」

「持ち上げなくていいのよ。もとはといえば、あなたが推理したことじゃないの」

麗子の言葉に、運転席の執事は僅かに首を振った。

「いえ、わたくしの推理などなくとも、今回の事件は解決したはず。おそらくは水澤優佳嬢の申し出があった時点で、このような結末は約束されていたのでございます。わたくしは少々出すぎた真似をいたしました。謹んでお詫《わ》び申し上げます」

「そんなことないわよ。あなたの推理がなかったなら、もっと早い段階で、警部は梶智也のほうを間違って逮捕していたかもしれない。そうなっていたら、国立署の面目は丸潰《まるつぶ》れだったはずよ。あなたには感謝しているわ。――ありがとう、影山」

「………」

瞬間、バックミラー越しに見える影山の顔に浮かんだのは、彼が滅多《めった》に見せないような動揺した表情。だが、すぐさま彼は執事らしいクールな表情に戻ると、洒落た眼鏡を指先で押し上げるポーズ。そして真っ直ぐ前を向いたまま、澱《よど》みのない口調でいった。

「お嬢様のお役に立てましたならば、それこそが、わたくしにとって何よりも勝る光栄でございます――」

〈初出〉

「風祭警部の帰還」
（「きらら」2020年1・2月号「富士山と沈む夕日のアリバイ」より改題）

「血文字は密室の中」
（「きらら」2020年3・4月号）

「墜落死体はどこから」
（「きらら」2020年5・6・7月号）

「五つの目覚まし時計」
（「きらら」2020年8・9月号）

「煙草二本分のアリバイ」
（書き下ろし）

東川篤哉（ひがしがわ　とくや）
1968年広島県生まれ。岡山大学法学部卒。2002年、カッパノベルスの新人発掘プロジェクトで、長編デビュー。'11年、本シリーズ1作目『謎解きはディナーのあとで』で第8回本屋大賞第1位。他に、『館島』『密室の鍵貸します』『完全犯罪に猫は何匹必要か？』『交換殺人には向かない夜』『放課後はミステリーとともに』『探偵さえいなければ』『君に読ませたいミステリがあるんだ』『谷根千ミステリ散歩　中途半端な逆さま問題』など著書多数。

新　謎解きはディナーのあとで

2021年4月5日　初版第１刷発行

著　者　東川篤哉
発行者　飯田昌宏
発行所　株式会社 小学館
〒101-8001　東京都千代田区一ツ橋2-3-1
電話　編集 03-3230-5616
　　　販売 03-5281-3555

印刷所　図書印刷株式会社
製本所　株式会社若林製本工場

造本には十分注意しておりますが、印刷、製本など製造上の不備がございましたら「制作局コールセンター」（フリーダイヤル 0120-336-340）にご連絡ください。
（電話受付は、土・日・祝休日を除く 9:30 ～ 17:30 です）

Printed in Japan　ISBN978-4-09-386608-8